백합 사이에 낀 남자로 전생해 버렸습니다

남자 금지 게임 세계에서
내가 해야 할 유일한 일

4

하자쿠라 료
Ryo Hazakura

[illust.] hai

"그럼 갈까요."

—— NAME
프리 플로마
프리기엔스

"죽어가는 불쌍한 아이를 위해,
그리고 무엇보다도
저를 위해 기도를 올려주세요."

"아아, 부디."

"부디 마의 신이여."

NAME

크리스 에세
아이즈벨트

"아아, 사랑스러운 내 아이들아!
풍족한 인생에
따뜻한 축배를 올리자!"

NAME

페어 레이디

EVERYTHING FOR
THE SCORE

DANSHI KINSEI GAME
SEKAI DE
ORE GA YARUBEKI
YUIITSU NO
KOTO

남자 금지 게임 세계에서 내가 해야 할 유일한 일

백합 사이에 낀 남자로 전생해 버렸습니다

4

하자쿠라 료
Ryo Hazakura

[illust.] hai

커버 그림, 본문 일러스트 I hai

불탄다.

정의도, 이상도, 미래도.

모든 것이 불타고 흩어져 사라져 간다.

빨간색과 주황색 화염에 삼켜진 아이즈벨트 저택은 노인의 등뼈가 부러지는 듯한 소리를 내면서 무너졌다. 오랫동안 이 집에 살던 일족을 지켜온 저택은 길고 긴 단말마를 지르면서 끝을 맞이하려고 했다.

"…………."

손을 봤다.

새빨갛게 물든 손, 그 색은 자신의 것인가 상대의 것인가.

대량으로 피가 나는 복부에 손을 대고, 손을 댈 때마다 선명함을 더해가는 빨간색을 내려다보고 크리스는 기댄 벽에 온 체중을 실었다.

활활 타는 저편 셰퍼드가 사납게 울부짖으면서 죽음의 길을 내달렸다.

뒤집힌 십자가에 매달린 종자가 겁화 한가운데에서 절규하며 몸부림쳤다.

창백한 섬광을 내면서 아이즈벨트가는 살육의 무도를 즐겼다.

크리스 에세 아이즈벨트는 불타 죽어가는 생가를 바라보며 왜 자신이 친어머니와 동생을 죽이려고 결심했는지 생각했다.

왜 나는 아이즈벨트가 전체를 끌어들여 가족을 죽이고 싶다고 바란 걸까.

꿈.

그래, 꿈.

계기는 하나의 악몽이고, 하나의 계시이며, 한 명의 성녀였다.

"아아! 이게 무슨! 이 무슨 악몽인가! 수호의 결의에 더럽혀진 정의의 말로는 빨강색과 주황색의 업화에 흔들리는 요람! 무엇 하나 얻지 못하고! 무엇 하나 지키지 못하고! 무엇 하나 돌아보지 않고! 당신은 저승길을 나아가기 시작했다!"

크리스의 꿈속에 나온 성녀는 수도복과 윔플을 흔들면서 가볍게 깡충깡충 뛰고 턴을 반복했다.

그 뒤에서 어머니가 얼굴을 내밀었다.

'크리스! 크리스, 넌 어쩜 이렇게 글러먹은 아이인 거니! 이 못난 녀석!'

"……만해."

'동생 하나 지키지 못하는 패배자! 아이즈벨트가의 명예를 더럽히는 쓰레기! 아무것도 못하는 폐기물!'

"그만해애!"

크리스가 벤 목에서 피를 흘리면서 공허한 두 눈으로 천장을 보는 소피아(어머니)는 성녀가 실을 조종하는 대로 양 손발을 움직이며 욕을 내뱉었다.

어머니의 턱을 잡고 뻐끔뻐끔 입을 움직이던 성녀는 기쁜 듯이 입꼬리를 올렸다.

"아아, 아아, 울지 마렴, 어린아이야! 제가! 제가 왔으니까요! 괴롭힘당한 당신의 복수는 계시대로 이루어졌어! 눈물에 잠긴 어리석은 자에게 곤란해할 것 없어!"

피와 눈물과 침으로 전체가 더러워진 크리스의 얼굴을 잡고, 성녀는 미소 지었다.

"왜 비극에 빠진 것처럼 행동하죠, 크리스 에세 아이즈벨트…… 이것이 절 원한 당신의 '행복'이잖아요……?"

"아니야…… 아니야 아니야 아니야……! 나, 나, 나는, 이런 걸…… 이런 걸 원하지 않았어…… 나, 나는, 그저…… 가족을…… 가족을 지킬 수 있는 힘을…… 나, 나는……."

──언니는 제 주인공(영웅)이에요.

크리스는 멍하니 메마른 입술로 말을 흘렸다.

"가족의…… 동생의…… 나의…… 주인공이 되고 싶었어……."

"됐잖아요."

성녀는 활짝 웃으며 불타오르는 지옥을 보여줬다.

"주인공이."

피로 더러워진 양손으로 얼굴을 덮고 크리스는 절규하면서 머리를 흔들었다.

"아니야아……! 아니야 아니야 아니야……! 나, 나! 나는은! 언니를! 어머님을! 리우를! 릴리를! 동생을! 동생을 구하고 싶었어! 이 손으로! 이 손으로 구하고 싶었어……! 다 같이…… 다 같이 한 번 더…… 다시 한번 더어……!"

헤실헤실 비웃으면서 고개를 든 크리스는 한 줄기 눈물을 흘렸다.

"별을…… 보고 싶었어……."

"아아, 괜찮아! 울지 마! 당신의 소원은 분명 꼭 이루어질 거야!"

크리스의 양손을 잡은 성녀의 뒤에서 파삭 하는 소리를 내며 거무스름한 것이 바닥에 떨어졌다.

"…………그건?"

"마무리가 어설픈 당신에게 주는 선물이에요."

성녀는 부드럽게 크리스의 이마에 입을 맞췄다.

"안녕, 크리스 에세 아이즈벨트. 당신의 행복이 반짝이길."

성녀는 타오르는 불길 속으로 사라졌고, 남겨진 크리스는 까맣게 탄 덩어리로 시선을 돌렸다.

몇 초 후, 크리스는 거기서 인간의 형태를 발견했다.

무언가를 지키듯이.

몸을 둥글게 만 태아 같은 자세로 산 채로 불탄 인간의 유해가 거기에 있었다.

작다. 아이. 아이의 소사체다.

심장이 크게 뛰고, 머리가 멍해지고, 예상하는 스스로에게 반박했다.

아니야. 아니야 아니야 아니야. 그 아이는 뒷문으로 도망쳤다. 일부러 도주시켰다. 그러니. 그러니 있을 수 없다. 있을 수 없다 있을 수 없다 있을 수 없다.

크리스는 떨리는 손으로 닿을 때마다 무너지는 그 소사체의 팔을 치우고— 봤다.

장난감.

조각도로 거칠게 다듬어져 형편없이 기차 형태를 유지하고 있던 목제 장난감이 작은 손바닥 안에서 보호받고 있었다.

——언니…… 놀지 않을래요……?

그건, 아직 어렸을 때에.

공작 시간에 만들어서 동생에게 선물한 조잡한 장난감이었다.

"아…… 아아……."

천천히, 천천히 그 둘도 없는 기도를 쓰다듬었다.

언젠가 다시 사랑하는 언니와 놀고 싶다고 소망한 동생이 그 기회를 놓친 채로 가슴에 품고 있던— 작은 기도였다.

"아아아악!"

자신의 귀가 자신의 절규로 울려 시야가 새빨갛게 물들고 산소가 부족해질 때까지 이어진 비명은 뇌가 마비되고 눈물이 바닥을 적시고 나서야 끝났다.

정신을 차리고 보니.

더욱 작아진 동생을 안은 크리스는 더는 움직이지 않을 줄 알았던 사지를 움직여 바닥에 불탄 잔해를 흩뜨리면서 걷고 있었다.

모든 것을 잃은 크리스는 피를 흘리면서 추억 속을 걸었다.

"기억해? 뮤르…… 네가 아기였을 때는…… 나랑 넌 같이 살고 있었어…… 언제나…… 언제나 언제나 언제나, 함께였는데…… 매, 매일 안게 해달라고 졸라서 고생했다고…… 어머님이 말씀하셨어…….”

입을 열 때마다 눈물이 뚝뚝 흘렀다.

“네가 철이 들었을 무렵부터는 함께 살 수 없게 되었지만…… 1, 1년에 한 번 정도는 만나는 걸 허락받았어…… 어머님은 널 지키기 위해서라고 했는데…… 나는…… 비, 비겁한 나는…… 좋은 언니인 척을 계속하면서…… 아, 아이즈벨트가의 평가를 신경 써서…… 네 초대를 거절하기만 했어…….”

평소에는 가벼운 문을 온몸을 딱 붙이고 전력으로 힘을 담아 밀어서 열었다.

“나…… 나는, 주인공이 아니었어…… 네가 그린 주인공이 되지 못했어…… 나, 나는…… 어, 언제나…… 언제나 언제나 언제나…… 자, 자기 생각만 하고…… 무, 무엇 하나…… 무, 무엇 하나 지키지 못했어…….”

작은 아이 방.

어린 뮤르가 플라움(황의 기숙사)에서 지내게 된 후에도 가구 하나하나의 배치조차 바꾸는 걸 허락하지 않았던 어머니의 명대로 유지된 추억의 방.

살짝 바닥에 동생을 내려놓은 크리스는 울면서 그 볼을 쓰다듬었다.

“자, 이거 봐, 뮤르…… 네, 네 방이야…… 내, 내가 달랜 거 기억나……? 요, 요람의 테두리를 따라서 기차를 달리게 하면, 너, 너는 항상 웃었어…… 웃는 얼굴은…… 귀, 귀엽고…… 저,

정말 소중해서…… 지, 지키고 싶어서…… 그, 그래서, 너한테 이걸 줬어…….”

계속해서 넘쳐흐르는 눈물이 까만 숯이 된 동생에게 스며들어 갔다.

그중 한 방울이 볼에 해당하는 위치에 떨어졌고— 스윽 흘러서 바닥에 떨어졌다.

“사, 사실은, 매년 레일을 하나씩 선물할 생각이었어…… 이, 이 방을…… 이 방을 말이야…… 기차가…… 내가 선물한 기차가 일주하는 거야…… 대, 대단하지? ……엄청 큰 계획이야…… 지, 지금은 안 가져왔지만…… 내 방에 있어…… 어, 언젠가, 이 집의 문제가 해결되면…… 너, 너랑 같이 달리게 하려고…….”

크리스는 오열하면서 동생의 볼을 쓰다듬었다.

“그래…… 계속…… 생각하고 있었어…… 있잖아, 뮤르…… 꾸, 꿈을 꿨어…… 너, 너랑 계속 함께 있고…… 아, 아이즈벨트가 같은 건 신경 쓰지 않고…… 이번에야말로 기대하면서 같이 놀자고 하는 널 거절하지 않아도 되는…… 행복한 꿈을…….”

한계를 맞은 크리스는 스르륵 무너져 내려 누워서 작디작은 동생의 머리를 쓰다듬으며 행복한 꿈에 매달렸다.

그 꿈속에서 작은 동생은 작은 기차를 들고 가만히 서있었다.

“놀자…… 뮤르…….”

떨리는 목소리로 크리스는 동생의 부름에 응했다.

“같이…… 놀자…… 많이 많이…… 놀자…… 해가 질 때까지 놀고…… 같이 밥을 먹고…… 밤늦게까지 수다를 떨고…… 어머니께 혼나고…… 다시 아침이 오면 같이 노는 거야……."

눈앞이 흐릿해지고— 크리스의 눈앞에 동생의 웃는 얼굴이 떠올랐다.

그래서 그녀는 활짝 웃는 얼굴로 속삭였다.

"분명…… 즐거울 거야…… 그치, 뮤르……."

동공이 천천히 확장됐다.

"……………………."

완전히 타버린 시체의 손을 쥐면서 무엇 하나 지키지 못한 소녀는 덧없는 꿈에 매달리며 그 생애를 마쳤다.

*

""듀얼!""

쌍방이 외치는 소리가 울려 퍼졌고 난 덱에서 카드를 뽑았다.

"내 턴! 유ㅇ장의 효과로 마도 사이ㅇ티스트를 특수소환! 계속해서 마도 사이ㅇ티스트의 효과로 아쿠아 드ㅇ곤을 특수소환한다! 중장갑 거북의 능력을 사용해 아쿠아 드ㅇ곤을 사—"

"초보자 상대로 원턴킬 덱이라니, 이 자식 장난하는 건가……."

이제는 집 같은 안정감마저 느껴지는 대학 부속 병원.

크리스와의 결투로 인해 중상을 입은 나는 어쩔 수 없이 입원하게 되었다.

내 옷을 가져오거나 심심풀이 상대가 돼주거나 과일 껍질을 깎아 먹여주는 등…… 입원이 결정됐을 때는 격노했던 메이드는 순간적인 감정의 붕괴를 끝내고 상냥한 엄마로 폼 체인지 해 있었다.

"뭐 먹고 싶은 건 없나요? 상처의 상태는?"

스노우는 격식 차린 분위기를 띠고 부드럽게 미소 지었다.

"스노우 씨의 헌신적인 간병과 매도 덕분에 배도 가슴도 가득 찼어. 말 잘하는 메이드 덕분에 상처가 낫는 것까지 빨라. 항상 폐를 끼쳐서 미안하네."

"그런 말은 하지 않기로 했잖아요."

스노우는 쓴웃음을 짓고 사과 껍질을 깎는 작업으로 돌아갔다.

폭력적 디스커션의 진수를 파악하고, 살인적 디베이트의 정교함과 치밀함을 터득하고, 걸어 다니는 네거티브 캠페인이라고 칭송 받는 메이드의 상냥함에 난 깊이 감동했다.

이런 느낌이면 M○G에서 MoM○*를 써도 혼나지 않을 것 같군. 다시없는 기회니까 온갖 극악한 덱을 구사해서 스노우가 화내는 임계점을 측정해볼까.

문득 스노우는 움직임을 멈췄다.

그녀의 시선은 커튼으로 가려져 있는 옆 침대로 옮겨가 있었다.

"옆 분께 인사해두고 싶은데, 온 더 베드가 아닌가요?"

이 병원에는 개인실, 2인실, 4인실…… 3종류의 병실이 있다.

개인실은 스코어가 높은 사람 전용이고 2인실은 요금 할증이

---

*TCG 매직 더 개더링의 덱. 'Mind over matter(사념력)'라는 카드를 중심으로 구성된 덱이다. 덱을 구성하는 카드 중 6종이 금지 카드로 지정됐을 정도로 흉악한 덱으로 유명하다.

있고, 4인실에는 스코어가 낮은 사람이 처박힌다.

이번에 내가 머물고 있는 곳은 2인실이다.

내 입원비를 부담해주고 있는 명망 있는 분의 형편 덕에 스코어 0인 밑바닥 남자는 한 단계 위의 병실에 입원할 수 있었다.

난 히죽거리면서 커튼을 걷었다.

"안녕하심까~, 반갑슴다, 몸 상태는 어떻슴까아~?"

움찔 반응한 크리스 에세 아이즈벨트는 천천히 이쪽을 돌아봤다.

양쪽 귀에는 무선 이어폰을 끼고 회복 자세로 몸을 둥글게 말고 있던 그녀는 무방비한 잠옷 차림을 보여 볼을 빨갛게 물들였다.

"이, 이 자식! 용건이 뭐냐, 이 쓰레기가!"

"아, 죄송함다~! 그, 저희 메이드가 인사하고 싶다고 해서요오. 그래서, 쫌, 그런 거죠~, 괜찮나요?(웃음)"

분노에 몸을 떤 크리스는 눈가를 움찔움찔 꿈틀거리고 마안을 개안하려다가 말았다.

스노우는 내 이마를 찰싹 때렸다.

"산죠가의 말석을 더럽히지 마, 이 멍청한 주인이."

일어선 스노우는 흐트러짐 없이 등을 펴고 고개를 깊이 숙였다.

"정말 실례했습니다. 전 산죠 히이로의 종자로 일하고 있는 '스노우'라고 합니다. 여기 아주 실례되는 상판을 단 저희 집안의 희귀한 짐승이 침대 감옥에서 탈출해버렸는데 정말 죄송합니다. 부디 용서해주시길 바랍니다. 무슨 일이 있으면 저에게 분부해 주십시오."

스노우는 부드러운 웃음을 띠고 과일 바구니를 크리스에게 건넸다.

"아이즈벨트가 아가씨의 입맛에는 안 맞을지도 모르지만요."

"…………칫."

크리스는 바구니를 받아들고 힘차게 커튼을 쳤다.

나는 순식간에 그 커튼을 걷었다.

"야."

덱을 쥐고 진지한 얼굴로 속삭였다.

"듀얼 하자고."

"넌 배려와 관련된 신경이 전부 잘린 거냐."

스노우에게 퍽퍽 얻어맞고 어쩔 수 없이 커튼을 쳤다.

"이 메이드는 죽을 뻔한 중상자에게 뭐 하는 짓이야. 자만이라는 맛있는 술로 목을 축이는 건 승자의 특권이야. 약육강식이 곧 사회의 축소판, 패자의 마음은 짓밟아야 제맛이잖아. 높은 승자의 자리에서 낮은 곳에 있는 패자를 내려다보는 이 상쾌함! 정말 산뜻해!"

"……스코어 0."

"크리스 씨, 발이라도 핥을까요?"

스노우의 독설로 입장을 떠올린 나는 그 자리에 무릎을 꿇고 머리를 숙였다.

안 좋은 타이밍에 내 입원 비용을 전액 부담해준 후원자가 찾아왔다.

릴리 씨를 데리고 병실에 들어온 뮤르는 내 모습을 눈으로 확인하자마자 깔끔하게 U턴했다.

그 모습을 확인한 후, 스노우는 천천히 고개를 구부리고 날 쏘아봤다.

"어, 그 눈은 뭐야. 배수구에 쌓인 머리카락 뭉치를 보는 눈빛이랑 똑같잖아. 마안인가?"

에헴 하고.

다시 병실에 들어온 뮤르가 거들먹거리며 헛기침을 해서 주목을 끌었다.

"사, 산죠 히이로. 심하게 다망하기 짝이 없고 일손으로 빌리고 싶은 고양이 손이 백만 단위로 필요한 내가 일부러 병문안을 와줬다고."

왜인지 얼굴을 빨갛게 물들이고 있는 뮤르 옆에서 릴리 씨는 품위 있게 키득키득 웃었다.

"여기서 안타까운 소식입니다만, 내가 바쁜 정도는 기숙사장의 바쁜 정도를 훨씬 웃돌지. 이번 주의 히이로 군은 '하루 12시간 백합 사은제 시행', '하루 8시간 수면 중 잠꼬대', '하루 4시간 크리스에게 말 걸기' 세 가지 일이 있습니다. 크큭, 내 분주함을 이길 수 있을까."

"24시간 같은 병실을 쓰는 사람을 괴롭히는 비율이 100퍼센트인 풀타임 썩을 놈이잖아요. 가습기를 가동시켜서 병실을 찰박찰박하게 적시지 말라고, 한가한 녀석."

난 스노우에게 맞으면서 씨익 웃었다.

아이즈벨트가의 아가씨인 크리스가 혐오스럽게 보는 남자와 어쩔 수 없이 같은 병실을 쓰게 된 이유는 하나.

눈속임이다.

스코어 0인 남자와 사사로이 싸우고 패배라는 불명예로 이름을 더럽혔다. 입원했다는 소문이 퍼지면 천재라는 두 글자는 과거의 영광이 될지도 모른다.

화족은 미디어로부터 보호받고 있고 정보를 무마하는 것도 가능하겠지만, 정보화 사회에서는 어디서 그 사실이 샐지 알 수 없다.

남자를 싫어한다고 공언하는 크리스 에세 아이즈벨트가 남자와 같은 병실에 입원하는 걸 좋다고 여길 리도 없다. 그 의식의 허를 찌르는 형태로 나라는 눈속임이 준비되었다.

뮤르 입장에서 보면 나는 사랑하는 언니를 살해하려고 한 백합 킬러.

병문안은 날 위하는 척하면서 자기 잇속을 챙기는 표면상의 궤변에 불과하다.

마음속에 숨긴 증오를 애써 감추고 가증스러운 나를 마주하는 뮤르의 마음을 생각하면…… 북받쳐 오르는 환희로 몸이 떨리는 걸 숨길 수 없었다.

확정적! 확정적 불화!

크리스와의 결투로 인해 자매 백합의 꽃잎은 활짝 피고, 나와 뮤르 사이에 심긴 불화의 씨앗은 쑥쑥 자라고 있다.

앞으로 내가 어떻게 움직이든 뮤르가 히이로에게 호의를 품을 일은 없다. 백합 IQ 180을 자랑하는 내 고성능 계산 능력에 의

하면 거슬리는 히이로는 죽어버리면 좋겠다고 생각하리라.

승리의 술은 맛이 이렇게나 좋은 건가.

부드럽고, 향기롭고, 살살 녹고, 그러면서…… 우아하고 아름답다.

승리의 여운에 취해 있던 나는 공상 속 와인잔을 사이드 테이블에 놓았다.

제군, 오늘의 메인 디시는 '산죠 히이로산, 자매가 자아내는 병문안 풍경의 센티멘털리즘~그런데 수줍음을 곁들인~'이다.

동경하던 언니와 겨우 마주할 수 있게 된 동생이 멋쩍은 듯이 고개를 숙이는 모습은 만병에 효과가 있다고 전해지니까(참고 문헌: 삼라만상).

난 숨을 들이쉬고 눈을 떴다.

와라! 오라고! 그 설렘으로! 내 심장을 멎게 해봐라!

릴리 씨에게 등을 살짝 밀려서 얼굴을 새빨갛게 물들인 뮤르가 앞으로 나왔다.

난 싱글벙글 웃으면서 그 모습을 지켜봤다.

고개를 숙인 그녀는 '건강기원' 부적을 나에게 내밀며 우물쭈물하며 입속으로 말을 우물거렸다.

"과연, 역시 기숙사장이야. '연애성취'가 아니라 '건강기원' 부적이라니 훌륭해. 연애성취를 신에게 비는 나약한 정신을 떨쳐버리고 자신의 몸 하나로 언니에 대한 사랑을 보이려는 그 기개. 입원 중인 언니를 건강하게 만들어서 영원한 사랑을 짊어질 수 있는 밑바탕을 만들면 홈메이드 채플이 완성되는 건가요."

난 활짝 웃으면서 부적을 받았고— 그녀가 내 손을 쥐었다.

"그, 그건…… 네, 것이다……."

경악한 나머지 난 손 안에 있는 부적을 응시했다.

교묘하게 위장된 저주 같은 것…… 아니, 대인 집속탄으로 직접 목숨을 노린 건가……?

요리 보고 저리 보며 뜯어봐도 그건 부적 그 이상도 이하도 아니었다. 그 사실을 이해한 순간, 난 덜덜 소리를 내면서 침대 끝까지 도망쳤다.

"부, 부적이다……."

구석에 웅크린 나는 머리를 싸매고 사이드 테이블 위에 있는 부적을 응시했다.

"부적이잖아아아!"

"몇 번을 버려도 돌아오는 서양 인형을 본 서양인 같은 리액션 하지 마."

기막혀하는 스노우를 무시하고 난 뮤르를 바라봤다.

"왜, 당사자의 허가도 받지 않고 내 건강을 기원해버린 건가요……?"

"네, 네가 해준 일은, 츠키오리 사쿠라한테, 전부, 들었다…… 나, 날 위해서 언니와 싸워줬다고…… 네 덕분에 이렇게 언니 곁에 있을 수 있어……."

볼을 빨갛게 물들인 뮤르는 힐끗힐끗 날 엿보면서 입을 열었다.

"고마——"

"함정 카드 발동!"

난 힘차게 옆자리의 커튼을 걷었다.

뮤르의 기척을 느끼고 있었던 건가. 똑바로 앉은 크리스가 모습을 드러냈고, 그녀는 작은 동생을 곁눈질로 봤다.

"뮤르."

다리를 꼰 크리스는 오른쪽 아래를 비스듬히 쏘아봤다.

"……배가, 조금 고파."

"아……."

얼굴을 활짝 피며 뮤르는 기쁘게 웃었다.

"기, 기다려주세요! 자, 잔뜩! 잔뜩 병문안용 과일을 가져왔어요! 언니의 입맛에 맞는 훌륭한 과일을 릴리랑 엄선해서! 그치, 릴리?!"

"네. 잔뜩 들떠서요."

함께 웃는 세 사람을 보고 난 미소를 띠었다.

자연스럽게 일어서려고 하자 스노우가 힘을 꾹 줘서 앉혔다.

"얼마 전까지 사족보행을 했던 중상을 입은 희귀 짐승이 무슨 프릭쇼에 갈 생각인 거죠?"

"이, 이런 백합이 생겨날지도 모르는 방에 남자가 있을 수 있겠냐! 난 내 집으로 돌아가겠어!"

발버둥 쳐서 탈출하려고 했지만 뮤르와 릴리 씨에게 양옆으로 팔을 붙잡혔다.

"앉아라 산죠 히이로. 흐흥, 이래 봬도 난 과일을 잘 깎는다고. 다들 내 능수능란한 칼놀림으로 껍질을 깎는 걸 보고 비명을 지를 정도거든!"

"히익! 먹을 수 있는 부분이 거의 안 남았어어!"

"에~잇."

"릴리 씨, 귀여운 기합과 함께 팔을 잡아당기지 마세요! 뽑는다?! 당신이 발생시킨 인력과 동시에 어깨를 뽑아서 트라우마 남긴다?!"

"⋯⋯⋯칫."

"넌 이 병원에 혀 차는 연습하러 왔냐, 이 패배자가! 항상 하는 독설 러시로 빨리 날 병원 밖으로 쫓아내라고! 매도 씨름계의 삼류 찌꺼기가! 뭐냐 그 귀여운 잠옷은. 산ㅇ오 퓨ㅇ랜드에서 장기 숙성시켜 왔냐?!"

"정말."

스노우는 쓴웃음을 지었다.

"어쩔 수 없다니깐."

꽥꽥대며 떠드는 사이에 선생님이 와서 엄청 혼났다.

그런 떠들썩한 나날을 보내는 사이에 나의 입원 생활은 끝을 고했다.

＊

도쿄, 신주쿠.

번화가, 환락가, 오피스가⋯⋯ 여러 명칭을 가진 그 거리는 던전가로도 불릴 정도로 던전 수가 많은 지구 중 하나다.

원작에서는 시부야, 이케부쿠로, 신주쿠와 같은 3대 부도심은 던전 수가 많으며 파라미터 상승과 콘솔 파밍에 적합한 포인트였다.

주인공(츠키오리 사쿠라)의 목적은 '모든 던전의 핵을 파괴하는 것'이다.

설정자료집에 따르면 도쿄에는 크고 작은 던전을 합쳐 1032개의 던전이 있으며 그 수는 계속 증가하고 있다. 일반인에 불과한 소녀가 여자 헌팅에 몰두하면서 짬짬이 없애는 건 무리가 있다.

때문에 주인공의 목적은 게임 진행과 함께 변한다. 마신과 마인 토벌, 히로인과의 연애, 학원내 권력투쟁, 세계 제일의 치즈 케이크 가게 주인이 되는 것…… 최종적으로는 던전의 '던'도 안 나오기도 한다.

이 게임을 플레이하기 전에 생중계를 구경했을 때는 정색한 남자가 수수께끼의 국가 운영을 계속하면서 A버튼을 연타해 치즈 케이크를 만드는 지옥도가 펼쳐져 있었다. 그런가 하면 던전의 어둠 속에서 히로인들은 한 번도 모습을 보여주지 않고 '엔딩이다, 울어라'라고 말하는 듯한 윈도우 암전(퇴학 엔딩)을 목도했다.

이 게임은 백합 게임의 '백'도 '합'도 없어지는 경우도 있어서 과격한 백합 애호가에게는 '토사물'이라는 평가를 받았다.

백합을 사랑하는 사람 입장에서 보면 던전은 피해야 하는 위험한 곳이다.

던전 핵 앤 슬래시와 캐릭터 육성에 빠지면 모든 히로인과의 키스신을 회수할 수 있는 '츠키오리 키스 특화 빌드'보다 공략한 히로인을 차례차례 방패로 쓰는 '키스 함락 히로인 방패 빌드'를 선호하는 쓰레기로 타락한다.

그런 악명 높은 던전에 난 모범적인 남학생으로서 수업을 들으러 와있었다.

"네, 그럼…… 그룹을 만들어주세요……."

'폐선역 던전'의 플랫폼 위에서 좌우로 흔들리고 있는 한 여성.

귀걸이를 장식한 십자가와 플레어 스터드 피어싱, 귓불에는 파란색 후프 피어싱. 열 손가락에는 아라베스크 문양 반지가 끼워져 있으며 역 앞 노점에서 산 듯한 싸구려 목걸이가 이너웨어를 장식하고 있었다.

애쉬 레드 숏 헤어, 가죽점퍼와 대미지 진, 간장을 뿌린 파스타로 입에 풀칠을 하는 안 팔리는 밴드맨 같은 분위기. '던전 탐색 입문' 수업의 교편을 잡고 C클래스 담임을 맡은 '시크 하이네스 라이드반'은 얼굴을 들었다.

얼굴이 창백한 그녀에게서는 희미하게 술 냄새가 풍겼다.

"시크 지도교원. 그룹은 몇 명 단위로 짜면 되나요?"

"세 명, 객실이든 카운터든…… 일단 생맥으로…… 그리고 레몬사와……."

"시크 지도교원. 이곳은 선술집이 아니라 던전입니다."

"초음속으로 타코와사비도 추가해서 소닉붐을 발생시키고…… 그리고 사와는 지구가 자전하는 정도로 잘 섞어서……."

"시크 지도교원. 전 마하1.2로 타코와사비를 제공하고 시속

1500킬로로 셰이커를 흔드는 점원이 아니에요. 이 망상 접대에는 시급도 안 나와요."

술기운을 띤 수업으로 벌점을 벌고 있는 시크 선생님은 오열하면서 기둥에 손을 짚었다.

"그럼, 누구신가요……?"

"교원 면허 취소 행정 처분을 받았으면 하는 교원의 음주 수업을 듣고 있는 일반 피해 학생입니다."

우리의 A클래스 반장은 등을 꼿꼿이 편 채로 대답했다.

시크 선생님은 시크한 표정으로 입가를 가렸다.

"그래서 아무리 기다려도 맨 처음에 주문한 생맥주가 안 오는 거야……?"

"여러분. 오늘 참가자로 깔끔하게 나눌 수 있으니 3인1조로 그룹을 짜요."

원작대로 다자이 오사무가 '교원실격'을 집필할 같은 인간성이다.

취기가 뇌까지 오른 시크 선생님은 폐선역 선로 위에서 재○맨에게 당한 야○치 같은 자세를 유지하여 체력 회복을 꾀했다.

내가 듣고 있는 '던전 탐색 입문' 수업은 사전에 확인한 대로 아는 사람은 아무도 없다. 주인공도 히로인도 던전 탐색 같은 건 굳이 배울 필요도 없을 정도의 실력이 있으니 당연하다고 할 수 있다.

수업에 참가만 하면 알코올 중독 교사에게 학점을 딸 수 있는 이지한 수업이다. 이 나이까지 마법을 접하지 않은 초급자나 태어나면서 낸 울음소리와 함께 상승 지향을 뱉어내 버린 학점을 노리는 게으름뱅이밖에 없다. 그래서 난 여유만만한 표정으로 팔짱을 끼고 뒤에서 쓰레기 같은 남자처럼 있을 수 있었다.

몇 분 후, 나를 제외한 모두가 그룹을 만들었다.

이거지!

외톨이인 나는 마음속으로 환호성을 질렀다.

내가! 원했던 건! 이거라고! 이게 바로 이 세상의 올바른 모습이다! 남자는 불필요! 불필요하다고! 아름다운 꽃을 좀먹는 해충은 제거되어야 하니까!

난 히죽거리면서 엎어져 있는 시크 선생님에게 말을 걸었다.

"선생님."

난 머리를 쓸어올리면서 홋 하고 웃었다.

"그룹을 짤 사람이 없어요."

"넌, 뭘 자랑스러워하는 거야……?"

그럼 선생님이랑 짤까.

그런 이상적인 루트는 그려지지 않았고, 그녀는 크게 소리쳤다.

"그럼 이 남자애를 그룹에 받아줄 사람~?"

말이 없어진 여학생들은 거북한 듯이 눈짓했다. 누가 꽝을 뽑을 거냐면서 눈빛으로 상담했다.

방해자 제외에 서로 협력하는 아름다운 자정작용을 본 나는 뜨거운 눈물이 치밀어 올라 입가를 막았다.

"윽…… 으으…… 웃……!"

"이거 봐~ 너희가 차별해서 울잖아. 너무하네. 호죠의 아가씨들은 알코올 중독자인 밑바닥 공무원보다 못한 차별주의자라는 게 밝혀졌습니다. 자자, 박수 박수~!"

새파란 얼굴로 시크 교원은 빈정거리는 박수를 보냈다.

"아, 아니에요…… 저, 저는, 인간의 아름다움에 감동해서…… 이, 이 얼마나 아름다운가…… 바람직한 모습을 한 세상이 이렇게나 아름답다니…… 인간은 훌륭해……!"

"너도 도발을 꽤 잘하네."

본심이다!

그렇게 외치고 싶었는데 지금까지가 너무 힘들었던 탓인지 터져 나온 눈물은 멈출 줄을 몰랐다. 난 그저 울면서 계속 고개를 저었다.

"알겠습니다. 부득이하지만 맡겠습니다."

씩씩한 목소리.

A클래스의 반장은 친구들에게 제지당하면서도 그 제지를 뿌리치고 앞으로 나왔다.

"오, 역시 반장! 이야~, (짝짝), 총리대신! 반장, 술이 들어간다! 쭉쭉쭉쭉쭉! 쭉쭉쭉쭉쭉 언제까지 어깨춤을 추게 할 거야!"

"숙달된 콜은 그만하세요. 술기운 풍기는 교원이 맨 정신인 학생에게 원샷 콜을 한다. 명백한 논알코올 괴롭힘으로 적합한 기관에 신고할 거니까요."

"내 어깨를 봐! 신고됐잖아! 신고! 신고! 신고 신고 신고!"

이 녀석, 알코올로 뇌가 발효됐잖아.

한숨을 쉰 반장은 날 곁눈질로 힐끗 봤다.

"……당신을 환영합니다."

"NO THANK YOU."

산뜻한 웃음을 띤 내 거절은 인사치레라 받아들여진 것 같다.

우왕좌왕하는 사이에 A클래스의 반장과 C클래스의 여자아이, 두 명의 여자와 그룹으로 행동하게 돼버렸다.

C클래스의 여자아이는 보란 듯이 적의가 담긴 시선을 보냈다.

"자 그럼, 그룹 나누기도 끝났고. 오늘의 '던전 탐색 입문' 말인데, 내가 5층에 두고 온 '비오·오니코로시'를 가져오면 끝이야. 다들 열심히 해. 조언은 텔레파시로 보내뒀어. 못 받은 사람들은 착신 설정을 다시 점검해."

"'비오·오니코로시'…… 특별한 매직 디바이스인가요?"

"아니, 술."

경멸을 숨기지 않기 시작한 반장 앞에서 시크 선생님은 당당하게 힙 플라스크를 들이켰다.

"제일 먼저 5층에 도착한 그룹에겐 학점을 줍니다."

장내가 술렁였다.

뇌를 술에 절인 교원의 수업을 듣는 것을 후회하기 시작한 학생들은 서로의 얼굴을 보고 소곤소곤 속삭였다.

숙취로 안색이 파래진 시크 선생님은 학생을 다루는 법을 숙지하고 있는 것 같다. 힙 플라스크를 한 손에 들고 히죽히죽 웃고 있었다.

"클로에 씨도 봉변을 당했네. 스코어 0인 남자라니, 걸림돌도 정도가 있지."

다른 그룹의 여자들이 킥킥 웃으면서 날 살펴봤다.

지금이 이미지 다운 전략의 최전선이라 판단한 난 목을 가다듬고 그녀들에게 명함을 내밀었다.

"처음 뵙겠습니다. 산죠 히이로입니다. 전 스스로의 축소를 담당하고 있는데…… 만약 괜찮으시면 함께 이 세상에서 절 매장하지 않겠습니까?"

말문이 막힌 그녀들에게 명함을 떠밀고 동지에게 미소 지은 난 반장 곁으로 돌아갔다.

지도를 확인하고 있던 반장은 고개를 들고 나와 C클래스 여자를 바라봤다.

"점진적 전진을 명심합시다. 던전과 복도는 뛰어다니면 안 돼요."

짜증을 숨기지 않는 C클래스의 여자는 날 힐끗 보고 혀를 찼다.

"……최악이야."

내 어깨를 봐! 최악이잖아! 최악! 최악! 최악 최악 최악!

"자, 그럼, 준비~ 땅!"

신호를 받은 순간 학생들은 우르르 달리기 시작했고 시크 선생님은 모습을 감췄다.

썩어도 교사라고 해야 할까, 감독자로서 책무를 다할 생각은 있는 모양이다. 앞질러 간 학생들을 감시하러 갔을 것이다.

"빠, 빨리 가야 해! 제일 먼저 도착하지 않으면 학점을 못 받잖아?!"

초조함에 안절부절못하는 C클래스 여자는 똑바로 주위도 확인하지 않고 전력 질주하는 동창을 보고 발을 굴렀다.

냉정함을 유지하고 있는 반장은 살짝 손목시계로 시선을 떨어뜨렸다.

"패닉을 일으킨 집단은 위험합니다. 잠시 시간을 두죠. 시크교원식으로 인용하자면 '흐르는 맥주는 거품을 일으키지 않는다. 제군, 서두르지 말지어다.' 초조함에 시달리는 현자는 존재하지 않아요."

"하, 하지만……."

"강제하진 않겠어요. 가고 싶으면 좋을 대로 하세요."

그녀는 입을 다물었고, 난 반장이 있으면 어떻게든 되겠다며 안도의 한숨을 내쉬었다.

자 그럼, 적당한 이유를 대고 자취를 감출까. 방해자인 남자가 사라지면 어떤 이벤트가 발생해 일본 백합 경관을 선보이는 계획이다.

난 그렇게 생각하고 있었지만──

"조심해요. 덤벼들어요!"

"꺄악!"

"…………."

필사적으로 잔챙이 몬스터 '슬라임'과 싸우는 반장 일행을 보고 그 기대가 배신당했다는 것을 깨달았다.

"위, 위험해! 피하세요!"

"싫어엇!"

"…………."

난 윈도우를 띄워 경과 시간을 확인했다.

전투 시작 후 3분 경과…… 풍성한 색체의 점액체와 격전을 치르고 있는 아가씨들은 1층에서부터 치열한 싸움을 벌이고 있었다. 여기저기서 창백한 불꽃이 튀었고, 이미 30분이나 경과했음에도 불구하고 아직 2층에 도달한 사람은 아무도 없었다.

"마법을 쓸게요! 떨어져요!"

"자, 잠깐만! 뒤로 한 번 물러날게!"

뿅뿅 튀어서 귀찮은 듯이 반장 일행의 공격을 피하는 슬라임.

"기다려요!"

그 슬라임을 허둥지둥 쫓아가는 그녀들.

벤치에 앉은 난 유쾌한 술래잡기를 구경하면서 하품했다.

에스코에는 대량의 캐릭터가 있다.

각 메인 히로인 루트에서만 파생되는 서브 히로인 루트, 어떤 루트에서만 만날 수 있는 서브 캐릭터, 특수조건을 만족하지 않으면 출현하지 않는 숨겨진 캐릭터 같은 것도 있다.

캐릭터가 너무 많아서인지 각 캐릭터를 충분히 파고들지 못해 감정이입을 할 수 없다는 지적도 있었다.

반장 클로에 레인 리데벨트는 원작에선 서포트 캐릭터로 취급되었다.

에스코에는 개별 루트가 존재하는 '메인 히로인'과 '서브 히로인', 루트가 존재하지 않는 '서브 캐릭터'가 있다.

반장은 루트가 없는 '서브 캐릭터'다.

메인 히로인과 서브 히로인은 파티에 넣어서 전투에 참가시킬 수 있지만 서브 캐릭터 대부분은 전투 서포트밖에 못한다.

반장은 서포트 한정 캐릭터이며 다양한 스킬과 아이템으로 주인공을 도와준다.

긴 머리에 히메컷.

항상 당찬 자세를 잃지 않고 호죠 마법 학원의 교칙을 존중하며 가끔 끼어들어서 도와주는 반장에겐 팬이 나름대로 있다.

개발자는 왜 반장 루트가 없는 버그를 방치해두는 것인가?

라면서 SNS에서 성명을 낸 팬이 아가씨의 팬에게 '루트가 있어도 맺어지지 않는 아가씨보다는 낫잖아'라는 알 수 없는 반론을 듣고 일대 논쟁이 벌어진 적이 있을 정도다.

그럼, 여기서 의문이 생긴다.

원래 전투에 참가하지 못했던 서브 캐릭터…… 소위 일반인이 이 세계에서는 어떻게 취급되는는가?

그 답은 바로 눈앞에서 개최되고 있는 슬라임 술래잡기다.

폐선역의 전광판.

더는 표시될 일이 없는 발차 시각 대신 알스하리야가 얼굴을 쑥 내밀고 떠왔다.

"이거 이거, 실로 즐거워 보이니 다행이네."

"그러게, 진짜 최고야. 우애를 다지는 여자아이들이 서로 협력하면서 건전하게 땀을 흘리는 모습을 관전할 수 있는 VIP공간."

"유쾌한 뇌를 가진 너한테 걸리면 추레한 벤치도 VIP석으로 바뀌는 건가."

미니 알스하리야는 영차영차 소리를 내면서 벤치에 기어 올라왔다.

"눈 상태는?"

심홍색.

가끔 불타는 듯한 새벽녘을 담는 두 눈을 감고 난 쓴웃음을 지었다.

"가끔 보이는 정도려나. 그리고 눈이랑 머리에 순간적으로 느껴지는 맹렬한 격통과 메스꺼움."

"억지로 떴으니까. 상처를 가리고 있는 딱지를 힘으로 벗겨낸 거나 마찬가지지. 당분간은 그 상태가 이어질 거다. 언젠가 서서히 닫힐 테니 안심해라. 그래서."

내 옆에서 짧은 다리를 흔드는 알스하리야는 씨익 웃었다.

"이런 곳에서 뭐 하는 거지?"

"학생의 의무를 다하고 있지."

와~ 와~ 소리를 내면서 무기를 휘두르며 슬라임을 쫓는 반장 일행. 얼마를 주면 녹화하게 해줄까 생각하며 눈 깜빡이는 걸 잊은 난 그녀들의 격전을 뚫어져라 봤다.

"네 취미가 시간 낭비일 줄은 몰랐어. 새삼스럽게 이런 수업에 출석해봤자 얻을 수 있는 건 공복뿐이야. 봐라. 초등학생의 빵 먹기 경주가 더 보는 맛이 있다고. 어쩔 수 없이 술래잡기를 하게 된 마물의 입장도 생각해보는 게 어때."

"너랑 난 미적 감각이 다르다고."

쉭쉭 소리를 내며 손을 흔들어 알스하리야를 구석으로 쫓아낸 나는 벤치에 누웠다.

"다른 건 너와 나의 미적 감각뿐만이 아니야. 이렇게 구름 위에서 재롱잔치를 보면 알 수 있겠지. 히이로 군, 넌 이제 보통 사람과는 달라."

"……그럴지도."

뒹굴 돌아 눕고 하품했다.

"정말이지 알 수 없는 녀석이군. 크리스 에세 아이즈벨트를 물리친 남자가 마안을 강제 개방한 후유증에 시달리면서 하는 일이 바보 같은 재롱 관전인가."

"알 수 없는 녀석은 너지. 이 구름 위에서 보는 광경을 보고 느끼는 점이 없다니, 지옥행 지정석을 잡은 녀석의 미의식은 역시 대단해."

누운 나는 히죽거리면서 서로 돕는 여자아이들을 바라봤다.

"전 아이즈벨트가의 메이드들은 신입생 환영회에 참가한 아가씨의 인정을 받았다는군. 어디 사는 누군가가 한 사전 준비 덕분인지 모두 숙원하던 메이드로 재취업할 곳이 정해졌어. 걔들은 눈물을 흘리면서 '사례하게 해달라'고 간청하던데?"

"내가 아니야. 그 녀석(츠키오리 사쿠라)이 했어. 난 몰라. 끝난 일은."

알스하리야는 어깨를 으쓱였다.

"이거 참, 목숨을 걸어서 얻은 건 이런 폐선역 벤치에 누울 권리뿐인가. 난 네 일그러진 얼굴을 더 보고 싶은데."

"자, 속마음이 나왔네 나왔어~, 죽어라 죽어~"

"그래서 이후의 계획은 있나?"

난 천천히 몸을 일으켰다.

"비합법 스코어 매매에 손대서 스코어 올리기에 착수할 생각이었는데…… 아마 그래도 내 스코어는 안 오를 거야."

"산죠 가문인가."

"확증은 없지만 아마도. 내 스코어를 올리려면 근본적인 사전 준비가 필요해."

"서로 죽고 죽이는 건가, 산죠가랑."

알스하리야는 눈으로 웃었다.

"잔인한 짓은 귀여운 동생의 정서 교육에 안 좋아서 말이지. 산죠가를 장악하려면 불효서사를 자연스럽게 개안한 후가 베스트. 지금은 다른 방식으로 접근해서 우회적으로 스코어 상승을 시도해볼 거야."

난 한쪽 다리를 벤치에 올리고 씨익 웃었다.

"그게 모험가야."

"……명성을 높여 실력으로 밀어붙이는 건가."

소리 나는 살아있는 쓰레기 주제에 머리 회전은 빠른 것 같다.

"모험가는 실력지상주의니까. 남자든 여자든 던전 탐색에 계속 성공하면 명성은 퍼져가지. 던전이라는 치외 법권에서 생긴 일에 대한 정보 규제는 아주 어려울 거야. 계속해서 성공하면 내 스코어가 오르지 않는 것에 의문을 느끼기 시작하겠지. 공명정대하다고 주장하는 정부도 언젠가 내 스코어 상승을 인정하지 않을 수 없게 되겠지."

"내 취향이 아닌 흙내 나고 노동계급다운 사고방식이지만…… 좋은 방법이긴 해. 죽고 싶어 하는 네 입장에서도 전투 경험을 쌓는 건 이후의 생존율에도 직결되지."

"그리고 던전 공략은 솔로로도 할 수 있으니까."

난 계속해서 히죽거리며 웃었다.

"백합을 방해할 일도 없어. 그게 가장 중요시해야 할 사항이다. 뭐…… 넌 이해 못 하려나, 이런 수준의 이야기는."

"너랑 같은 수준이었으면 지금쯤 목을 매달았을 테니 안심해라."

45분 경과.

적당히 휴식을 취하면서 계속해서 싸우는 아가씨들은 아직도 결판을 내지 못했다. 지금부터 후반전이 시작될 텐데, 전반이 통째로 로스 타임 취급을 받을 것 같다.

"그래서 히이로 군, 네 모험가로서의 화려한 데뷔가 이건가?"

"아니, 이건 취미."

볼을 움찔거리는 마인에게 난 비웃듯이 웃음을 지었다.

"백합 신사 특유의 농담이다. 이 수업을 듣는 의미는 충분히 있어. 내 파트너를 찾는 거지."

"무슨 소리냐, 내가 있잖아."

"기분 나빠!"

나는 맹렬한 기세로 백 텀블링 하면서 거리를 벌리고 외쳤다.

"재수 없어어어어!"

"바로 얼마 전에 첫 공동 작업을 완수하고 함께 첫날밤을 보낸 사이잖아."

"…………."

"토하지 마 토하지 마. 손으로 무릎을 짚고 말없이 토하지 마.

그렇게까지 기분 나쁜가. 마인에게도 마음은 있다고. 그래서 그 파트너라는 건? 써먹기 좋은 인형이 필요하다면 스노우라는 메이드(가짜 약혼자)가 있잖아?"

입가를 닦은 나는 파래진 얼굴을 들었다.

"난 남자니까. 던전을 공략해도 그 사실을 없었던 일로 뭉개거나 공을 다른 녀석에게 빼앗길지도 몰라. 그러니 나름대로 지위가 확립되어 있고 발언력 있는 증인이 필요해. 아쉽게도 스노우에게 그만한 발언력은 없어."

"독설을 뱉을 혀는 있어도 사실을 말할 입은 없으니 말이지. 근데 너, 아까 던전은 솔로로 공략할 수 있다고 기뻐하지 않았나?"

"사람 말은 끝까지 듣고 죽어. 내가 원하는 건 감정이 통하는 동료 같은 게 아니야. 연애는 뇌의 버그라고 딱 잘라 말하고 관찰자 역할을 맡을 수 있는 비즈니스 파트너지. 이 수업에 참가한 사람들 중에서 한 명을 고를 필요가 있어."

"그렇군. 네가 원하는 건 기록원을 대신할 동행자인가."

시야 중심에 알스하리야를 둔 채로 난 반장을 덮치려고 한 슬라임을 보이지 않는 화살(널 애로)로 없애버렸다.

"이 수업에 참가했다는 건 다소나마 던전에 관심이 있다는 뜻이잖아. 개중에는 학점이 목적이 아닌 녀석도 있을지도 몰라."

"전투력에 기대지 않고, 금품에 정보를 팔 필요가 없고, 지위가 확립되어 있는 보통 사람, 인가."

알스하리야는 거친 숨을 내쉬면서 싸우는 아가씨들을 힐끗 봤다.

"절호의 매칭 플랫폼이군."

"이해해준 것 같아 다행이야."

"하지만 이 수업에 참가한 사람 대부분은 널 혐오하거나 싫어하거나 둘 중 하나. 과연 제안을 받아들이는 기이한 녀석이 있을까?"

"찾아낼 거야, 필요하니까."

환호성이 울렸다.

아무래도 슬라임 토벌에 성공한 그룹이 나온 모양이다.

영웅의 강림을 목격한 것처럼 여학생들은 가장 먼저 토벌한 그룹에 존경의 눈빛을 보냈다.

"네에, 제5그룹 통과아…… 슬라임 한 마리 못 잡는 그룹은 2층에 내려가는 걸 허락하지 않을 거예요……."

가스버너로 술을 따끈하게 데우고 있는 시크 선생님은 하품을 했다.

"아, 됐다, 맞았어!"

내 그룹인 C클래스 여자가 운 좋게 공격을 맞혀 드디어 반장 일행은 슬라임 토벌을 완수했다.

"서, 선생님, 이제 저희도 2층에 내려가도 될까요?!"

"아앙? 보고 연락 상담 타이밍이 붐비는 선술집에서 하이볼이 영원히 안 나오는 정도로 늦지 않아? 아주 옛날에 거기 있는 남자애가 너희를 도와주면서 셀 수 없을 정도로 잡았잖아."

반장과 C클래스 여자는 의아하다는 듯이 날 바라봤다.

어이 어이, 어떻게 닐 애로를 본 거야, 이 술주정뱅이.

난 내심 식은땀을 흘리면서 정말로 지금까지 농땡이 친 것처럼 하품했다.

"3차까지가 1차라고 하는 주정뱅이의 헛소리겠지. 음주 수업을 하는 단 한 명의 특별한 존재가 우리의 신뢰 관계에 금이 가게 하려는 것일 뿐이야. 신경 쓰지 말고 다음 층으로 가자고."

"잠깐 잠깐, 꼬맹이들. 선생님과 알코올의 말을 못 믿겠다는 거야?"

"""응."""

처음으로 우리의 마음이 합치되어 다음 층으로 내려갔다.

예상 이상으로 수업시간이 밀리고 있는 것 같다. 2층부터 4층은 시크 선생님의 손으로 도중의 장애물이 배제된 층을 화족 아가씨들이 와~와~ 소리 내면서 달려 나가는 서러브레드 달리기 경주 코스로 변해 있었다.

학생들은 사람들 틈에서 시달리면서 드디어 마지막 층을 직접 봤다.

비스듬한 전광판 아래에서 희미하게 빛나며 창백한 색을 띠고 있는 인형.

벗겨진 바닥 타일 위에 옆으로 쓰러져 있는 스크린도어, 깨진 콘크리트 틈새에서 뻗어 나온 유리에 삼켜진 자판기, 팔걸이가 비틀린 3인용 벤치가 폐수 속에 잠겨있었다.

컵에서 피어오르는 새하얀 김, 그 너머에는 본 적 있는 초승달처럼 가늘고 아름다운 눈썹.

"어라? 히이, 왜 살아있어?"

카이룰레움(창의 기숙사)의 기숙사장 프리 플로마 프리기엔스.

당당하게 티 테이블을 설치하고 우아하게 홍차를 즐기고 있는 그녀는 아름다운 동작으로 찻잔을 입으로 가져갔다.

"……아니, 왜 던전 최하층에서 홍차를 마시고 있는 거죠?"

"일레븐지스인걸요. 홍차를 마시는 시간이잖아."

"TPO의 'T'밖에 없는 미친 티 브레이크를 정당화할 수 있을 리가 없잖아요."

어젯밤에 내린 비가 스며들어 똑똑 소리를 냈다.

그 빗소리에 질세라 던전 안에는 사람이 웅성거리는 소리로 가득 찼다.

왜 스코어 0인 남자가 카이룰레움 기숙사장과 차를 마시는 자리에 함께 있는가. 곤혹과 의문과 경악이 소용돌이쳤다. 이상한 곡해로 소문이 나면 곤란하다고 생각하면서도 부드러운 미소와 날카로운 눈빛에 이끌려 앉았다.

"내 점괘가 빗나간 건 처음이 아닐까."

"호~, 초회 특전 같은 건 딸려있나요?"

아니, 적중했지만요. 성대하게 폭사했으니.

멀리 떨어진 영구동토를 연상케 하는 안구가 세브르 찻잔을 든 날 뚫어져라 봤다.

"그 마력, 뭐야?"

채색된 꽃무늬 찻잔이 100만 엔 단위로 매매되고 있는 걸 인터넷 검색을 통해 알고 있는 나는 컵을 살짝 놓았다.

"뭐냐고, 한다면?"

"순수한 인간의 것이 아니야. 그리고."

사뿐히 일어난 그녀는 내 볼에 차가운 양손을 대고— 눈을 들여다봤다.

"불효서사, 개안했구나. 아니, 강제로 열어서 자기 의지로는 닫을 수 없는 건가."

무, 무서워어…… 이, 이 사람 뭐지? 원작에서도 강캐였는데 뭐든지 한눈에 간파하지 말아줄래?

내 당황이 전해진 걸까.

웃음을 띤 프리는 손끝으로 내 볼을 살짝 쓰다듬었다.

"그 마안, 빨리 닫는 편이 좋을 거야. 산죠가에 들키니까. 아니면 이미 들켰을지도."

"지금 자유롭게 열고 닫고 할 수 있는 건 항문밖에 없어요."

"미소녀와의 티타임에 더러운 농담을 하는 입도 닫았으면 좋겠네. 아무튼 히이는 죽지 않고 살아나서 다행이야. 자신의 점괘대로 사람이 죽으면 그다지 좋은 기분이 안 드니까. 우유는?"

"요즘 비싸죠."

"알았어. 이제 마안 이야기는 안 할 거고 왜 살아있는지도 언급하지 않을게."

프리는 정성스러운 손놀림으로 우유를 타줬고, 난 목에 홍차를 흘려 넣었다.

"편의점에서 파는 것보다는 맛있는 것 같아!"

"우후후, 혀를 갈고닦아서 다시 오렴."

"그래서 카이룰레움의 기숙사장님이나 되시는 분이 이런 곳까지 무엇을 하러 오셨죠? 규중처녀가 잠깐 차 한잔하러 올 만한 분위기 좋고 예쁜 곳과는 거리가 멀다고 생각하는데."

여학생의 주목을 한 몸에 받으면서도 한 번도 돌아보지 않는 프리는 손가락으로 테이블을 통통 두드렸다.

"오늘 이 시각의 프리 플로마 프리기엔스는 카이룰레움의 기숙사장이 아니라 '지고'의 마법사 '절령'이니까."

"그거참 대단하시네요…… 마법 협회를 경유해서 일본 정부가 주문했나요?"

"지명으로."

프리는 눈을 감고 홍차의 향을 즐겼다.

"이런 초급자용 던전에 '지고'의 마법사를 불러내다니, 뭐라 말하기 어려운 무언가라도 섞여들었나요?"

"아쉽네, 틀렸어. 별일 아니야. 이 수업에 참가한 아가씨 중에 정부에 연줄이 있는 아빠가 있는 아이가 있는데 '과보호'라는 세 글자가 적힌 처방전을 나에게 보냈을 뿐이야. 잡담을 하고 싶어서 112를 누르는 녀석들과 별 차이가 없지."

"아무리 예외가 있다고 해도 그냥 수업 들러리로 '지고'의 마법사를 보낼 수는 없잖아. 내가 마법 협회의 담당자였다면 '지고' 수준의 마법사를 보낸다고 하고 처리할 거야. 예상 밖의 사태는 일어나고 있는 것 아닌가요?"

"바보와 현자는 일찍 죽어."

프리는 미소를 짓고 내 찻잔에 두 잔째를 따랐다.

"사실 시크 선생님이 있으면 문제없어. 하지만 그 사람, 내 모습을 보자마자 본업을 던져버렸거든. 아까 나한테서 홍차를 강탈하고 브랜디를 탄다면서 즐거워했어."

수업 중에 홍차에 브랜디를 타서 부모님의 신뢰를 바닥까지 실추시키는 스쿨 드링커의 귀감.

"있잖아. 아직 시간은 남았으니까."

의자를 가까이 붙인 프리한테서 차가운 피부의 감촉이 전해지고 향수의 향기가 풍겨 왔다.

"나, 히이랑 이야기를 하고 싶은데."

"우아한 다과회가 갑자기 캬바쿠라 같은 분위기가 나기 시작했어……."

프리는 검지로 내 어깨를 빙글빙글 쓰다듬었다.

"나, 요즘 갖고 싶은 별장이 있어…… 사줄래……?"

"어이 어이, 엄청나게 고급인 가게잖아. 이런 꼴등이 집합소에서 영업해도 되는 가게가 아니라고. 보건소와 풍속영업법은 어느 지상에서 게으름 피우고 있는 거야."

"히이, 나 심심해서 뇌가 고파. 뭔가 재밌는 이야기라도 해줘. 해줘 해줘~"

까딱 잘못하면 파멸할 정도의 강자와는 상관하고 싶지 않은데…… 놓아줄 것 같지도 않고, 다행히도 우호적이니까 얘기해봐도 좋으려나.

마성의 매력으로 젊은이를 갖고 놀면서 심심풀이를 할 생각인 선배에게 상담해보았다.

"모험가? 스코어 0이면 등록도 안 되잖아?"

"무료 봉사활동이에요. 말씀하시는 대로 모험가 등록은 어려우니까 돈은 못 벌지만 일 정도는 알선해줄 거예요."

"명성을 높이는 게 목적이고 자신이 일하는 걸 지켜볼 동행자가 필요한가······ 랏피는 안 돼?"

"당연히 안 되죠. 뇌가 굳어서 사고 지연이 일어나고 있는 거 아니에요?"

"그럼 난?"

입술에 검지를 대고 미소를 띤 프리는 고개를 살짝 갸웃했다.

"아니 아니 아니, 절대로 안 되거든요. 당신 수준의 사람이 따라오면 공을 전부 빼앗겨서 말라 죽어요."

"그게 뭐야, 재미없어."

프리는 내 가슴을 만지작만지작 쓰다듬었다.

"그럼 내가 좋은 애를 소개해줄까?"

"선배 소개로 처음 만나서 사귀기 시작하는 느낌으로 비즈니스 파트너를 소개 받아도 좀."

"엥~ 왜~? 괜찮잖아아~?"

"이봐요, 아까부터 말이야! 거리감이 이상하거든! 건전한 청소년을 홀려서 다른 사람의 뇌를 핑크색으로 물들이는 건 그만 좀 해줄래요?!"

나한테 기대있던 프리는 쿡쿡 웃으면서 몸을 떨어뜨렸다.

"히이는 놀리는 맛이 있어서 재밌네. 누르면 빛나는 장난감 같아."

"그런 장난감의 수명은 짧다구요……?"

"중개, 해줄까."

프리는 대담하게 미소 짓고 속삭였다.

"방과 후가 되면 카이룰레움에 와. 좋은 애를 찾아줄 테니까."

"수, 수상해…… 뚜쟁이처럼 말하고 자빠졌어, 이 음란 암여우가."

"이 프리 플로마 프리기엔스에게 당당하게 '수상하다'고 말하고 뚜쟁이 취급한 바보는 너 정도밖에 없어."

쓴웃음을 짓고— 갑자기 프리가 고개를 들었다.

"……왔다."

빠직, 빠직, 빠직.

푸르스름한 번개가 반짝이고 기능을 잃었을 터인 전광판이 점멸했다.

상부의 형광등이 기능을 되찾고 합선되는 소리와 함께 불꽃을 튀겼다. 같은 간격으로 늘어선 원기둥에 생긴 빛과 그림자. 학생 집단 사이에 웅성거리는 소리가 일었고, 사람에서 사람으로 공황이 퍼지고 자살 방지용 청색등이 선명한 파란빛을 냈다.

팟— 전광판에 선명한 디지털 문자가 표시되었다.

깨진 글자로 시각과 행선지가 어지럽게 바뀌어 갔다. 사방팔방에서 울려 퍼지는 출발 안내 방송, 인간의 비명이 메아리치고 마물들은 달아나는 토끼처럼 도주했다.

소리. 귀에 거슬리는 소리가 들려왔다.

전철이 달리는 소리다.

어둠을 들여다보자 빛이 드리웠다.

어둠에 닫혀있던 선로, 방대한 질량과 질량이 충돌하는 굉음이 울려 퍼졌고─ 엄청난 기세로 기울어진 전철이 돌진해왔다.

갸아갸갸갸갸갸갸갹!

새까만 안개가 들러붙은 전철은 뒤틀린 소리를 내면서 벽면을 깎아내고 불꽃을 튀기면서 뚫고 들어왔다.

계속해서 폭주하는 그 전철이 검붉은 손을 여기저기에 뻗어 학원생을 움켜쥐었다.

"까아──."

베었다.

순간, 나의 광검은 그 손을 양단하고 여학생을 안아 든 채로 뒤로 물러났다.

온몸에 마력선을 뻗은 나는 바닥재를 날려버리면서 뛰어다니며 모든 손을 베고─ 납도한 채로 땅에 착지했다.

손은 손잡이에.

게으름 피우지 않고 잔심(殘心)을 마친 나는 덮쳐드는 마수를 피하면서 홍차를 마시고 있는 프리에게 외쳤다.

"일 좀 해주세요! 당신 노동하러 왔잖아!"

"그치만 히이의 멋진 모습을 보고 싶은걸."

"…………."

사, 살짝 히죽거리고 말았다…….

1량, 2량, 3량.

눈에 비치는 섬광, 얼굴에 부는 돌풍, 귓전을 때리는 굉음.

인간의 눈으로는 포착해낼 수 없는 선이 되어 달려가는 마차(魔車)는 그대로 지나가고―― 프리는 무거운 엉덩이를 들었다.

"그럼, 갈까요."

"옛?"

둥실.

내 옷깃을 붙잡은 프리는 얼어붙은 창문을 깨고, 치마를 흔들면서 무임승차를 해냈다.

손가방처럼 붙잡혀 어쩔 수 없이 동행하게 된 나는 손잡이를 잡아 기세를 죽이면서 착지했다.

"전 왜 강제 동행당한 거죠? 경찰도 임의동행을 하는데 영장도 없이 강제동행이라니, 카이룰레움 기숙사장의 이름값을 못 한다고 생각하지 않나요?"

"어머, 연약한 숙녀를 홀로 돌입시킬 생각?"

"다음에 '연약하다' 부분을 형광펜으로 칠한 국어사전을 선물해줄게요."

"고마워. '죽인다' 부분을 형광펜으로 칠해서 답할게."

살의가 가득한 웃음을 띤 프리를 보고 정색한 나는 두 손을 들었다.

별로 특별할 것도 없는 전철 안.

이미 차량 안에 돌입해 있던 먼저 온 손님은 경마 잡지를 한 손에 들고 열기를 띤 주먹을 치켜들었다. 귀에 빨간색 연필을 끼고 이어폰으로 레이스 중계를 듣고 있었다.

"제쳐라 제쳐라 제쳐라 제쳐라 제쳐라아!"

사케 '비오・오니코로시'를 소중히 안은 시크 선생님은 갑자기 고개를 푹 떨구고 울기 시작했다.

"잃은 파칭코비를 되찾을 수 있는 유일한 기회가아⋯⋯!"

"이게 소문으로 듣던 우○무스메인가요."

"너 그러다가 팬한테 살해당한다."

우리가 있는 걸 알아차린 선생님은 갑자기 생글생글 웃음을 지었다.

"프리, 돈 빌려──"

"꺼지렴♡"

사랑스러운 웃음을 띠고 전에 없이 사랑스럽게 교사를 저버린 선배는 선생님한테서 '비오・오니코로시'를 몰수했다.

"자, 잠깐만, 돌려줘! 이 인간도 아닌 녀석! 고역에 지친 어른한테서 현실을 흐릿하게 만드는 수단을 빼앗고 부끄럽지도 않냐!"

"학생한테 돈을 빌리려고 하고 부끄럽지도 않아?"

"그럼!"

"⋯⋯⋯⋯."

하, 학생이 저런 눈으로 교사를 봐도 되나⋯⋯.

"1엔 파칭코를 했어야 했어⋯⋯ 1엔 파칭코를 했어야⋯⋯ 1엔 파칭코였으면 땄는데에⋯⋯!"

선생님은 차량 안의 긴 의자에 누워서 훌쩍훌쩍 울기 시작했다.

한숨을 쉰 프리는 빙글 이쪽을 돌아보며 미소를 지었다.

"히이는 이런 어른이 되면 안 된다?"

"그럼!"

"…………."

"노, 농담이라니까요…… 그 눈빛, 그만……."

프리는 고개를 들었다.

마력의 흐름이 바뀌고 내 두 눈이 쑤시고 차량 안의 전등이 깜짝이기 시작했다.

깜빡깜빡, 깜빡깜빡, 깜빡깜빡.

지하 터널을 나아가면서 좌우로 흔들리는 마차(魔車)는 밝아졌다가 어두워졌다가를 반복했다.

통로 문이 소리도 없이 열리고 세 개의 그림자가 모습을 드러냈다.

얼굴을 검은 안개로 가린 3인조. 그 앞에서 방패막이가 된 여자아이는 검붉은 손에 목을 졸려 괴로워하는 목소리를 내고 있었다.

반장이다.

질식할 것 같은지 얼굴이 적자색으로 물든 채 공중에 매달려 발버둥 치고 있었다.

"…………."

"히이, 기다려."

프리는 손으로 울타리를 만들며 발을 내딛은 날 제지했다.

그리고 볼에 손을 대고 부드럽게 미소 지었다.

"누구시죠? 식사 초대라면 끝이 없어서 거절하고 있는데."

"프리 플로마 프리기엔스지?"

"어머나, 대화도 안 되는 바보 분들이 다 모이셨네. 미안해 히이, 처음부터 목적이 나였나봐…… 말려들게 했을지도."

"말려드는 거, 좋다 이거에요."

트리거를 당긴 나는 천천히 발도한 도신을 혀로 핥았다.

"마침 오늘밤 쿠키 마사무네는 피에 굶주린 참이거든요……!"

"지금은 낮이라고."

"적이 딴지 걸지 말라고! 처죽인다, 이 자식아!"

프리는 살짝 나에게 귓속말을 했다.

"히이. 한 사람당 한 명, 할 수 있어?"

난 훗 하고 웃었다.

"세 명을 쓰러뜨려도 딱히 상관없겠지?"

"네, 그럼 잘 부탁해."

"죄송합니다, 까불었습니다. 한 사람당 한 명으로 부탁합니다."

프리는 쓴웃음을 지었고— 3인조 옆의 창문이 뛰었다.

힘차게 날아온 시크 선생님은 습격자 중 한 명에게 드롭킥을 날렸다. 세차게 코피가 터졌고, 깔끔하게 얼굴을 가격한 양발은 착지에 성공했다.

""""뭐야?!""""

실신한 동료를 내려다본 남겨진 두 사람은 어리둥절해했다.

화려한 도발 스텝을 밟는 선생님은 빼앗은 지갑을 높이 들어올렸다.

"파칭코비, 넌 내 거야!"

"히이, 한 사람당 한 명!"

"저 사람 어느 틈에 밖에 나간 거야?! 그보다 지금 이 전철 달리고 있지?!"

나와 프리는 동시에 달리기 시작했고――섯다운――어둠 속
성 연막이 뿜어져 나와 시야가 가려졌다.

"히이로 군, 세 걸음 앞으로 간 후에 코등이 위치에서 뽑고 옆
으로 휘둘러."

"땡큐."

알스하리야의 지시대로 칼을 뽑는 동시에 베었고――

"왜, 왜 보이는――"

반응 있음.

칼날이 없는 도신이 훌륭하게 급소를 쳤다.

털썩 하고 사람이 쓰러지는 소리가 들려왔다. 난 히죽히죽 웃
으면서 입가에 쿠키 마사무네를 가져갔다.

"그러니까 말했잖아."

눈이 안 보이는 채로 난 허공을 할짝할짝 핥았다.

"오늘 밤 쿠키 마사무네는 피에 굶주려 있다고……!"

"히이로 군, 네 얼빠진 모습은 구역질이 날 정도로 만끽했으
니 칼은 집어넣고 그대로 나아가. 그래 그래, 하나 둘 하나 둘.
잘한다 잘한다 잘한다."

양손을 앞으로 내민 채로 알스하리야의 지시를 따라 걸어갔다.

갑자기 뭔가에 부딪쳐 얼굴에 부드러운 감촉이 전해져 왔다.

"……히이, 고의면 옵션 요금 받는다?"

프리가 주의를 주듯이 머리를 통통 때렸다.

프리의 오른손이 거기에 있다는 건, 내 머리 위치는 이쯤에 있

다는 뜻이고.

즉, 이 볼륨 있고 부드러운 건.

"알스하리야, 이 자식아아아아아아아아아아아아아아아아아아
아아아아아아아아아아아아아!"

"여자 가슴에 얼굴을 묻고 다른 여자애의 이름을 외치는 건
실례 아니니?"

"후, 훌륭한 크레셴도다······!"

난 프리한테서 떨어져 살의가 이끄는 대로 양팔을 내밀고 알
스하리야를 찾았다.

"나의 강력한 악력으로 혈중산소농도를 급격히 저하시켜주
지······!"

"우와~, 살려줘~."

알스하리야가 내는 한심한 목소리에 의지해서 나는 수색을 시
작했고── 술병에 발을 걸려 힘차게 얼굴부터 박으며 넘어졌다.

하지만 부드러운 것이 쿠션이 되어서 목숨을 건졌다.

"으······ 으응······."

요염하고 달콤한 목소리.

셧다운의 효과가 떨어져 벌어진 가슴팍이 시야에 들어왔다.

본 적 있는 예쁘장한 얼굴.

반장 클로에 레인 리데벨트는 긴 속눈썹을 움찔움찔 움직이며
깨어나려 하고 있었다.

떨어지려고 한 순간, 눈을 뜬 반장은 멍하니 날 바라봤다.

"············."

"…………."

"……여, 여어, 우연이네."

내 선택 미스를 무시하고 시선을 내린 그녀는 가슴팍에 시선을 줬다. 자신의 상태를 파악한 직후, 바들바들 떨기 시작하고 얼굴이 서서히 빨갛게 물들어 갔다.

"사, 사고인가요, 사건인가요, 아니면 공들인 자살인가요……?"

"형사님, 공들인 사건입니다. 범인은 당신의 눈에는 보이지 않습니다. 하지만 내 눈은 단 하나의 진실을 꿰뚫어 보지. 외모는 기분 나쁘고 두뇌는 초1부터 뜯어고쳐라. 그 이름은 빌어먹을 썩을놈 알스하리야아아아아아아아아아아아아아아아아아아아아아아아아아아아아아아아아!"

"콘서트장 수준의 샤우팅으로 호소해도."

난 천천히 떨어졌고 반장은 분주하게 흐트러진 옷을 정리했다. 그 뒤에서 난 계속 엎드려 빌고 있었다.

"……그래서."

아직 얼굴이 약간 빨간 반장은 리본을 다시 묶으면서 속삭였다.

"산죠 히이로 씨, 당신이 절 구해준 게 맞나요?"

"아닙니다, 성욕에 졌습니다. 가까이에 있던 적당한 여체로, 항상 노력하는 양손에게 근로에 대한 감사를 전했습니다."

"증거가 불충분한 겸손은 차리지 않아도 괜찮아, 히이. 맨 처음 뛰쳐나가려고 했던 건 너니까 한 사람당 한 명, 공주님을 구한 건 왕자님인 걸로 해줄게."

"그럼 감사하다고 해야겠죠."

반장은 가볍게 머리를 숙이고 머리카락을 쓸어올렸다.

"다만, 사고라고는 해도 적당한 나이의 남녀가 몸을 겹치는 건 사춘기 특유의 망상적 억측을 초래할 수도 있습니다. 여자끼리라면 몰라도 남녀의 관계는 추문을 일으킬 수 있고 자극적이니 가십 잡지와 카레를 좋아하는 아이가 선호하는 화제입니다. 이성교제는 좋지만, 불순 이성교제는 좋지 않다. 이 말을 인쇄해서 훈시로 가슴팍에 게시해주세요."

날카로운 눈초리로 도도하게 설교를 늘어놓는 반장에게 굽실굽실 머리를 숙였다.

그 모습을 바라보고 프리는 미소 지었다.

"히이는 호구 잡히는 재능도 있었네. 벌써 잡혀 살고 있어."

"기숙사장님, 실례지만 정정을. 저와 산죠 히이로 씨는 부부 관계에 해당하지 않으니 그 말은 적합하지 않습니다"

"어머 어머, 부끄러워하네."

"그 대답도 적합하지 않군요."

프리가 까딱까딱 손짓해서 불렀다.

소리 내서 울고 있는 시크 선생님한테서 술병을 빼앗고 있는 반장을 곁눈질로 보면서 프리가 걷어 올린 습격자의 목가를 바라봤다.

"낙인…… 페어 레이디파인가."

"소문으로 듣던 마법사 사냥이네."

마법사 사냥…… 아스테밀 영구 이탈로 이어지는 그 강제 이벤트인가.

"고위 마법사만 마신교에게 습격당한다는?"

"일반 학생인 척을 하고 있는 것 치고는 박식하네. 물량을 이용해서 고위 마법사를 습격해 죽은 사람으로 만드는 게 요즘 트렌드 같아. 방심만 하지 않으면 쉽게 대처할 수 있겠지만, 상대에게도 실력자가 있어서 당한 사람도 몇 명 나왔으니까."

지금은 역량을 재는 단계니까. 얼마 안 있어 본격적으로 나서기 시작하고 그 이벤트가 발생한다.

"……♡Q."

난 습격자의 가슴 주머니에 들어있던 트럼프 카드를 바라봤다.

"하지만 프리 플로마 프리기엔스를 죽이려고 한 것 치고는 캣급 권속 3명이라니, 부족한 것도 정도가 있지."

프리는 조용히 고개를 들었다.

동시에 나도 안 좋은 예감이 들어 창밖을 바라봤다.

주행거리를 계속해서 늘려가는 마차(魔車)는 압박감이 느껴지는 좁은 터널에 돌입했다. 좌우는 시멘트로 막혀있다. 차체가 삐걱거리고 비스듬해져 커브를 돌고 나면 직선이 된다.

선로 위를 미끄러지는 이 마차(魔車)는 과연 어디로 향하고 있는 것인가.

우리는 서로의 얼굴을 마주봤다.

"다음 역은?"

"종점. 다시 말해서 벽이지."

"……이 전철이랑 같이 매장할 생각인가."

"태어나서 지금까지 전철 같은 걸 탄 적이 없으니까. 섣불리

도중에 승차한다는 아가씨는 해서는 안 될 실례를 저지른 게 잘못인가."

프리는 전철 안쪽의 어두운 곳을 응시하고── 쓴웃음을 지었다.

"앞으로 1분 32초. 히이, 맨 뒤쪽까지 달릴 수 있어?"

"달릴 수 있지만…… 아마 한 명밖에 못 데려가."

"그럼 쿠우를 부탁할게."

"쿠우라면…… 반장? 선배랑 선생님, 이 3인조는 어떡할 거예요?"

"앞으로 1분 22초, 이 전철에서 할 일이 있으니까 남을 거야."

프리는 빙긋 웃고 뒤로 손을 흔들었다.

"그럼 가."

"미안, 반장, 설명할 시간이 없어."

"네? 잠깐만요, 뭔가요."

난 반장을 휙 안아들고 눈을 감았다.

마력선을 양다리에 집중시켰다. 길을 막고 있는 장애물과 관통문을 상정하고 상상. 최단거리로 구축된 루트를 인도했다.

"반장, 롤러코스터 같은 건 괜찮아?"

"에?"

"살짝."

난 발바닥에 마력을 모았다.

"진심으로 달릴게."

단숨에 마력을 해방했고──훅──짙푸른 흐름선이 뻗었다.

너무 빠른 속도에 덜컥 몸을 젖힌 반장은 소리 없는 비명을 질렀다.

발을 내딛을 때마다.

마력선으로 보강하고 마력량을 서서히 늘려나가 전심전력으로 마력을 계속해서 불어넣었다. 전방을 막는 문은 라이트로 날려버리고 카운트가 진행될 때마다 기울어 가는 차량 내부에 맞춰서 기울이면서 창문 위를 달려 나갔다.

쑥.

그 앞길을 막는 것처럼 검붉은 손이 바닥에서 생겨났고——

"평소보다 많이 돌리고 있습니다~!*"

난 창문을 박차고 천장에 착지해 회전하면서 계속 달렸다.

"앞으로 15초. 늦을 거다, 전력으로 가라."

나지막이 알스하리야가 귓속말을 했다.

후방에서 들려오는 파쇄음이 크레센도 되어 쫓아왔다. 차량 전체가 굽이쳤고, 충격에 앞으로 넘어질 뻔하면서도 어떻게든 자세를 유지하면서 질주했다.

선두 차량이 종점에 도착해 찌부러지기 시작한 모양이다.

귀를 찢는 듯한 붕괴음이 고막을 때려 이명이 들리기 시작했다.

난 마력을 계속 방출했고, 맨 뒤쪽의 창문이 보이기— 엄청난 수의 검붉은 손이 두껍게 겹쳐 출구를 덮어 가렸다.

---

*일본의 전통 예능 다이카구라 콤비인 에비이치 소메노스케 · 소메타로 콤비가 우산으로 고리나 공 등을 굴리면서 하는 대사. 과거 새해 특집 방송 등에서는 빼놓을 수 없는 존재였다.

"반장, 던질게."

"뭐?"

휭 하고 반장을 전방에 내던지자 그녀는 경악해서 입을 크게 벌렸다.

그 순간, 강렬한 마력의 섬광이 손에서 생겨났다.

코등이― 달린다.

순간 생겨난 심홍색을 칼날로 따라 그었다.

십자 모양이 새겨진 맨 뒤쪽 벽면을 걷어차서 바깥쪽으로 날 아간 벽과 함께 탈출했다.

바깥으로 튀어나온 나는 반장을 잡고 기세를 죽이지 않고 각 도를 바꿨다.

착지와 동시에 터널 가장자리로 뛰어들자, 대량의 유리 조각 과 스테인리스와 열풍과 폭음이 빗발치듯이 쏟아져 우리의 머 리 위를 스쳐 지나갔다.

소리가 멎고.

어둠 속에서 산산이 부서진 전철은 훌륭하게 폐차로 변해 있 었다.

"위, 위험해라…… 이승의 문이 닫히고 저승행 특급을 탈 뻔 했네……."

뭉게뭉게 피어오르는 흙먼지 속에서 반장에게 깔려있던 나 는 째진 볼의 피를 닦고 어깨에 박혀있던 스테인리스 조각을 뽑았다.

난 세심한 손길로 반장의 스커트에 묻은 더러운 것을 털어냈다.

"반장, 괜찮아? 다친 곳은 없——"

스커트를 턴 내 손바닥에 '♣' 마크가 붙어있었다.

오싹.

등줄기가 얼어붙고, 눈앞에 있는 반장이 다른 사람처럼 보였다. 하지만 그 위화감은 순식간에 무산되더니 내 손바닥에 붙어있던 마크도 사라졌다.

어디선가 혀를 차는 소리가 울리고 지하 터널 안에서 기척이 사라졌다.

활활 타는 마차(魔車) 속, 그 불꽃 속에 형체가 있었다.

"조심해."

굳어있다.

마치 불꽃이 고형화된 것처럼 응고되어 있다.

"알고 있을 거라 생각하는데, 넌 이미 이쪽의 '나'와 만났어."

고형화된 불꽃 속에 있는 사람의 형체는 낭랑하게 잡음이 섞인 목소리를 냈다.

"하지만 네 명째를 출현시키지 마. 누구도 죽게 하지 말고 도달해."

그건 마치 호박 속에 잠든 과거의 화석.

"그리고, 언젠가, 부디."

그 그림자는— 웃음을 띠었다.

"날 죽이러 와."

불꽃이 움직이기 시작하고 불꽃 속의 형체는 흔적도 없이 사라졌다.

"………….."

"이봐, 왜 그래. 빨리 탈출해. 얼빠진 얼굴로 꾸물대지 마."

알스하리야의 말대로다. 왜 난 이런 곳에서 멍하니 있는 거지?

난 요령 좋게 선 채로 실신한 반장을 짊어지고 알스하리야의 안내에 의지해 던전에서 빠져나왔다.

※

푸른 유니콘.

카이룰레움의 상징은 대문 양옆에서 앞발을 높이 들고 진한 쥐색 빛을 내고 있었다.

카이룰레움의 기본적인 시설은 플라움과 똑같지만, 그 스폰서는 아이즈벨트가가 아닌 프리기엔스가다.

그러므로 스폰서의 의향으로 인해 일부 시설에는 차이가 생겨났다.

예를 들면 사시사철 항상 있는 거대한 수영장의 존재다.

거대한 기숙사 사방에 세워진 첨탑의 끝부분, 그곳에 비치된 콘솔에서 대량의 물이 방출되고 순환하고 있어서 허공에 세로 25미터 × 폭 16미터 × 깊이 1.2미터인 25미터 수영장을 형성하고 있었다.

이 수영장을 계속 생성하려면 어느 정도의 마력과 물과 돈이 필요할까.

그야말로 힘과 물과 돈이 고인 수조.

이 수영장 또한 카이룰레움의 상징이라고도 할 수 있을 것이다.

각 기숙사의 컨셉은 각각 달라서 관점을 시설로만 좁히지 않으면 다양한 차이가 존재한다. 보너스나 기숙사 스코어 가산에 따른 특전이나 기숙사 인테리어 등…… 다양하다.

원작 관점에서 말하자면 카이룰레움은 다회차 플레이에 가장 적합한 기숙사다.

단, 입소는 굉장히 어려워서 산죠 히이로 같은 원조 밑바닥과는 인연이 없다.

원래라면 발을 들이는 것도 불가능한 고귀한 기숙사 앞에서 출입 신청을 끝낸 나는 문이 열리는 걸 기다리고 있었다.

하염없이 기다리고 있는 내 앞에서 물소리를 내면서 물의 통로가 생겨났다.

그 통로를 통해 서프보드에 배를 깔고 엎드린 소녀가 흘러왔다.

"오~홋홋홋!"

볼에 손등을 대고 웃음소리를 울리면서.

빙글빙글 회전하며 작은 파도를 타고 온 금발 소녀는 벌떡 일어났다.

"어머나~? 플라움 소속 밑바닥 학생이 선택받은 학생만이 소속되는 걸 허락받은 카이룰레움에 무슨 용건일까~? 아득히 높은 곳에서 말씀드리죠~! 화장실이라면 역 앞까지 달려가 주시겠어요~?"

"…………누구냐?"

"수하?!"

핑크색 수영복을 입은 그녀는 허둥지둥 내 앞에서 포즈를 취하고 각도를 바꿨다.

"저, 저라구요?! 다, 당신, 머리라도 부딪힌 거야? 전속 노예?! 보, 보라구요, 이 고귀한 자세! 오, 오필리아 폰 마지라인이라구요!"

난 경악해서 몸을 젖혔다.

"우, 운동 신경 0의 약한 코어로 취하는 변변찮은 포즈?! 아, 아가씨?! 하, 하지만 머리가 롤 머리가 아니라서!"

"당신, 제가 머리를 푼 모습도 본 적 있잖아요?! 금발 롤로 사람을 식별하는 건 그만해주시겠어요?!"

"아니, 그치만…… 아가씨, 머리 풀면 평범한 미인인걸."

팔짱을 낀 오필리아는 기쁜 듯이 볼을 움찔움찔 실룩거렸다.

"오, 오호호…… 미인이라뇨, 사교계에서 행해지는 겉치레 랠리 같은 말은 기쁘지 않아요…… 밑바닥 남자 따위가 한 말에 이 오필리아 폰 마지라인의 마음이 흔들릴 거라 생각하지 마세요…… 더, 더 말해보라구요……."

"그래서 아가씨, 뭐 하고 있어? 부지 불법 침입에 설비 무단 사용 콤보까지 넣고, 퇴학당해도 모른다?"

몸매만큼은 전투력 측정기답지 않은 아가씨는 고개를 휙 돌렸다.

"무슨 바보 같은 소리를. 전 카이룰레움의 학생이니 불법 침입도 무단 사용도 하지 않았어요. 이 기숙사에서 제가 기치로 내걸고 있는 네 글자는 '장엄화려'라구요."

"'장외 홈런이다'를 잘못 말한 게 아니라?"

"네 글자라고 말했죠?! 규제 위반으로 모욕하지 말아 주실래요?!"

어지간히 소중히 여기는 건지 수영장에 들어가 있는 동안에도 착용하고 있었던 것 같은 '탐닉의 오필리아'는 햇빛을 받아 그녀의 목에서 반짝였다.

샤랄라 하고.

머리카락을 쓸어올린 아가씨는 내 반응을 힐끗힐끗 살피면서 소리쳤다.

"전 마지라인가의 영애거든요? 카이룰레움에 들어가는 게 당연하다고 해야 할까요? 오히려 프리 플로마 프리기엔스에게 제안을 받았을지도?"

"우오오오오오오오오오오오오오오! 진짜냐, 아가씨 대단해애애애애애애애애애애애애!"

"오~홋홋홋! 그런 일도 꽤 있는 걸 넘어서 흔하다구요~!"

문을 사이에 두고 크게 웃는 아가씨와 그런 아가씨를 치켜세우는 나.

안 좋은 의미로 눈에 띄고 있는 건 확실하다. 평소라면 '쉭쉭' 하는 소리를 듣고 쫓겨났겠지만, 산죠 히이로 아첨꾼 에디션이 마음에 드셨는지 수영복 차림 감상마저도 허락해주셨다.

원작에서는 아가씨가 입소하는 기숙사는 완전히 랜덤이다. 어느 기숙사에 들어가도 자신의 기숙사가 최고라고 우기는 '자기 기숙사를 너무 좋아하는 귀찮은 사람'으로 변하게 된다.

그리고 아가씨가 어떤 기숙사에 들어가든 그녀와의 조우 이벤트에는 공통점이 있다.

실컷 우쭐댄 후에 주인공이 더 뛰어난 걸 보고 울면서 자기 방으로 도망쳐 나오지 않게 된다는 것. 전투력 측정기의 귀감 같은 이벤트로 플레이어에게 치유와 웃음을 선물해준다.

"아가씨, 사탕! 사탕 줄게!"

"흥, 빈민이 베푸는 건 받지 않아요…… 어머, 의외로 맛있어."

문틈으로 내 먹이를 받는 그 가련한 모습은 우리 속에 갇힌 '전투력 측정기 아가씨'라는 이름의 멸종위기종이 존재하는 것처럼 착각하게 만들었다.

화기애애하게 아가씨와 놀고 있으니 문이 열리고 뜻밖의 인물이 마중 나왔다.

"사, 산죠 군, 기숙사에 들어와도 괜찮아요."

"어라, 마리나 선생님? 왜 이런 곳에 있는 거야?"

우리의 A클래스 담임, 마리나 투 베이선즈는 두리번거리면서 미소 지었다.

"저, 그, 살짝, 엄마랑…… 아니, 어머니와 다퉈서…… 가출…… 이 아니라 전략적 후퇴 생활을 하고 있는데……."

베이선즈 백작가의 외동딸로서 너무 귀여움을 받은 탓인지 이 나이가 되어도 가족과 싸우고는 카이룰레움으로 도망쳤었지. 시기에 따라서는 선생님과의 조우 이벤트도 발생했던 것 같은 느낌이 든다.

"그, 근데 의외네요. 오필리아 양과 산죠 군은 사이가 좋은가요."

"흥! 사이가 좋을 리가 없——"

"아뇨, 사이 안 좋아요."

아가씨는 자기도 도중까지 말해놓고 깜짝 놀란 표정으로 날 바라봤다.

두 눈이 서서히 촉촉해지기 시작해서 황급히 입을 열었다.

"아, 아뇨, 전 오필리아 씨를 친구라 생각하고 있어요. 부, 불손한 하층민에게 어울리는 일방적인 짝사랑이지만요."

"요, 요즘 계속 따라다녀서 귀찮던 참이에요! 흥, 누가 남자 따위랑! 그럼 실례하죠."

윈도우로 수류를 조작한 아가씨는 서프보드 위에 배를 깔고 누워 물의 흐름을 타고 수영장으로 돌아갔다(몇 번인가 실패해서 울 뻔했다).

마리나 선생님은 살짝 날 올려다봤다.

"…………."

"…………."

어, 뭔가, 거북해.

"그, 그럼 가, 갈— 콜록, 쿨럭, 우웨엑!"

"무, 무리해서 말하지 않아도 돼요. 말도 위액도 토하지 않고 목적지까지 안내해주면 교사로서의 체면은 지킬 수 있어요."

기역자로 몸을 구부린 선생님의 등을 쓰다듬자 그녀는 얼굴을 새빨갛게 물들이고 확 물러섰다.

"햐앗!"

"아, 죄송합니다, 남자가 만지지 말았으면 했죠?"

"아, 아뇨…… 이성간 육체적 접촉이 익숙하지 않아서…… 시, 신경 쓰지 마세요……."

"에헤엑?! 도, 도도도 동성간 육체적 접촉은 익숙한가요오?!"

"………………."

"죄송합니다. 흥분한 나머지 선생님의 고막을 찢어버렸습니다. 죄송합니다."

멍하니 있는 선생님의 치료가 끝난 후에 상해죄 입건은 면한 나는 카이룰레움에 발을 들였다.

플라움과 비교해서 카이룰레움 기숙사 내부는 숙연한 분위기가 가득했다. 복도에 놓인 미술품, 벽에 장식된 그림, 조절된 조명으로 인해 생긴 음영, 그 하나하나가 '지배자'의 손끝으로 주의 깊게 조절되어 조화를 이루고 있었다.

어수선한 플라움과는 다르게 카이룰레움에는 프리의 탁월한 센스가 빛났다. 시리도록 차가운 홀에는 플로트 유리 쇼케이스 안에 잠든 얼음상이 있었고, 공간 자체가 예술품처럼 느껴지는 우아함과 아름다움이 있었다.

철저한 건 물체뿐만이 아니다.

"평안하신가요."

스쳐 지나갈 때마다 목례를 하고 떠나가는 기숙사생들에겐 엘리트로서의 품격이 갖춰져 있었다.

"펴, 평안하다!"

그런 알랑거리는 인사에 우리의 A클래스 담임은 '난 평안하다'라는 과시로 계급의 정점에 선 왕으로서 격의 차이를 보여주고 있었다.

과연 이 기숙사에서 아가씨는 잘 생활할 수 있을까.

아니, 이런 부모님과 같은 마음을 가지는 건 역시 과보호다. 아가씨도 이제 적당한 나이니까 스스로 어떻게든 하겠지. 잘 생각하라고. 잘 생각해서 아가씨에게 도움이 되는 일을 해라.

"…………."

아가씨에게 무슨 일이 생기면 날 불러내는 시스템을 구축해야지!

거리를 두고 걷는 마리나 선생님은 이쪽을 돌아보며 웃음을 지었다.

"조, 좋은…… 콜록…… 기숙사죠……? 아침에도 낮에도 밤에도 조용하고 방에 쓰레기를 모아둬도 알아서 치워주고 소셜 게임으로 월급을 탕진하면 학생들이 사주고…… 소, 솔직히 집보다 더 집 같고…… 다들 저한테 인사도 해주고…… 엄청 편해요……."

"선생님은 휴일에도 방에 틀어박혀 있을 것 같은데."

"최근에 VR헤드셋을 사서 그렇지도 않다구요?"

머리의 내용물만 외출시켜서 이런 미치광이 같은 대답이 돌아오는 건가.

최상층으로 가기 위해 둘이 함께 엘리베이터를 탔다.

앤티크풍 디자인을 가진 엘리베이터는 버튼 하나하나까지 격조 높아서 대저택에 헤매 들어온 것 같은 착각 속에서 위로 올라갔다.

안내를 받은 나는 문손잡이가 없는 방 앞에 도착했다.

"여, 여기가 기숙사장실이에요…… 문손잡이를 인터넷 경매에 부쳐서 팔았는데 돈을 엄청 벌고 혼났어요……."

"예술가의 유니버설 디자인인 줄 알았는데, 한 교사의 크리미널 디자인이잖아요."

"기, 기숙사 비품은 마음대로 해도 된다고 프리 씨가 말해서……."

"사람의 선의를 헛되이 만드는 달인이냐고. 일본어의 난해함을 범죄 비즈니스로 전환하지 말라고."

건강에 신경 쓰지 않는 생활을 하고 있을 담임교사는 감사의 말을 듣고 떠나갔고, 난 노크하고 기숙사장실의 문을 밀어 열었다.

"네에, 히이, 아까 보고 또 보네."

당연하다는 듯이 살아있는 프리는 전면이 유리로 된 벽 앞에서 찻잔을 들었다.

"어머, 혹시 걱정으로 가슴을 두근거리게 만들어버렸나?"

"정말 보기 드문 기숙사장 통구이를 구경하러 갔을 뿐이에요. 반장을 데려다주고 돌아가 줬는데 쏜살같이 달아나서 사라져 있었던걸요."

"내가 죽다니, 그야말로 달팽이가 바다를 건너는 일 아니야?"

프리는 고급스러운 찻잔을 나에게 건넸다.

"편의점산 블렌드 티야. 미각치에게 딱 맞는 가격인데."

"마실 수 있으면 뭐든 좋아요. 그래서 벽을 향해 돌진하는 전철 안에 남아서 어떤 과제를 풀고 있었던 거죠?"

프리는 눈을 감고 홍차의 향을 맡았다.

"여심, 이라던가?"

"그건 가을 하늘과 같아서 변하기 쉬워서 풀 수가 없다고요."

김 너머에서 짙푸른 그녀는 흐려져 갔다.

"마신교가 노리는 다음 표적과 습격 일시."

한순간 변해버린 표정이 읽혔다. 프리는 문득 미소 지었다.

"안 돼, 귀엽게 조르는 표정을 지어도. 당신은 아직 직접적으로는 참가시키지 않을 거예요. 모처럼 예언이 빗나갔는데 또 죽을 고비를 겪으면 어떡해."

"⋯⋯아스테밀 클루에 라 킬리시아는 아니죠?"

프리는 미소 지었고— 노크 소리.

계획된 것처럼 대화의 흐름이 끊어졌다.

난 프리의 손바닥에 이끌려 문에 시선을 돌렸다.

"말했잖아, 좋은 애를 소개해주겠다고."

그녀가 이끄는 대로 문을 열었다.

깊이 눌러쓴 야구 모자에서 금빛 머리카락 한 다발이 넘쳐흐르고 있었다.

정성스럽게 묶인 금색 포니테일. 살짝 모자를 벗더니 자신의 팔을 잡은 라피스는 부끄러운 듯이 눈을 돌렸다.

"아, 안녕."

"오늘 영업은 종료되었습니다."

묻지도 따지지도 않고 문을 닫은 난 뒤돌아봤다.

"이보세요, 사람 말 들었어요? 공주님처럼 안아서 이비인후과까지 안내해 드릴까요? 청력 검사라고 사칭해서 내 백합 커플링

강연 REMIX로 뇌를 파괴해 버린다?"

"그치만 난 랏피가 최애인걸."

"닥쳐, 비즈니스 '인걸'로 매상을 늘리려고 하지 마, 카바레로 돌아가라. 내가 필요로 하는 건 비즈니스 파트너지 죽음의 브레인 파괴 프린세스가 아니라고."

"어머, 그 반응은? 랏피를 귀엽게 여기고 있다는 거야?"

"너, 그만해라. 그 못생긴 오지랖 부리는 표정 그만둬. 돌봐주는 걸 좋아하는 언니 같은 입장으로 나와 라피스 사이를 갈라놓으려고 하지 마라."

전에 없이 들떠있는 프리 앞에서 난 탄식했다.

"저기요, 우리는 오래된 좋은 라이벌이라고요. '꽤 하잖아', '너도' 같은 말을 하면서 씨익 웃고 주먹과 주먹을 부딪치는 타입의 뜨거운 라이벌이라고요. 가슴의 두근거림 같은 건 캐릭터 붕괴니까 노땡큐야."

말다툼하는 사이에 내 뒤에서 문이 천천히 열렸다.

주름 하나 없는 교복을 차려입은 반장이 애첩처럼 단정한 얼굴을 살짝 비쳤다.

"실례합니다. 클로에 레인 리데벨트 찾아왔습니다."

그 뒤에서 사복 차림인 라피스가 마침 잘 됐다는 듯이 실내로 살짝 들어왔다.

어째서인지 두 소녀는 날 사이에 두고 프리 앞에 나란히 섰다.

난 말 없이 뒤로 물러나려고 했고――.

"실시간으로 수상한 짓을 하지 말아 주시겠습니까, 산죠 씨."

눈을 감고 단아하게 손을 모으고 있는 반장에게 막혔다.

"대칭성이 무너집니다. 여성 두 명에 남성이 한 명이니 당신이 중앙에 서 있어야 합니다. 본 회합의 의장은 기숙사장님이니 저분이 봤을 때 보기 좋게 행동을 맞춥시다. 아까는 롤러코스터를 타게 해주셔서 감사합니다. 당신은 생명의 은인이군요."

"아, 아뇨, 당치도 않습니다…… 예……."

시선을 느끼고 살짝 옆을 봤다.

이쪽에 뜨거운 시선을 보내고 있던 라피스는 볼을 확 물들이고 야구 모자의 챙을 내려 얼굴을 가렸다.

눈앞에 있는 삼인삼색의 모습을 바라보며 프리는 입꼬리를 구부렸다.

"후후, 서프라이즈와 대면시키기는 대성공이네."

"서프라이즈와 대면과 괴롭힘을 잘못 말한 거죠……? 기숙사 자앙…… 제가…… 필요로 하는 건, 한 명이라고요오…… 던전에 가면 내 몫의 보수는 싹 사라지니까…… 별로 많은 사람을 말려들게 하고 싶지 않다고나 할까…… 네……?"

"산죠 씨."

반장은 머리를 쓸어 올리고 귀에 걸었다.

"당신의 요청은 기숙사장님께 전해 들었습니다. 제게는 밝힐 수 없는 비닉 사항이 있기 때문에 무상의 협력은 아끼지 않겠습니다. 방금의 소동으로 당신의 실력도 확인됐고, 전투에서는 도움이 안 되겠지만 조력 정도는 할 생각입니다."

'비닉 사항'이란 무엇인가…… 의문이 얼굴에 나타나 있었는지

반장은 입을 열었다.

"로맨틱하게 바꿔 말하자면 소녀의 비밀이죠."

새침한 얼굴로 반장은 내 추궁을 피했다.

"바로 조언을 하자면 루메트 씨의 도움을 받아야 한다고 생각합니다. 알프헤임의 공주 전하라고 하면 서민들 사이에선 '엄청 쩐다'고 유명하며 고귀한 신분을 가진 사람들 사이에선 '규중의 귀중한 공주님'으로 고명하죠. 산죠 씨의 '나 개쩔어, 눈에 띄고 싶구만'이라는 목적에 강력한 뒷받침이 될 겁니다."

"뭔가 우회적으로 나랑 일반 서민을 바보 취급하고 있지 않아?"

"안 했습니다. 하층민 특유의 피해망상입니다."

"아니, 그래도 라피스는."

기대에 얼굴을 반짝이던 라피스는 표정이 완전히 바뀌어 슬픈 듯이 눈을 내리떴다.

그녀는 뭔가를 참듯이 아랫입술을 깨물었다.

"…………."

"와앗?! 필요한데?! 왜 처음에 안 부른 걸까?! 난 참 바보네! 화끈하고 뜨거운 마음을 가진 라이벌이 도와준다는데 거절할 리가 없잖아?! 고마워, 기숙사장, 최고의 깜짝 선물이야!"

"후후, 히이도 참. 너무 기뻐서 두 눈이 충혈되고 눈물까지 나오고 있잖아."

모자를 벗은 라피스는 황금빛 강처럼 빛나는 포니테일을 드러냈다.

"다행이다. 요즘 날 피하는가 싶었으니까. 그, 그러니까, 전처럼."

머뭇거리면서 양손의 손가락으로 실뜨기를 하던 라피스는 우물우물 입을 꿈틀거렸다.

"가, 같이 살면 좋겠다던가……? 계속 그런 생각만…… 하기도 하고?"

입안에서 혀를 얽은 난 질식사를 노리면서 '그렇구나~'라고 대답했다.

"랏피, 히이가 널 피한다는 건 오해야. 오히려 소중히 여기고 있기에 무보수로 도와달라고 부탁하지 못한 거야. 갸륵한 남자의 마음을 이해해줄래? 응?"

프리는 날 향해 윙크했다. 호흡이 거칠어진 난 트리거를 당기고 절걱절걱 소리를 내면서 당장이라도 발도할 것만 같은 오른손을 왼손으로 억눌렀다.

라피스는 모자로 입가를 가리고 날 힐끔 올려다봤다.

눈과 눈이 마주치자 그녀는 기쁜 듯이 눈웃음을 지었다.

……내 어깨에 작고 귀여운 새라도 앉아있었던 걸까?

"산죠 씨."

나에게만 보이는 작은 새와 놀고 있던 나는 반장의 목소리에 정신을 차렸다.

"이야기가 정리됐으면 모험가 협회에서 등록 처리를 하지 않겠나요? 쇠뿔은 단김에 빼라, 시간은 돈이다, 지각 엄금이라는 교칙도 있으니까요."

"그, 그렇네. 반장 역시 대단해. 베스트 오브 반장이야. 그 전에 잠깐 프리 기숙사장이랑 할 얘기가 있으니까 복도에서 기다려줄 수 있어?"

"학외 활동 시간도 제한되어 있으니 빠르게 부탁합니다…… 3분 재겠습니다."

삑 하고 전자음을 울리고 반장은 타이머를 세팅했다. 타임키퍼로 전직한 후에 복도로 나갔다.

"히이로, 나중에 봐."

기분이 좋아 콧노래를 부르며 라피스도 반장을 뒤따라 밖으로 나갔다.

실내에 비치는 햇볕이 기울어 나와 기숙사장 사이에 빛과 어둠의 사선을 형성했다. 열심히 사무 작업을 하던 프리는 지면에서 고개를 들고 입꼬리를 올렸다.

"공주님을 복도에서 기다리게 하는 왕자님은 전대미문 아니야?"

"독사과로 장사할 것 같은 마녀랑 이야기를 마무리 지을 필요가 있어서 말이야. 마신교가 노리는 다음 표적은 아스테밀 클루에 라 킬리시아가 아니죠?"

"답은 YES."

안 안도의 한숨을 내쉬었다.

뭐, 라피스를 불러낸 시점에 아스테밀이 아닐 거라 생각했지만…… 시기적으로는 있을 수 없는 일이지만 무슨 일이 있을지 알 수 없으니 말이다.

"그럼 넥스트 퀘스천. 타겟은 누구?"

"미인과의 대화를 오래 끌기 위해서 같은 말을 계속할 셈이야? 본건에는 당신을 관여시키지 않을 것입니다."

"제가 알고 있는 인물입니까?"

"YES나 NO로 대답을 강요하는 사람은 대화를 지지리도 못한다고 자기 소개하는 거나 마찬가지잖아? 함께 멋진 밤을 보내고 싶지도 않고, 친절한 대답을 할 생각도 사라져버려."

"알았어, 그쪽은 당신 영역이야. 출입금지에는 순순히 따르죠."

"멋진 작업 멘트네."

미소를 띠면서 프리는 서류에 시선을 떨궜다.

"근데 한 발짝 들어가도 돼? 당신이 던전 최하층에 있었던 건 폭주한 마차(魔車)의 난입…… 다시 말해서 마신교의 테러가 예상되었기 때문이지? 하지만 실제로 노렸던 건 당신의 목숨이었으니 그 호출 자체가 마신교의 계략이었다고 생각하는 게 자연스러워. 그렇다면 당신을 불러낸 높으신 분은 마신교의 일원인 거 아냐?"

"한 발짝을 넘어서 여자를 넘어뜨리려고 하고 있어."

쌓인 서류를 훑어보면서 그녀는 파리하게 비치는 다리를 꼬았다.

"그쪽으로 알아봐도 성과는 적을 거야. 그렇게까지 알기 쉽게 힌트를 줄 정도로 친절하지 않아. 날 살해하는 것조차도 먼저 출연한 사람의 눈속임일지도 모르지. 배후 관계까지 자세히 조사하면 끝이 없고 스트레스 때문에 피부가 거칠어져 버릴 거야."

"그럼 다음 타겟을 습격한 순간을 잡는 수밖에 없겠네요. 습격 시간이 뒤바뀔 가능성도 있으니 순서대로 감시하는 건 어때요? 아니면 마법협회에서 인원을 지원받아서 수상한 움직임이 있으면 저나 선배에게 알려달라고 하거나. 일단 현시점에 모인 정보를 구두 형식으로 정리하죠."

"그렇네……."

갑자기 굳은 프리는 서류에서 나에게 시선을 돌렸다.

"놀랐어. 히이, 너 상상 이상으로 머리가 잘 돌아가는구나."

"네?"

"너, '의뢰자가 수상하다'는 둥 뻔한 사실을 화제로 꺼내서 내 방심을 유도했지? 꼭 대체안을 제시하는 것처럼 꾸며서 다음 타겟에 대한 정보를 끄집어내려고 했어."

실패를 깨달은 난 입가의 엷은 웃음을 지웠다.

"널 깔보고 있었던 걸지도 모르겠어. 낙관적이고 평탄한 어조로 별일 아니라는 듯이 계속 말해서 하마터면 보이지 않는 함정에 걸릴 뻔했어. 아니, 보이지 않도록 잔꾀를 부린 거지."

푸른 눈이 날 바라봤다.

"네가 적으로 돌아서지 않길 바랄게."

……나도 같은 의견이지만.

결국 프리는 내 트릭에는 걸리지 않았고, 다음 타겟에 관한 정보를 끌어내지 못했다.

뭐, 아스테밀이 엮이지 않았다는 건 확인됐으니 좋게 생각하자.

"……최근 '마법사 사냥' 피해가 확대되고 있는 건 정보수집망이 넓어졌기 때문."

만족하고 방에서 나가려고 한 순간, 프리는 나지막이 중얼거렸다.

"마신교에는 협력자가 있어. 강력한 마법사가 사라지길 바라는 건 딱히 마신교뿐만이 아니고, 우연히도 그 목적과 이익이 맞물리면 손을 잡는 건 자연스러운 흐름이야."

문에 손을 대고 있던 난 돌아봤고, 푸른 마녀는 얼음 사과를 흩뜨렸다.

"그냥 혼잣말이야. 이 정보가 너한테 독사과가 되지 않길 바랄게."

얼음 조각이 되어 도는 사과는 독이 들어있을 거라는 생각이 안 들 정도로 깨끗했다.

내가 복도로 나간 순간, 반장은 타이머를 멈췄다.

"2분 42초. 시간 관리 능력은 합격이네요."

"감삼다~! 감삼다~! 어섭셔~! 예이, 라멘 하나요오~!"

"시끄럽고 재미없고 알 수 없고 기세만 있는 개그는 불합격이네요. 이상으로 면접을 마치겠습니다. 지구에서 퇴장해 주십시오."

"비방 수준이 대기권에까지 돌입했다고, 이 면접관."

"히이로, 그 사람이랑 무슨 이야기 했어?"

반장에게 괴롭힘당하던 나는 라피스의 질문에 쓴웃음으로 답했다.

"다른 기숙사 학생까지 염려하는 마녀한테 작업 멘트 강의를 들었을 뿐이야. 가자, 모험가 협회 닫히면 귀찮아지니까."

흥미진진해하는 라피스의 질문에 얼버무리고 우리는 학원의 홀로 향했다.

가는 도중에 칼을 허리에 찬 3인조와 엇갈렸다.

칼집의 가문 문양을 본 적이 있는 것 같아 주시하자 슥 뻗은 손에 가려져 버렸다. 힐끗 내 얼굴을 확인한 세 사람은 한순간 깜짝 놀란 표정을 지었다.

그녀들은 빠른 걸음으로 우리 옆을 지나갔다.

"……플라움 쪽에서 왔지?"

"어, 저 사람들? 응, 그런 것 같네. 누군가의 부모님 아니야?"

또래 3인조가 부모일 리가 없다. 자매 혹은 친척이라 해도 평일 이 시간대에 휴식 시간을 맞춰서 방문할 수 있는 가문의 문장이 있는 명가가 있을 것 같진 않다.

뭐, 그래서 어쩌라는 건가 싶지만.

탐정 놀이를 중단한 난 반장에게 재촉당하면서 홀로 향했다.

천장까지 훤히 뚫린 복층 구조인 학원의 홀에는 천창에서 햇빛이 눈부시게 쏟아져 중앙의 큰 계단에는 왼쪽, 가운데, 오른쪽으로 줄무늬 음영이 생겨나 있었다.

매직 디바이스와 콘솔을 취급하는 매점, 다목적 홀, 자습실, 마물박물관과 같은 각종의 설비가 늘어선 가운데 모험가 협회에 들어가자 제복을 입은 접수원 아가씨가 환대해줬다.

천연 가죽제 소파가 설치된 대기소.

무료 음료로 목을 축이던 우리는 발행된 번호표를 윈도우에 띄운 채로 기다렸다.

"대기 줄이 긴 것도 아닌데 늦네. 문제가 생겼나?"

라피스가 카운터 안쪽을 살펴보고 있으니 파닥파닥 슬리퍼 소리를 내면서 접수원 아가씨가 달려왔다.

"정말 죄송합니다. 송구합니다만 오늘 접수는 종료하도록 하겠습니다."

"불온한 사죄 문구네요. 혹시 무슨 일 있었나요?"

"그……."

말을 흐린 그녀 앞에서 난 라피스를 엄지로 가리켰다.

"여기 계신 분이 누구신지 압니까? 황공하게도 알프 헤임의 공주님, 라피스 클루에 라 루메트시라구요? 공교롭게도 가문 계통 물건은 없지만, 호죠 마법 학원에 라피스가 있다고 활개 치고 있어요."

"활~개~안~쳤~어~요."

라피스에게 퍽퍽 맞으면서 대담한 웃음을 지은 난 이어서 말했다.

"다시 말해서 성가신 일이라면 여기 계신 공주님과 스케와 카쿠* 같은 입장에 있는 저희가 맡죠."

"사, 사실은……."

어, 이 정도로 진짜로 말하는 거야?! 규정 같은 건 괜찮은가?!

"본 학원의 학생분이 던전에서 행방이 묘연해져서…… 당연히 던전이니 위험성은 있지만…… 호죠 마법 학원의 학생분이라 하면 모두 실력이 뛰어나서 던전 안에서 행방불명된 건 오랜만이라 허둥거리고 있는데……."

---

*미토 고몬 이야기에 나오는 두 가신 사사키 스케사부로(스케)와 아츠키 카쿠노신 (카쿠)을 일컫는 통칭. 미토 고몬 이야기는 일본을 유랑하는 노인으로 신분을 위장 한 미토 고몬이 일본을 돌아다니며 악한 자를 벌하고 백성을 구제하는 이야기다. 한국의 암행어사와 비슷하다고 보면 된다.

"그렇군요, 알겠습니다. 그 수색— 저희 '백합즈'가 맡죠."

"뭔가요, 그 패밀리 레스토랑 같은 진부한 명칭은?"

난 반장의 불평은 받아주지 않고 돌발적으로 발생한 이벤트에 참가했다.

*

인간이 사는 현계와 마물들이 서식하는 이계를 잇는 특이점— 던전.

모든 것을 적으로 돌리는 '타락(마신) 루트', 호죠 마법 학원의 정점을 노리는 '학원장 루트', 모든 것을 손에 넣으려고 하는 '하렘 루트'…… 고난이도 루트를 클리어하기 위해서는 던전에서 레벨업을 할 필요가 있다.

에스코는 1년 동안 학원생활을 하는 츠키오리 사쿠라를 플레이어가 이끄는 게임인데, 고난이도 루트에서는 이 스케줄 관리가 굉장히 어렵다.

시간적인 여유가 없어서 쓸데없는 행동을 하면 바로 막혀버린다.

보수가 인색한 이벤트에 시간을 할애해서 장비나 아군 캐릭터가 너무 약해서 막히고. 호감도와 스코어가 클리어 라인에 달하지 못해 적대하는 히로인에게 져서 막히고. 마인의 부활을 놓쳐서 히로인이나 중요 캐릭터가 죽어서 막히고.

고난이도 루트를 진행하는 순간, 이 미적지근한 게임은 흉악한 태스크 관리를 요구해 온다.

대부분의 플레이어는 쩔쩔 매거나 울부짖다가, 경험을 쌓아서 단 하나의 정답을 찾아낸다.

어설프게 수업을 듣는 것보다 던전에 가는 게 더 효율이 좋다고!

이렇게 인간은 폐인이 된다.

정말 좋아하던 백합 이벤트도 무자비하게 SKIP되고, 모든 것이 츠키오리 사쿠라를 높은 경지로 이끌기 위한 시간이 된다.

그런 마의 영역, 던전은 문화청의 관리하에 있으며, 일률적인 관리는 아웃소싱 되어서 모험가 협회가 홀로 떠맡고 있다.

이계와 통하고 있는 던전에서는 항상 마물이 생겨난다.

놀러 나온 마물이 시가지에 내려오면 해수 피해와는 비교도 안 될 정도의 손해를 발생시킨다. 마치 뚜껑이 열린 채로 있는 판도라의 상자. 그렇기에 거길 감시하고 보고와 피난 유도, 경우에 따라서는 적에게 맞서서 처리할 부대가 필요했다.

물론 인원에도 한도가 있다.

던전은 언제나 늘어나고 있고, 그 수도 방대해서 고양이의 손을 빌려도 부족한 게 실정이다.

이러한 실정에 따라서 정부 및 모험가 협회는 일반 시민 중에서 뜻 있는 협력자를 모집했다.

그 협력자가 바로 모험가다.

던전을 모니터링하고 있는 모험가 협회는 등록을 마친 모험가에게 적당한 의뢰를 한다. 모험가는 그 요청을 받고 달성하면 일정 금액의 성공 보수를 받는다.

이 세계에서 이러한 일련의 사이클은 일반적이다. 주부나 학생부터 노후를 보내는 노인까지 등록하고 아르바이트를 하는 느낌으로 의뢰를 처리하고 있다.

던전의 위험성은 말할 필요도 없지만, 근처 슈퍼마켓에서 매직 디바이스를 살 수 있는 세계다. 사망률도 지극히 낮고 대부분의 일반인에게는 마법사 적성이 있어서 문제시되고 있지 않다.

먼 옛날부터 이계와 현계가 연결되어 있어서 어쩔 수 없이 마물과 전투를 해온 세계다. 위기관리에 관해서는 내가 원래 있던 세계와는 의식 차이가 있을지도 모른다.

환경과 교육의 차이는 사물에 대한 관점을 바꾸니 말이다.

우린 그런 던전에 행방불명된 학생을 찾으러 와있었다.

'어두운 숲 던전'.

이계의 수목이 자라난 어두운 숲은 자생하는 식물부터 생태계까지 현계와는 전혀 다르다. 이계의 외래종을 현계에 가져가는 건 생태계 보호 관점으로도 엄금되어 있으며 엄격하게 단속되고 있다.

어두운 숲이라는 이름이 부끄럽지 않게 광원이 존재하지 않는 던전은 어두침침했다.

난 늘어져 있는 원통형 열매에 손을 댔다. 발그레하게 발광하여 푸르스름한 빛이 주변을 채웠다.

통칭 '램프 후르츠'.

수목 내부를 순환하는 마력을 열매가 축적해서 마물이나 동물을 유인하기 위해 빛을 내는 수목이며 유혹당한 생물의 배설물에 섞인 씨앗으로 대를 이어간다.

시험 삼아 먹어보니 샴푸맛이 났다.

"앞으로 서로에게 등을 맡길 사이니까 정보 공유를 하죠. 두 분이 사용하는 매직 디바이스를 볼 수 있을까요?"

토하는 날 돌봐주던 라피스는 허리 뒤에서 순백의 봉을 뽑았다.

그녀가 마력을 흘려 넣은 순간— 명랑한 소리가 어스름 속에 울려 퍼졌다. 그 봉은 손 안에서 변형되어 순식간에 새하얀 활로 변했다.

"난 '에렌베르크'. 에인션트 엘프가 남긴 태고의 유물의 일종. 단도도 공부하고 있지만 서투른 그대로니까 원거리 전문."

머리를 쓸어 올린 라피스는 반장에게 변형 구조를 가진 활을 건넸다.

"슬롯 5개…… 유도선으로 이어져 있는 건 3과 2…… 콘솔은, 확실히 원거리 중심으로 채워져 있네요. mpps는 얼마죠?"

"1000."

mpps…… Magic Point Per Second의 약칭으로 매직 디바이스의 마력 송수신량 한계를 나타내는 단위다. mpps가 높으면 높을수록 마법 발동 속도가 올라가며 마력 컨트롤이 쉬워지게 된다.

콘솔과 콘솔 사이를 잇는 도선의 폭과 길이, 매직 디바이스와 잘 맞는 콘솔(속성, 생성, 조작, 변화 네 종류 중 하나), 상상하는 마법 규모…… 여러 요소가 맞물려 마법이 발동하니 mpps가 높을수록 좋다고 일률적으로는 말할 수 없지만, 기본적으로는 높은 게 좋다고 생각해도 문제없다.

참고로 쿠키 마사무네의 mpps는 365다.

"도선이 짧네요. 특히 이 중앙의 기반이 되는 슬롯에서 뻗어 나온 두 줄은 깊이와 넓이가 절묘하게 설정되어 있어요. 실력 좋은 장인이 만든 것이군요."

만약 슬롯이 여자아이였다면 이 두 줄은 연인을 잇는 빨간 실이겠지. 하지만 그러면 중앙에 있는 아이는 둘이랑 빨간 실이 연결된 거고…… 어이어이, 이 장인은 러브 스토리의 명수냐고!

"산죠 씨, 안면이 교칙 위반이에요. 퇴학당하기 전에 즉시 중지해주세요."

끈적하게 웃던 나는 진지한 표정으로 슥 돌아갔다.

"반장은 매직 디바이스 페티시라던가 그쪽이야?"

그런 재밌는 설정이 있었던가?

의문을 느끼면서도 난 반장에게 쿠키 마사무네를 건넸다.

"아뇨, 딱히. 다만 전투 능력이 없으니, 조금이라도 도움이 될 수 있도록 노력하려고요. 산죠 씨."

작업용 안경을 쓰고 내 쿠키 마사무네를 보고 있던 반장은 고개를 들었다.

"정비, 하고 있나요?"

"⋯⋯⋯⋯⋯응."

"지금 돌이켜보고 짐작 가는 바가 없었으면서 거짓말을 했네요. 아까 전의 안면 교칙 위반에 더해서 위증한 당신의 안면에 48시간 수리를 선고합니다."

"장시간에 걸친 수리로 부위 파괴를 노리는 건 좀 봐주세요."

반장은 한숨을 쉬고 안경을 벗었다.

"전투 중에 마력 폭발을 일으킬 확률은 15퍼센트 정도로 볼 수 있겠죠. 사지에 뛰어들 때마다 양손이 날아갈 가능성을 걸고 해적 룰렛에 도전하는 기개와 가벼운 마음과 텅텅 빈 머리를 가지고 계신가요?"

"텅텅 빈 머리만 사실이었으면 빙고였겠네."

"지금 한 말로 '텅텅 빈 머리'가 모여서 빙고 아냐?"

무례하기 짝이 없는 말을 지껄인 공주 전하는 쓴웃음을 지었다.

"아스테밀은 그런 기초적인 부분은 모자라니까. 정말~ 히이로도 그러면 안 되지. 하지만 괜찮아 괜찮아. 내가 딱 붙어서 가르쳐줄——"

"아뇨. 제가 맡겠습니다."

날 팔꿈치로 쿡쿡 찌르던 라피스는 반장에게 인터셉트 당하고 굳었다.

"전투에 관여할 수 없는 전 잡일 담당이라 생각하셔도 괜찮습니다. 정비나 수집에 통지. 필요하다면 안마의자로 어깨도 주무르겠습니다."

자연스럽게 문명의 이기에 의지하지 마라.

이를 갈고 있던 라피스는 시무룩하게 고개를 숙였고, 난 반장을 향해 한 손을 들었다.

나이스 컷!

망상 속에서 하이파이브를 하고 환하게 웃으면서 손을 내렸다.

"⋯⋯하지만 산죠 씨도 정비 방법 정도는 배워두는 편이 좋겠죠. 라피스 씨의 협력도 받아서 셋이서 대응해야 할지도 모르겠어요."

명백하게 라피스의 반응을 살폈는지 반장이 깔아놓은 내 진로가 급커브를 그렸다.

"아, 어, 뭐? 말도 안 돼, 진짜? 그, 그렇지! 그럼 그렇게 할까!"

"미안, 그날 예정 있어."

미래예지를 한 날 무시하고 둘은 학습회 예정을 짜기 시작했다. 도중에 도망치면 그만이라면서 여유로운 웃음을 짓고 있던 난 숙박 예정에 딱 붙어서 지도한다는 협박을 들은 순간 이를 딱딱 부딪치면서 몸을 웅크리고 용서를 구했다.

어떻게든 숙박 예정이었던 학습회를 '아침부터 밤까지'로 변경하여 치명상으로 버텨낸 나는 나침반 모양을 한 특수한 아이템을 꺼냈다.

"마력 탐지기이~!"

'따라랏 따~따따~'하고 머릿속으로 BGM을 틀고 난 혼자서 해설하기 시작했다.

"라피스, 이건 말이야, 모험가 협회에 등록한 사람의 마력을 탐지해주는 대단한 도구야. 지금부터 이걸 써서 행방불명된 호죠의 학생을 찾는 거야. 우후훗."

"아~! 나 그 성대모사 알아! 신세기 너구리 대작전 폼○코지?!"

"아니에요, 라피스 씨. 폼○코 너구리 대작전이에요."

첨삭해줬으면 하는 부분은 거기가 아니라고.

도라O몽을 모르는 공주님에게 설명하고 있으니— 바늘 끝이 빙글 하고 한 곳을 가리켰다.

대상의 마력 탐지에 성공했을 때의 반응.

나와 라피스는 힘차게 고개를 들었고, 반장은 눈살을 찌푸렸다.

"이번 교외 학습은 폭발도 롤러코스터도 없이 돌아갈 수 있을 것 같네요."

바늘 끝이 가리키는 진로를 따라간 우리는 방치되어 있는 양산품 장검형 매직 디바이스(타입: 롱소드)를 발견했다.

땅에 놓인 장검 바로 옆에는 보란 듯이 흔적이 남아있었다.

"……페어 레이디의 낙인."

내 속삭임에 반응해서 라피스는 매직 디바이스에 손을 뻗었고—— 난 그 팔을 잡았다.

"안 돼, 넌 만지지 마. 만져서 깜짝 놀라는 정도로 끝나면 좋겠지만, 치명적인 결과를 초래하는 함정이 설치되어 있으면 돌이킬 수 없어."

"하지만."

"됐으니까 만지지 마. 네가 다치기라도 하면 스승님의 고릴라 펀치로 내 몸에 바람이 잘 통하게 될 거라고. 반장, 살짝 거리 벌려.'

고개를 끄덕인 반장이 떨어졌고, 난 장검 형태를 가진 매직 디바이스를 만졌다.

아무 일도 일어나지 않았다.

살짝 손끝으로 도선을 따라서 만져 잔류한 마력을 확인했다.

어렴풋이 남겨진 마력에 탐지기의 바늘 끝이 반응했고, 끼워져 있던 콘솔을 천천히 떼어내자 바늘의 떨림이 멎었다.

바보와 마력은 쓰기 나름.

장치에 따라서 매직 디바이스는 함정으로 변한다.

예를 들면 도선 중간에 이물을 끼워서, 손에 든 순간 마력 역류를 일으켜 쇼트에 의한 접속 불량(인간과 매직 디바이스는 도선과 마력선을 통해 연결되어 있는 상태)으로 심정지를 일으킨다던가.

아니면 매직 디바이스에 화약을 설치해두고 속성 '불'과 생성 '화염' 콘솔을 세팅해서, 루프시키는 구조로 도선을 파고 마력을 주입해두면 누군가가 만진 순간에 잔류 마력이 반응해서 폭발을 일으킨다던가.

자신이 그 자리에 없음에도 불구하고 매직 디바이스를 통해 사람을 죽이는 방법은 얼마든지 있다.

제5위의 마인 '낙예의 페어 레이디'는 정면으로 맞붙는 전투가 아닌 그런 잔꾀로 농락하는 걸 좋아한다.

나는 아스테밀이 이 세계에서 최강이라는 사실을 의심하지 않는다.

하지만 그 사람은 일부 마인과 상성이 너무 안 좋다. 마음씨가 너무 착해서 비열한 약점 공격을 당하기 시작하면 약하다.

단순한 전투 능력, 전략과 전술을 구상하는 센스, 미래 예지 수준의 대응력은 괴물급이지만 고결한 정신과 직함이 그 사람에게 무거운 짐이 되어 발목을 붙잡고 있다.

그러니 스승님을 해치는 쓰레기는 내가 손가락으로 에잇에잇하고 부숴버린다.

스승님과 라피스의 사제애가 조화되어 맑은 하늘에서 내리는 달콤한 액체를 감로라 부른다. 감미로운 도취를 불러오는 스위티. 나이 차이 나는 사제 백합은 내 일생의 보배. 무급으로 쉬지 않고 풀타임 키퍼(24시간 수호신)로서 지키겠다.

마인 토벌은 츠키오리 사쿠라가 해줬으면 좋겠지만, 거기에 집착해서 파멸을 초래하면 멍청하다고 증명하는 것과 마찬가지다.

나는 지난번에 마차(魔車)에서도 페어 레이디파 권속과 조우했다.

마인 부활 징조다. 활발해진 페어 레이디파는 부활 준비를 하고 있으며, 그 트리거가 이 매직 디바이스라 해도 이상할 것이 없다.

대(對)마인전은 일을 신중하게 진행해야만 한다.

지금 여기서 만에 하나라도 라피스가 부상을 당해서는 안 된다. 아스테밀이 등장하는 복선이 깔리고, 상성이 최악인 페어 레이디와 충돌하게 되면 만일의 일도 있을 수 있다.

"네, 오케이. 문제없음. 여러분이 허락해준다면 팔아서 오늘 밤 저녁비에 보태고자 합니다."

다가온 라피스가 보석 같은 아름다운 눈동자로 날 올려다봤다.

"페어 레이디의 낙인이 남겨져 있다는 건, 행방불명 사건은 마신교의 소행인 걸까?"

이전에 습격당했을 때를 떠올린 걸까.

부르르 몸을 떤 라피스는 전투태세로 주위를 둘러봤다.

무릎을 꿇은 반장은 현장에 남겨진 매직 디바이스를 검사했다.

"글쎄요. 페어 레이디파가 현장에 낙인을 남긴다는 이야기는 들은 적이 없습니다. 심야의 돈○에 출몰하는 양아치*도 아니고, 일부러 현장에 장난의 흔적을 남겨서 무슨 이득이 있는지…… 합당하다는 생각은 안 듭니다."

"그럼 그 의도는?"

"모방범일 가능성이 높겠죠."

난 방석 대신 거대한 잎을 건넸고, 진지한 표정을 지은 반장은 그 위에 무릎을 꿇고 앉았다**.

턱에 손을 댄 라피스는 천천히 입을 열었다.

"근데 어떨까. 페어 레이디파뿐만 아니라 마신교는 권속 관리가 엉성하잖아. 소수정예인 것도 아니고, 기준도 없는 것 같은 권속 선발로 계속해서 수를 늘려가고 있고. 심야의 돈○에 출몰하는 양아치가 권속으로 일하는 경우도 있는 거 아냐?"

"심야의 돈○에 출몰하는 양아치가 이러한 마크를 좋다고 과시할 것 같지도 않지만요."

"심야의 돈○에 출몰하는 양아치가 범인인지 아닌지로 논쟁하는 거 그만하지 않을래?"

---

*심야 시간대의 돈키호테에는 불량배와 양아치가 자주 출몰한다는 이미지가 있다.
**주제에 대해 누가 더 재미있는 대답을 하는지 겨루는 오오기리라는 예능이 있는데, 이 예능을 다루는 방송 '쇼텐'에서는 가장 재미있는 답을 한 사람에게 방석을 하나 준다.

일어선 반장은 치마에 묻은 흙을 꼼꼼하게 털어냈다.

"단순한 마물 습격 피해인 줄 알았는데, 꽤나 수상한 냄새가 나기 시작했네요. 한번 냄새를 지우고 다시 수색할지, 사냥개처럼 재난의 냄새를 찾아갈 것인지…… 판단은 패밀리 레스토랑의 점장에게 일임하겠습니다만."

"나아가야지. 냄새 정도로 불평하면 한여름의 출퇴근 열차 같은 건 못 탄다고."

슬슬 뒷걸음질 친 라피스는 나무 그늘에 숨어서 자신의 냄새를 맡기 시작했다.

"……딱히 이상한 냄새 안 나는데? 오히려 플로럴이 터지고 있어."

"아, 아니, 그치만 던전에 들어오고 나서 땀을 좀 흘렸으니까! 땀 냄새 난다고 여겨질 바에는 한가함을 주체하지 못하고 있는 아스테밀한테 말을 거는 편이 나아!"

아스테밀에게 사사를 받고 있는 나와 라피스 사이에서 '죽는 편이 낫다'와 '한가함을 주체하지 못하고 있는 스승님에게 말을 거는 편이 낫다'가 같은 뜻으로 통하는 건 문제라고 생각한다.

얼굴을 빨갛게 물들이고 거리를 벌린 라피스에 비해 태연자약한 반장은 미동도 하지 않았다.

"반장을 본받으라고, 소녀의 마음을 맨손으로 졸라서 죽인 수준의 든든함이라고."

"네, 소녀인 척을 할 필요가 없으니 옆에 있는 섬세하지 않은 남자를 목 졸라 죽이는 것도 어렵지 않죠."

"죄, 죄삼다…… 에헤헤…… 제가 조심한다는 게 입을 잘못 놀렸습다……."

"히이로, 이상하게 졸개 흉내를 잘 내네."

칭찬받고 있는데 뭔가 전혀 기쁘지 않다.

2차 피해가 생기지 않도록 난 돈○ 양아치의 흔적을 발로 지웠다.

피해자의 소지품으로 보이는 매직 디바이스를 들고 깊은 층으로 갔을 때 마물과 조우했다.

두 다리로 걷고 거대한 오른 주먹을 가진 인간형 버섯.

페어 레이디파의 마물, '휴지 머시'다.

던전에 서식하는 마물은 그 땅을 지배하는 마인에게 충성을 맹세한다.

각 던전의 지배권은 마인 간의 세력 다툼으로 인해 항상 변하기 때문에 실제로 마물과 조우해보기 전까지는 지배권이 어느 마인에게 있는지는 알 수 없다.

휴지 머시는 페어 레이디파의 마물. 즉, 지금 이 던전은 페어 레이디의 지배하에 있다.

세 개의 거대 버섯은 어슬렁어슬렁 걸어서 다가왔다.

저들의 무기는 큰 바위처럼 단단하고 큰 오른 주먹이며 큰 모션으로 우직한 오른쪽 스트레이트를 날린다. 원작 게임에서는 명중률은 이상하게 낮지만 맞으면 큰 대미지…… 소위 통한의 일격을 노리는 타입의 적이었다.

참고로 어째서인지 아가씨에게는 이런 공격은 반드시 명중한다.

어슬렁어슬렁 다가오는 버섯에게서 거리를 벌리고 라피스는 멀리서 흙 화살을 쐈다.

그래도 그들은 똑바로 다가오고, 우린 거리를 벌렸다.

퓩퓩, 퓩퓩.

화살이 박힌 버섯들은 상처를 입으면서도 집요하게 이쪽으로 다가왔다.

라피스는 하품을 했고 우리는 또 거리를 벌렸다.

퓩퓩, 퓩퓩.

드디어 버섯 한 마리가 쓰러졌다.

버섯 두 마리는 쓰러진 버섯 한 마리에게 달려가 양옆에서 어깨와 등을 두드려 격려했다. 무릎을 꿇고 손으로 바닥을 짚은 버섯 한 마리는 고개를 옆으로 붕붕 저었다. 버섯 두 마리는 그의 기운을 북돋워 주려고 더 세게 쳤다.

드디어 무릎을 꿇고 있던 버섯이 비틀거리면서 일어― 그 정수리에 흙 화살이 박혔다.

"인간의 마음 같은 게 없는 거냐?!"

"어, 뭐가……?"

'변화: 흙'을 활용해 땅에서 계속해서 흙 화살을 변화 형성하고 있는 라피스는 대량의 화살을 직송하면서 고개를 갸웃했다.

"자동화 작업을 하듯이 목숨을 빼앗는 건 그만두자. 있잖아, 무사도라던가 의리와 인정이라던가 우주선 지구호[*]에 사는 동

---

*지구상 자원의 유한성과 자원의 적절한 사용에 대해 말하기 위해 지구를 닫힌 우주선으로 비유해서 사용하는 말. 버크민스터 풀러가 제창한 개념이자 세계관이다.

101

료들이 있잖아?"

"옆에서 실례하죠. 그런 고색창연한 개념에 매달리는 건 좋지 않아 보입니다. 우리가 선택한 전술은 지극히 합리적인 판단하에 채택되었으며 마물을 상대로 자비를 베풀 필요는 없습니다. 버섯에게 죽음을. 자비는 없다."

"정면에서 실례하지. 하는 말은 맞겠지만, 정론은 감정론으로 부정해주지. 왜냐하면 난 저 녀석들이랑."

난 자신의 주먹을 맞부딪치며 외쳤다.

"정면으로 붙어보고 싶어!"

"스모 도장에 들어가 주세요."

"시끄러! 붙고 싶어! 내 힘을 보여주고 싶어!"

난 버섯들을 향해 달리기 시작했다. 세 마리의 버섯은 양팔을 벌려 환영했고, 순식간에 둘러싸여 신나게 얻어맞았다.

"아니, 잠깐만?! 어라?! 무사도는?! 의리와 인정은?! 방금까지의 뜨거운 전개는?! 아니, 거짓말이지?! 평화표 우주선 지구호에서 쿠데타 일어난 거 아냐?!"

머리를 감싸고 몸을 웅크린 나는 맹렬하게 달려온 추가 버섯들에게 둘러싸여 맹렬한 기세로 발길질 당했다.

"크아아아아아아아아아아아아아아아아아! 교활한 함정이었다아아아아아아아아아아아아! 이 별의 평화를 사랑하는 모성본능(母星本能)을 이용당했다아아아아아아아아아아아아아아아아아아!"

"멀리서 실례하죠. 이용당한 건 그 허술한 머리라고 생각해요."

전력을 다해 포위망에서 빠져나온 나는 닐 애로(보이지 않는 화살)

로 비겁한 버섯 놈들을 날려버렸다. 사방으로 뿔뿔이 흩어져 달아난 버섯은 필요 이상으로 쫓지 않고, 너덜너덜해진 난 반장 일행 곁으로 돌아갔다.

"역시 페어 레이디파는 영리하네……."

"당신이 바보인 거예요."

강적과의 싸움을 마치고 난 울면서 고개를 저었다.

"부, 분하니까 저기서 울고 올게. 부끄러우니까 엿보지 마."

난 라피스 일행으로부터 떨어져 나무들을 헤치며 나아갔다.

마력을 제어해서 기척을 지운 나는 잎과 갈대에 모습을 숨기고 소리도 없이 발도해서— 목덜미에 칼날을 들이댔다.

얇게 뻗어있는 칼날에 목숨을 장악당한 휴지 머시. 인간형 버섯은 라피스 일행을 보고 있던 눈을 이쪽으로 돌렸다.

나는 초연한 태도로 천천히 입꼬리를 올렸다.

"그 인형탈, 돈○에서 샀어?"

휴지 머시의 가죽을 뒤집어쓴 인간은 눈가에 뚫려있는 구멍을 통해 날 조용히 관찰했다. 칼날의 형체가 보였다.

인형탈을 뚫고 나온 칼날이 휘둘러졌고, 순간적으로 몸을 젖힌 내 앞머리가 허공에서 춤췄다.

"야 야, 공격할 거면 소리는 내라고."

손잡이로 상대의 어깨를 밀어 거리를 벌린 나는 왼쪽 사각에 파고든 적을 바라봤다.

형형하게 살의로 빛나는 눈.

인형탈 너머에서 그 두 눈이 말했다— 죽였다.

"못 죽였거든."

왼쪽. 난 힘차게 뽑은 장검형 매직 디바이스(타입: 롱소드)로 받아냈다.

"아니······?!"

"아스테밀 클루에 라 킬리시아류— 비검·빌린 칼."

──다른 사람에게 빌려줄 수 있는 정도의 물건이라는 건, 제가 가져도 된다는 거죠?

라피스한테서 빌려서 꿀꺽한 드라이어로 아직도 머리를 말리고 있다며 스승님이 웃으면서 한 말을 떠올리고 말았다.

거리를 벌린 버섯은 매직 디바이스를 만지작거려 콘솔을 빼고── 그 정체를 드러냈다. 시야를 확보하지 않으면 승산이 없다고 판단한 모양이다.

본 적 없는 여자다.

신원을 숨기기 위해서인지 전투 복장으로는 안 보이는 검은 겉옷을 입고 있었다. 방심하지 않고 자세를 낮춘 그녀는 펼친 손바닥에 군도를 들이댔다.

문외한이 아니다. 검술을 익힌 실력자. 적어도 캣급 권속보다 위다.

"처음 만났을 때 하는 인사는? '어이 어이, 내가 바로 누구누구!' 라던가 '멀리 있는 자는 내 소리를 들어라' 라던가, 카마쿠라 시대의 무사가 좋아할 법한 자기소개는 없어?"

칼등으로 어깨를 두드리고 있는 내 앞에서 그녀는 말없이 기를 끌어올렸다.

"소년만화에 나오는 무인처럼 검으로 이야기하는 타입? 그럼 난 백합으로 이야기할 건데, 숙박용품 세트 같은 건 가져──"

노 모션.

난 말하는 도중에 장검형 매직 디바이스(타입: 롱소드)를 던졌다.

"뭐야?!"

경악하면서 군도(軍刀)를 휘둘러 투척물을 쳐낸 그녀. 나는 그 품에 뛰어들었다.

완전히 빈 옆구리에 광검을 때려박았고──

"비겁한 놈이!"

"민원 신청은 저승에서 염라대왕이 접수를 받고 있습니다."

가드.

적이지만 훌륭한 반사 신경으로 그녀는 내 칼을 막아냈다. 칭찬해주고 싶지만 한발 늦었다.

허리를 돌리면서 칼집을 뽑아 오른쪽 올려베기로 왼쪽 옆구리를 강타했다.

뼈와 살이 삐걱거리는 느낌이 손에 전해졌다.

비장 위를 맞은 그녀는 격통에 얼굴을 찌푸리고 눈을 감았다. 사각으로 미끄러져 들어간 나는 손바닥으로 그녀의 얼굴을 움켜쥐었다.

마력을 담는다.

내 오른 손바닥이 아련히 창백하게 빛났다. 정면으로 죽음을 응시한 여자는 동작을 딱 멈추고 이완되었다.

난 천천히 그녀의 얼굴을 들여다봤다.

"······처음 봤을 때 하는 인사는?"

그녀의 양손이 움찔움찔 경련했다.

공포에 크게 뜨인 두 눈. 난 그 눈동자에 속삭였다.

"서로 첫 대면이잖아. 누구든 모르는 사람끼리는 우선 자기소개부터 시작해서 사이가 좋아지는 법이라고."

"주, 죽여라."

"뭘 멋대로 낭만에 취하기 시작한 거야. 내가 안면의 피부를 태우기 시작하면 미적지근한 영웅주의 따위는 절규에 싹 사라진다고. 빨리 말해."

"어, 어떻게 알았지······ 의태는 완벽했을 텐데······ 바보 같은 척을 하며 덤벼든 건······ 동료 여자들을 말려들지 않게 하기 위해서인가······?"

"이 별을 사랑하는 날 또 바보라고 하면 귀로 직접 백합을 집어넣는다. 결과적으로 호감도를 낮췄으니 된 거야."

"호감도······?"

"앵무새 흉내 내면서 시간 버는 건 그만해라. 일문일답, 순서대로. 네 차례다. 코로 백합을 집어넣기 전에 답해라."

"나, 나는······ 마인교······ 페, 페어 레이디파의 권——"

난 전력으로 마력을 담았다.

사방에 푸르스름한 섬광이 용솟음쳤고, 그녀는 무서운 나머지 새된 비명을 질렀다.

"거짓말로 혀를 적시지 마. 이 세상의 백합을 해치는 놈들한테는 용서 같은 건 안 하거든? 자기 얼굴로 만들어진 스테이크 냄새를 맡고 싶지 않으면 똑바로 된 답을 하라고."

"나, 난 그냥 고용됐다! 몰라! 의뢰인과 스스로의 안전을 위해 자세한 내용은 듣지 않도록 했어! 타겟을 매장하기만 하는 자동 기계 같은 사람이다!"

"고용…… 암살자 같은 건가…… 타겟……?"

"이, 일문일답! 순서대로잖아?! 어떻게 내 의태를 간파했지?!"

"감. 타겟은 누구지?"

흔들리는 두 눈이 날 바라봤다.

"뮤, 뮤르 에세 아이즈벨트……."

나도 모르게 놀라서 숨을 죽였다.

거짓말이 아니었다.

난 행방불명자가 남긴 장검형 매직 디바이스(타입: 롱소드)를 보여줬다.

"이게 놓여있던 곳에 페어 레이디파의 낙인을 남긴 건 너냐?"

그녀는 끄덕 하고 고개를 끄덕였다.

"무엇 때문에?"

"그, 그러니까 이유는 몰라! 그저 지시를 받고 행동했을 뿐이다!"

──모방범일 가능성이 높겠죠.

왠지 모르게 내막이 이해되기 시작했다. 다만 복잡하게 얽혀 있는 실을 풀 필요가 있다. 내 예상이 맞으면 적은 '두 방향'에 있다. 암살자에게 지시를 내린 배후자가 노리는 타겟은 뮤르가 아니다.

아마 진짜 타겟은······.

난 손을 놓아 암살자를 풀어줬다.

"당분간 몸을 숨겨라. 대단한 정보는 안 가지고 있으니까 제거당하진 않겠지만 관광지를 피해서 해외여행을 즐기는 걸 추천하지."

"봐, 봐줄 생각인가······?"

"나한테 발각된 시점부터 실패, 이미 손절을 생각하기 시작했겠지. 내 질문에 답해서 의뢰자를 배신한 순간부터 넌 몸을 숨기는 것 이외의 선택지는 고를 수 없게 되었어. 하지만 다음에 보면······ 난 스테이크 하우스의 셰프로 변신할 거다."

마지막까지 영리했던 그녀는 쓸데없는 반론 하나 하지 않고 내 앞에서 모습을 감췄다.

난 바로 윈도우를 띄웠다.

'네, 여보세요.'

"매번 감사합니다, 패밀리 레스토랑 같은 파티 네임으로 호평받고 있는 '유리즈'의 산죠 히이로입니다. 지금 수행 중인 의뢰에 대해 물어보고 싶은 게 있는데요."

'네, 물론 되죠. 물어보세요.'

"행방불명된 호죠생은——"

난 전화기 너머에 있는 모험가 협회의 접수원 아가씨에게 물었다.

"한 명인가요?"

'한 명······ 이었는데 방금 2차 조난이 보고되었습니다. 다시

말해서, 두 명이 되었습니다.'

의혹이 확증으로 변했고, 난 질문했다.

"맨 처음 행방불명자로 접수된 호죠생의 소속 기숙사를 조사할 수 있을까요?"

'네…… 그러니까~…… 플라움…… 아니, 실례했습니다. 그 후에 기숙사 안에서 문제가 있어서…… 최근에 카이룰레움으로 이적됐습니다.'

"그럼 2차 조난자의 이름은?"

그녀는 내가 잘 아는 이름을 말했다.

'뮤르 에세 아이즈벨트 님.'

전부 연결됐다.

맨 처음 행방불명된 전 플라움 소속 호죠생은 바로 얼마 전에 뮤르가 기숙사에서 쫓아낸 선배일 것이다. 그 선배가 행방불명됐다는 정보에 이끌려 뮤르는 이 던전에 유인당했다.

뮤르도 그렇게까지 바보는 아니다.

자신에게 전투 능력이 없다는 걸 알고 있고, 위험성이 거의 없는 초보자용 던전이라고는 해도 혼자서 도우러 가거나 하진 않을 것이다.

분명 호위를 동반하고 있었을 것이다.

"'어두운 숲 던전' 입구에 설치된 감시카메라 영상을 보내줄 수 있나요? 우리가 의뢰를 받고 던전에 들어가기 5시간 전부터."

'알겠습니다.'

몇 분 후, 영상이 전송되었다. 난 또 하나의 윈도우를 열고 히즈미에게 전화를 걸었다.

'무슨 일이야? 희한한 일이네, 네가 전화를 다 걸고.'

"미안, 도와줘. 아마 리이나라면 금방 끝날 거야. 지금부터 5시간 분량의 감시카메라 영상이랑 여자애 사진을 보낼 테니까 그 사진에 찍힌 여자애가 던전에 들어가기 전과 후의 영상을 잘라서 나한테 보내줘."

'서두르고 있네. 그래, 알았어. 금방 끝낼게.'

신성 백합 제국의 경제 외교 담당을 맡은 우수한 소녀는 순식간에 뮤르를 찾아내서 영상을 보냈다.

세 여자에게 옆과 뒤를 단단히 보호받으며 불안한 듯한 표정으로 '어두운 숲 던전'으로 침입하는 뮤르의 모습. 아마추어의 몸놀림이 아닌 3인조, 낯익은 모습과 허리에 찬 칼이 신경 쓰였다.

"……허리에 있는 칼, 줌업 할 수 있어?"

'루.'

전화 너머로 키보드 소리가 들려왔다. 줌업과 해상도 조정이 반복되었고, 난 희미하게 비친 그 증거를 인지했다.

"……양산품이 아니야."

'에?'

"허리에 찬 칼, 양산품이 아니야. 부자라는 증거다. 뮤르가 조용히 따라갔다는 건 걔가 신용하기에 충분한 신원을 밝혔을 거야. 이 녀석들이 아이즈벨트가 사람이었다면 뮤르는 더 우쭐대는 태도를 취했겠지. 칼집에 가문의 문양이 들어가 있지 않아?"

갱신음과 함께 흐릿했던 사진이 선명하게 나왔다. 괭이밥에

당화문.

──누군가의 부모님 아니야?

온몸에 짜릿한 경악이 일고 시냅스에 불이 붙고 선과 선이 이어졌다.

──마신교에는 협력자가 있어.

확신했다. 다음 타겟은……

'실피에르 님과 다른 사람들, 움직일 수 있어. 좌표를 보내주면 최단시간에 보낼게.'

"아니, 시간이 안 돼. 무허가로 던전에 돌입시켜도 되지만 모험가 협회와 갈등이 생기는 건 피하고 싶어. 내가 직접 갈게."

'그렇게 말할 줄 알았어. 멈추려고 해도 너한테는 브레이크가 탑재되어 있지 않잖아.'

"난 외톨이 검사 순정파*거든. 죽지 않게 사고 내는 법에는 정평이 나 있으니까 걱정하지 마."

"사고 치지 말라는 거거든, 바보야~."

전화기 너머에서 쓴웃음 섞인 목소리가 들려왔다.

'너라면 괜찮겠지만 무사히 돌아와야 해. 기다릴게. 하고 와.'

훌륭한 이해자는 날 격려했고 통신이 끊어졌다.

몸을 쭉 편 난 근육을 늘리고 아직 보지 못한 싸움터를 향해 돌아섰다. 그리고 소녀를 봤다.

"히이로."

---

*1988년부터 2009년까지 제작된 드라마 '외톨이 형사 순정파(はぐれ刑事純情派)'의 제목 패러디.

흐릿해졌다가 누그러지는, 저편에 번뜩인 아름다움.

어둠이라는 검은 캔버스에 떠오른 라피스가 황금빛 몸에서 푸르스름한 마력을 뻗쳤다.

어스름한 검정에 금빛 의지가 깃들었다. 그녀는 그윽하고 요염하게 아름다운 웃음을 지었다.

"갈까."

그 숭고한 아름다움의 세례를 받고 난 오장육부에 퍼지는 이해를 음미했다.

얘는…… 라피스 클루에 라 루메트는 히로인이다.

"네, 가시죠."

만면에 웃음을 띠고 그녀는 나에게 주먹을 내밀었다.

웃으며 그 주먹에 주먹을 맞댔다.

"역시 우린 라이벌이네."

"…………어."

"어?"

얼굴을 붉힌 라피스는 고개를 갸웃하면서 부끄러워했다.

"이젠 라이벌이기만 한 건 싫어…… 라고 하면, 안 될까?"

"반자아아아아아아아아아아아아아아아아아아아아아아아아아아아아아아아아아아아앙! 엄마아아아아아아아아아아아아아아아아아아아아아아아아아아아아아아!"

"네, 불려서 튀어나왔습니다."

수풀 속에서 반장이 구원의 손길을 내밀었다.

잽싸게 뒤로 물러선 난 라피스한테서 떨어져 반장의 등 뒤에

숨으면서 떨었다.

"한 번 더 말해봐라! 한 번 더 말해보라고, 라피스! 말할 수 있으면 한 번 더 말해보란 말이다! 반장에게 같은 대사를 말해봐라! 그렇게 하면 리셋되니까! 부탁할게! 부탁할게 부탁할게 부탁할게!"

"바, 바보야…… 그, 그런 게 아니야…… 이, 이상한 뜻이 아니거든……!"

"그럼 무슨 뜻일까요?"

반장의 질문에 검지끼리 톡톡 맞대던 라피스는 고개를 숙이고 빨개졌다.

"무……."

새빨개진 라피스는 힐끔힐끔 내 반응을 살피면서 입술을 삐죽 내밀었다.

"무슨 뜻일까요……?"

시야가 새빨갛게 물들었다.

무의식적으로 스스로의 뇌를 파괴하려고 했던 나는 큰 나무에 박은 머리에 피를 흘리면서 입술을 꽉 깨물었다.

"누, 누가 내 뇌 좀 꺼내줘…… 뇌, 뇌가 안 좋아…… 내, 내 뇌가…… 파, 파손됐어…… 머, 머리가, 죽음의 뇌 파괴 프린세스로 가득해져……."

"꽁냥꽁냥 유혈 개그는 나중에 하고 슬슬 가지 않겠습니까?"

서로의 얼굴을 마주 본 나와 라피스는 같은 타이밍에 반장을 주시했다.

"어리석은 질문이지만 저희는 셋이 함께 '백합즈'를 운영하고 있는 것 아닌가요? 웨이트리스와 오너에 더해서 우수한 스태프가 없으면 패밀리 레스토랑은 꾸려나갈 수 없습니다."

무슨 말을 해도 이 아이는 물러서지 않는다. 그렇게 판단한 나는 표정을 지우고 물었다.

"위험할 때는 무엇보다도 자신의 목숨을 우선해서 도망쳐. 약속할 수 있겠어?"

"전 살면서 무지각, 무결석이며 약속을 깬 적도 교칙을 위반한 적도 없습니다. 조상 대대로 서약과 호흡은 특기입니다."

난 환하게 웃으면서 허리에 있는 칼집을 두드렸다.

"다 같이 파티장에 쳐들어가는 거다. 분명 높으신 분이 내빈석을 준비하고 기다리고 있을 거라고. 역사에 이름을 남길 '백합즈'의 개업 축하다."

난 웃었다.

"화려하게 가자고."

난 고개를 끄덕인 라피스와 반장을 데리고 던전 안쪽을 향했다.

✳

'어두운 숲 던전', 최심층.

이 한 층을 다 덮은 건 아닌지 착각할 정도로 거대한 나무가 시야를 가득 채웠다.

거대한 수목의 구멍에는 대비로 인해 미니어처처럼 보이는 교회가 쏙 들어가 있었다. 넓은 나무의 구멍과 작은 교회로 조화를 잡고 있는 듯했다.

어둡다.

작은 교회로 가는 길은 선의 대신 납작한 돌로 포장되어 있었다. 양옆에서 포석을 떠받치듯이 길이가 맞춰진 양초가 깔려있었다. 균일한 인간의 영혼에 비중을 두고 쟁쟁한 장례 행렬을 이루고 있는 듯했다.

점점이 흩어진 망령처럼.

허공에 떠있는 주황색 등불이 이등변삼각형을 형성해 나무처럼 똑바로 서있는 것처럼 느껴졌다.

켜진 불은 마치 듬성듬성 맺힌 이승의 망집 같았다.

그 광경을 앞에 두고 난 걸음을 멈췄다.

"……아니야."

"아니야? 뭐가?"

라피스의 질문에는 답하지 않고 입을 다문 난 생각을 굴렸다.

원래 '어두운 숲 던전'의 최심층에는 어울리지 않는 교회가 존재하지 않는다. 휑뎅그렁한 구멍에서 거대한 뿌리덩어리 마물과 보스전을 펼칠 뿐. 거기에 기묘한 교회가 끼어들 여지는 없다.

저 교회는…… 가능성은 충분히 있을 수 있고 상황이 갖춰져 있다…… 이제 누가 트리거를 당기면…… 좋지 않은데…….

"'어두운 숲 던전' 최심층에 파티 피플 분들이 좋아하는 교회가 건설됐다는 이야기는 들은 적이 없습니다. 커플이나 가족 동반객, 표지에 굴림체 글자가 춤추는 여행 잡지 독자층을 노리고 리뉴얼 오픈했다는 이야기도."

"라피스, 반장."

'돌아가'라고 협박해도 들을 생각이 없을 것 같은 표정을 보고 난 포기했다.

"무슨 일이 있어도 반드시 내 지시를 따라. 그게 최소한의 조건이야. 따를 생각이 없다면 난 지금부터 너희를 데리고 돌아갈 수밖에 없어져."

말없이 수긍한 둘을 보고 난 한숨을 쉬며 각오를 다졌다.

"알았어, 그 빌어먹을 자유의지를 존중할게. 현재 상황을 정리하자."

어둠에 몸을 기댄 우리는 빌린 양초의 빈약한 빛으로 모여들었다.

난 마력 탐지기를 꺼내 그 바늘 끝이 교회를 가리키고 있는 걸 확인했다. 현재 상황을 공유하기 위해 불러낸 윈도우에 글자를 썼다.

"먼저, 지금부터 내가 하는 이야기는 어디까지나 추측이야. 상황이 최악이라는 확신은 있으니 앞으로는 그 추측에 의지해서 움직일 수밖에 없어. 여기까지 이해됐지?"

둘은 고개를 끄덕였다.

"우선 우리 '백합즈'는──"

잠깐만요. 그 '백합즈'라는 호칭은 정식 명칭으로 결정된 걸로 이해해도 되나요?"

시작부터 급브레이크를 걸려 난 반장에게 손바닥을 들이댔다.

"그 잠깐만요는 좀 기다려주세요. 그거야, 반장. 그 부분은 지금 그다지 중요한 부분이 아닌데. 말하자면 그거니까. 라멘으로 치면 멘마라고 해야 할까. 확실히 요소가 맞지만 중요하지는——"

"잠깐만, 히이로. 난 멘마를 무시하는 건 좀 그런데. '중요하지 않다'고 한마디로 일축할 정도로 멘마를 멸시하는 건 아무리 히이로라도 용서 못 해."

"어떨까요. 전 산죠 씨의 의견에 동의합니다. 만약 멘마가 중요시되었다면 대부분의 라멘집 메뉴에는 '챠슈 라멘'과 나란히 '멘마 라멘'이 항상 있어야만——"

"아니, 갑자기 옆길로 새서 전력으로 폭주하기 시작하는 거 그만하지 않을래? 지금은 멘마에 관해서 의논하는 시간이 아니라고. 생사를 건 결전이 펼쳐질지도 모르는데 멘마로 사이가 틀어진 채로 죽는 건 싫다고, 난."

분위기가 험악해졌던 라피스와 반장은 중재를 듣고 입을 다물었다.

"패밀리 레스토랑 소재로 이야기하던 반장은 이미 '백합즈'를 인정한 걸 넘어서 즐겨찾기 등록해주는 줄 알았는데."

"그땐 다투는 게 싫어서."

"멘마로 다투는 건 괜찮구나…… 그럼 가칭 '백합즈'로 이야기를 계속할게."

난 화면에 '백합즈'라 쓰고 원으로 둘러쌌다.

"우리 '백합즈'는 우연히 모험가 협회에서 행방불명자 수색 의뢰를 맡았다. 그래서 이곳 '어두운 숲 던전'에 왔는데…… 사실

'어두운 숲 던전'에는 두 조직의 의도가 아른거렸다."

"두 조직? 마신교만의 소행이 아니었다는 거야?"

반대편에서도 보이는데 나란히 어깨를 바짝 대는 라피스와 거리를 두면서 답했다.

"하나는 마신교 페어 레이디파. 그리고 또 하나는——"

난 속삭였다.

"산죠가."

"엣. 산죠가라면 히이로의 생가지? 이래저래 집적댔던."

놀라서 내 손을 쥔 라피스를 뚫어져라 보며 난 입을 뻐끔댔다.

"그럼 그 매직 디바이스 옆에 그려져 있던 낙인은?"

"산죠가의 짓이야. 손을 더럽히고 싶지 않은 놈들 특유의 행실로, 페어 레이디파에게 악행을 뒤집어씌우기 위한 예술 작품이지."

"아, 아니. 잠깐만. 혼란스러워지기 시작했어. 그러니까 지금 이 '어두운 숲 던전'에는 마신교와 산죠가, 두 방향에 적이 있고 각자 다른 목적으로 움직이고 있다는 거야?"

"그래 맞아. 이상하게도 양자의 목적이 맞물려서 같은 길을 갔지. 그 목적이라는 건——"

마신교, 산죠가를 적어서 원을 두르고, 난 화살표 끝을 중앙에 있는 개인의 이름으로 가져갔다.

"뮤르 에세 아이즈벨트."

"뮤르 에세 아이즈벨트…… 플라움의 기숙사장인가요. 그녀가 그 두 조직의 표적이 될 이유가 있을 것 같지는 않은데요."

"아니, 있어. 그래서 놈들은 뮤르를 꾀어내기 위해 전 플라움 소속 선배를 유괴했어."

다가온 라피스는 내 팔을 만지고 얼굴을 들여다봤다.

"뭐, 뭡니까, 라피스 씨……? 그, 그 이상 다가오면 피 본다……? 내 피."

"알았다, 히이로다."

푸른 빛을 띤 청금석 같은 눈동자로 날 보는 라피스는 몸을 가까이 댔다.

"산죠가는 히이로를 감시하고 있고 신입생 환영회 때 일어난 일련의 사건을 보고 있었어. 그래서 뮤르 씨를 인질로 이용할 수 있다고 생각한 거 아냐?"

"저, 정답…… 저, 저기, 난, 남자니까…… 이, 이런 건 잘못됐어…… 가, 가까워…… 사, 사람의 온기가 무서워……!"

"아, 미, 미안."

라피스는 나한테서 약간 떨어져 볼을 빨갛게 물들이며 머리를 쓸어 올렸다.

대조적으로 얼굴이 파랗게 질린 난 공포로 떨리는 손으로 산죠가의 진정한 목적에 '뮤르를 인질로 삼아 산죠 히이로를 살해한다'라고 써넣었다.

"그럼 페어 레이디파의 진정한 목적은? 뮤르 기숙사장을 인질로 삼아서 뭘 하려고?"

"그건…… 저 안에 들어가면 알 수 있어. 다만 산죠가와는 다른 최종 목적이 있다고 생각하면 돼."

뒷일도 있으니 이상하게 관심을 가지면 곤란하니 말이다.

난 일부러 얼버무리고 교회 쪽을 바라봤다.

늦든 빠르든 초대받은 손님과 초대받지 않은 손님은 향연에 합류할 것이다. 초대받지 않은 그 여자는 협력자인 마법사도 데려왔을지도 모르지만.

난 마신교의 진정한 목적에 '산죠가와는 다른 목적'이라 써넣었다. 그리고 우리 바로 옆에 작은 원을 그리고 '제4세력'이라 추가로 적었다.

"히이로, 이 제4세력은? 꽤나 두루뭉술하게 표현했는데."

"아군…… 일 거야."

"뭔가요, 그 애매모호한 '~라고 생각합니다' 같은 완곡 표현은?"

"그치만 모르는걸. 아니, 상황도 상황이니 덤벼들진 않겠지만 자신이 없단 말이지."

"그래서, 정리하면."

무슨 일이 있어도 나와 붙지도 않고 떨어지지도 않은 거리를 유지하고 싶은 것 같은 라피스는 온기가 전해져 오는 거리에서 중얼거렸다.

"우리의 적은 '마신교'와 '산죠가', 저 교회에서는 두 적이 기다리고 있어서, 삼파전이 일어난다는 거야?"

"그런 거야. 그래도 교회까지 가는데 사파전까지는 안 가기를 바랍니다."

"…………."

121

"반장, '굳이 불구덩이에 돌입하다니, 바보 아닌가요'와 같은 완곡 표현은 표정이 아니라 입으로 말씀하셔도 괜찮습니다."

"바보 아닌가요."

"그건 그냥 매도라고 생각해요."

반장은 한숨을 쉬었다.

"그렇군요, 파악했습니다. 당신은 저희에게 쓸데없는 정보를 줘서 말려들지 않도록 하기 위해 버섯 인형탈 심문도 혼자서 했나요."

"필사적인 노력도 헛되이 대화가 전부 새어나가 느끼는 지금의 내 심정을 답하라. 배점 30점."

"폼 잡는 거 기분 좋다~!"

"낙제야."

국어력(사람의 마음을 깊이 생각하는 능력)이 전혀 없는 반장은 정면으로 날 바라봤다.

"결성된 지 얼마 안 됐고 역사는 짧고 연대는 말할 것도 없죠. 이렇게 파티가 어려운 상황하에 자신의 사욕으로 움직이고 비밀투성이인 동료를 지키려고 하는 당신의 노력은 마음에 듭니다. 저 같은 정체를 알 수 없는 존재를 받아주고 사심 없는 신뢰 관계를 도장 찍는 건, 선량한 것도 너무하다 싶습니다만…… 성선설을 신봉하는 당신의 마음은 엘프 공주님마저 매료시켰으니까요."

"…………."

"라피스, 고개 들어어! 숙이지 마, 고개를! 이 녀석은 우리의 신뢰 관계에 굴삭기를 끌고 오는 성악설 신봉자라고! 싸우자! 올웨이즈 파이트가 우리의 신앙이잖아! 귀가 빨간 건 추워서 그렇다고 반론하는 건 어때?!"

반장의 철가면에 틈이 생겼고, 그녀는 아주 살짝 미소 지었다.

"그러니 전 당신을 따라가겠습니다. 얼마 안 된 신뢰 관계를 다음날로 이어가기 위해, 가칭 '백합즈'로서."

"어…… 왜 웃는…… 이, 이런 단기간에 빠진 거 아니지……?"

반장은 평소의 무표정으로 슥 돌아왔다.

"안 빠졌습니다."

"아니, 하지만 웃었——"

"안 웃었습니다. 당신의 주관이 표정근 운동을 그렇게 받아들였을 뿐입니다. 이 이상 계속하면 표정 괴롭힘으로 적합한 기관에 신고하겠습니다."

"그럼 난 자살 방해 괴롭힘으로 알스하리야를 신고할 거야."

"영문을 알 수 없는 농담은 제쳐두고, 이후의 방침을 맞추죠."

그러고 보니 행방불명 사건에 엮이게 된 이후부터 알스하리야가 모습을 드러내려고 하지 않네. 착각해서 지난주에 폐품 수거에 내버렸나.

썩을 마인을 생각하는 건 그만두고 헛기침을 한 난 본론으로 돌아갔다.

"우리에겐 우연이라는 이름의 어드밴티지가 있어. 그걸 잘 이용한다."

"우연이라면…… 우연적인 요소가 있다면, 때마침 모험가 협회에 갔을 때 행방불명자 이야기가 나온 거?"

아직 약간 귀가 빨간 라피스에게 난 '정답'이라 대답했다.

"앞으로 산죠가는 날 협박하기 위해 어떠한 방법으로 연락을 할 거야. 정석적인 '뮤르 에세 아이즈벨트를 돌려받고 싶다면'이라는 방법이지. 보기 좋게 날 불러낸 후, 내가 최심층에 도착하기까지는 시간이 걸리지. 놈들의 계획대로 진행됐으면 발생했을 이동시간. 이게 우리의 어드밴티지다. 이 시간 차를 이용해 허를 찌른다."

"요컨대 기습. 친구가 호랑이가 되어 나오는 듯한 두려움을 주는 건가요.[*]"

"역시 반장. 국어 외에는 고득점을 내——"

착신음이 울렸고, 윈도우에 '릴리 클래시컬'이라 표시되었다.

씨익 웃은 나는 라피스와 반장에게 눈짓했다.

릴리 씨를 경유해 연락한 산죠가 녀석들의 요구를 받아들여 홀로 최심층으로 가겠다고 맹세한 나는 교회 뒤편으로 돌아갔다.

"자 그럼, 기습의 묘미를 맛보게 해줄까."

정면 돌입은 어리석은 계책이라 판단해서 우리는 위층에서 침입을 시도해보기로 했다.

머리 위 아득히 높은 곳에는 민트블루와 라이트그린색 유리에 여신으로 보이는 여자가 그려진 스테인드글라스.

---

[*]나카지마 아츠시의 단편소설 산월기(山月記)에 나오는 내용이다. 당나라 현종 때 귀재라 불렸던 이징이라는 남자가 호랑이로 변한 모습으로 친구와 만나는 대화하는 이야기다. 오래전부터 일본의 교과서에 실린 작품으로 유명하다.

올려다보던 라피스는 아픈 듯한 목을 움직이면서 돌아왔다.

"발 디딜 곳도 없고, 도약만 해서 저기서 들어오는 건 무리 아냐?"

"맡겨둬, 완전무결한 방법이 있어."

난 진지한 얼굴로 속삭였다.

"목말이다."

"발화 기능에 중대한 에러가 보이니 당장 현세로의 출하를 정지해 주십시오."

반장류 돌려 말하기식 '죽어라'를 들은 나는 어쩔 수 없다며 어깨를 으쓱였다.

"반장, 난 착실하고 또 착실해서 근엄함과 성실함이 정장을 입은 것과 같은 남자라고? 진지함 증량 캠페인 실시 중, 추첨으로 100명에게 마크시트용 연필을 선물."

"당신의 가채점은 믿을 수 없습니다. 답안용지 내용을 들어볼까요."

난 벽에 손을 대고 씨익 웃었다.

"와라!"

"0점."

"덤벼라!"

말 때문에 감점당한 게 아니라 발상의 원점부터 마이너스이니 나쁘게 생각하지 마십시오."

"뭐, 농담은 이쯤 하고——."

부드러운 감촉이 내 볼과 뒤통수를 감쌌다.

천 조각이 팔랑 하고 내 시야를 덮어서 갑자기 눈앞이 캄캄해졌다.

라멘집의 포렴을 통과하는 것처럼 앞치마를 손등으로 치운 나는 천천히 시선을 위로 향했다.

새빨간 얼굴을 양손으로 가린 공주님은 목 안쪽에서 앓는 소리를 짜냈다.

"부, 부끄러워할 때가 아니지만…… 바, 반장, 빠, 빨리 해 줘…… 세, 셋이서 타지 않으면 안 닿으니까……!"

내 머리를 허벅지 사이에 직접 끼우고 수치에 물든 라피스는 목덜미까지 빨개져서 떨고 있었다.

난 달콤한 향기에 감싸여 힘차게 입을 열었다.

"반장, 뭐 하고 있어?! 합체 기술이다! 가급적 신속하게 탑승해!"

"편차치 디버프 기술 발동은 전부 거절하고 있습니다."

긴장은 가끔 돌이킬 수 없는 사태를 초래한다.

'히이로, 다른 사람에게 등을 맡길 때는 우선 상대를 진정시키세요. 물에 빠진 사람은 지푸라기라도 붙잡는다. 물에 빠진 사람을 구조할 때 공황 상태에 빠진 익수자에게 끌려 들어가 같이 익사하는 케이스는 아주 많죠. 전투도 마찬가지. 전투 전에는 센스 있는 농담을 하는 정도가 딱 좋아요.'

근면한 제자인 나는 스승님의 가르침에 따랐을 뿐인데.

농담이라는 말을 들은 라피스는 '아, 알고 있었거든?! 펴, 평범하게 알고 있었거든! 난, 그저 허벅지를 얼굴에 밀어붙였을 뿐이거든!'이라며 치녀 같은 변명을 하고 알프 헤임 친악대사로서 역할을 수행했다.

냉정함을 유지하고 있던 반장은 진창의 발자국과 벽면의 쓸린 흔적 등을 주목하고, 갈대가 쓰러진 상태를 보고 뒷문을 찾아냈다.

"뒤로 들어가죠."

""……네.""

반장은 퐁 하고 작은 병을 열었다.

작은 병의 내용물은 소리도 없이 날아올라 은은한 인광이 되어 주위를 떠돌아다니기 시작했다.

'요정의 금가루'…… 원작 게임에선 인카운트 확률을 낮추는 아이템이었다.

이 세계에서는 '주위의 외인성 마술 연산자를 증폭시켜 내인성 마술 연산자와의 경계를 애매하게 만드는' 작용이 설명서에 기재되어 있다. 요컨대 마력 탐지를 방해하는 강력한 재밍이다.

게다가 이 금가루에는 강력한 흡음 효과도 있다.

우리 주위에 떠있는 이 금가루는 공기 중에 진동이 전해질 때마다 팽창하여 일종의 다공질 재료가 되어 소리 에너지를 마찰열로 바꾼다. 금가루를 전개한 안쪽에서 소리가 전해질 때마다 새빨갛게 발열하여 한순간만 우산 형태로 펼쳐지는 것이다.

이 금가루 덕분에 야단법석을 떨고 있지만, 시각적으로는 오히려 눈에 띄게 된다.

숙주를 추적하는 이 금가루가 시야에 들어오지 않도록 몸을 웅크리면서 가는 걸 잊어서는 안 된다.

"다음에 효과가 떨어지면 더는 보충할 수 없으니 알아두세요."

반장의 충고에 고개를 끄덕여 대답하고 우리는 삐걱대는 계단을 이용해 위층으로 향했다.

복층 구조로 되어 있는 2층에는 낙하 방지용 난간이 설치되어 있었다. 1층을 내려다볼 수 있는 위치에 진을 치고 몸을 숨겼다.

훤히 보이는 아래층에는 오늘의 메인 게스트가 준비되어 있었다.

십자가 아래의 교회 의자에 묶인 뮤르. 얼굴이 새파랗게 질린 그녀 옆에는 전 플라움 선배가 고개를 아래로 축 늘어뜨리고 있었다.

아마 약이나 뭔가로 선배를 잠들게 했을 뿐일 것이다. 외상은 없다.

경건한 신도가 앉아야 하는 긴 의자에 여섯 명의 불한당들이 제각기 불경함을 표현하고 있었다.

미사곡을 위해 준비된 파이프 오르간은 삼엄한 내부 깊숙한 곳에 헤매 들어가 정숙한 침묵에 잠겨있었다. 바닥에 펼쳐진 긴 융단은 장엄하고 자연스러운 모습으로 손님을 불러들였고, 수북이 쌓인 먼지로 사색의 세월을 이야기했다.

교단 위를 덮고 있는 스테인드글라스는 투영할 빛을 잃고 신성함이 손상되어, 밋밋하고 평평하게 만든 유리구슬 같았다.

장식이 과다한 이 무대는 신의 부재를 연출하고 있는 듯했다.

그 무대 위에서 스포트라이트 대신 우리의 시선을 받는 여섯 명의 그림자. 산죠가와 마신교의 오합지졸은 불손한 표정으로 짜증을 냈다.

"뭐가 변변찮아서 마신교 따위랑 손을 잡아야 하는 거야. 페어 레이디파인지 뭔지 모르겠지만 마인의 부활을 꾀하는 똥투성이 손이랑 악수할 수 있냐?"

"어이, 그 억지소리 하는 입을 다물어라. 다무는 법을 모르면 윗입술과 아랫입술을 꿰매버린다."

"이미 늦었어, 들려. 이 교회는 복층 구조라 울리니까."

3명과 3명.

깔끔하게 나뉘어 있는 여섯 명은 긴 의자 6개만큼이나 떨어져 앉아있었다.

"산죠가의 쓰레기가. 찬탈자의 피가 들어간 잡종이 잘났다는 듯이 고견을 뽐내고 자빠졌어. 어느 분가의 멍청이인지 모르겠지만 일이 어떻게 되든 키리우나 카오우에게 제거당할 거다."

"쓸데없는 건 생각하지 말고 이용하면 돼. 계속 짖는 개는 언젠가 손을 물고 처분당하지."

"천한 것을 신경 쓰는 건 그만둬. 산죠 히이로가 뼈가 되어 들개에게 먹혀도 우리하고는 상관없어. 목숨을 걸어서라도 달성해야만 하는 사명에 집중해."

그녀들의 목소리를 감지하고 우리 주위가 빨간색으로 물들었다.

목소리를 낮출 필요는 없지만 몸을 붙여온 라피스는 귓속말했다.

"손을 잡고 있다고는 해도 서로 협력할 생각은 없는 것 같네."

"그래. 적의 적은 친구, 인류는 모두 형제, 위 아 더 월드라고 하니까…… 우리한테는 고마운 상황이긴 하네."

"당연하다면 당연하겠지. 즉석에서 잘 되는 팀이 드물어."

불평 외에는 할 말이 없는 걸까.

입을 다물고 있는 여섯 명의 모습을 살피면서 난 묶여있는 뮤르에게 시선을 돌렸다.

"우리의 목적은 어디까지나 뮤르 일행 구출이다. 마신교나 산죠가랑 놀아줄 필요 없어. 내가 신호를 주면 둘은 뮤르 일행을 교회에서 데리고 나가서 '어두운 숲 던전'에서 탈출해줘."

난 쿠키 마사무네의 칼집을 두드리면서 씨익 웃었다.

"올타임 워스트인 나는 어그로 역할을 맡는다."

"싫어."

라피스는 정면으로 날 바라보며 손을 잡았다.

"싫어. 절대로 안——"

"쎄쎄쎄~! 요이요이요오~잇!"

난 잡은 손을 위아래로 흔든 후에 교차시켜 공주님의 손을 힘껏 튕겨냈다.

즉석 회피 액션 '알프스 일만척'(미국의 노래 양키 두들의 일본 번안명. 쎄쎄쎄 놀이를 할 때 자주 사용되는 곡 중 하나다.)으로 로맨틱 무드를 날려버린 난 생글생글 웃었다.

"라피스, 우린 손을 맞잡을 필요는 없어. 왜냐면 라이벌끼리 서로 적개심이 통——"

뭘 어떻게 착각한 건지 라피스는 감싸듯이 내 손을 잡았다.

바로 알프스 일만척으로 이행하려고 한 나에게 대항해서 위에는 아래를, 아래에는 위를, 오른쪽 교차에는 왼쪽 교차로 응수한 라피스는 완벽한 역입력을 해내고 미소 지었다.

"괜찮아. 히이로의 손은 더럽거나 하지 않으니까. 응? 괜찮으니까."

"아니야 아니야 아니야! 그런 게 아니야 그런 게 아니야! '내 손은, 피로 너무 더러워졌어……'라면서 하드보일드한 짓을 할 때가 아니야! 히, 히이익…… 미, 미소 지으면서 격려하는 것처럼 다시 움켜쥐지 마…… 반자앙……!"

"네, 시간 됐습니다."

악수회에서 떼어내는 사람처럼 중립 입장에 있는 반장은 라피스한테서 날 떼어내 줬다.

난 엉엉 울면서 반장 뒤로 갔다.

"으헤에…… 오호호오…… 오보오…… 오오오옹……!"

"울면서 호소해도 짐승의 울음소리는 해석할 수 없습니다. 라피스 씨, 적지이니 자중해주십시오."

"아, 미, 미안해. 히이로의 얼굴을 보고 있으면 손이 떨리고 집중력 저하가 일어나서."

"아뇨, 약물 중독자 같은 변명은 불필요합니다. 적에게 움직임은 없고, 산죠 씨도 장난치는 것 같지만 경계는 게을리하고 있지 않으니."

눈물과 콧물로 엉망진창이 된 날 보고 반장은 우물거렸다.

"아마도."

난 계속 흐느껴 울─ 시야 끄트머리에 빨간색.

반장을 끌어안고 비스듬히 서서 그녀의 방패가 되었다.

살기로 저릿해진 피부의 감각을 따라서 무릎을 꿇고 앉은 상태로 발도했다. 트리거── 그러나 목에 칼끝을 들이댄 순간, 내 목에 얼음 칼날이 파고들어 있었다.

"반장, 천천히 내 뒤로 와."

라피스는 온몸을 로브로 가린 인물에게 화살을 생성해 겨눴다.

"이름을 대라. 아니면 만나자마자 비련에 눈물을 흘리면서 동반자살이라도 할 거냐?"

천천히 후드가 걷혔다.

"역시 히이야. 그렇게 무의식적인 행동으로 여자애의 마음을 빼앗는구나."

잘 아는 얼굴과 목소리, 난 칼을 집어넣으면서 한숨을 쉬었다.

"늦었잖아요. 시간의 파수꾼이라고도 칭송받은 절 돌파할 변명은 준비해뒀겠죠? 어떻게 발버둥 쳐도 벌금은 피할 수 없다고 생각──"

"여자애랑 데이트 했더니 늦어버렸어♡"

"금일봉을 증정하도록 하겠습니다."

미소를 띠고 있는 프리 플로마 프리기엔스는 내 옆에 앉아 몸을 붙였다.

"약속도 안 한 남자애한테 지각에 대한 문책을 당할 이유는 없는데. 너 어떻게 여길 알아낸 거야?"

놀란 표정을 지은 프리가 물었고, 내 팔 안에 있던 반장이 떨어졌다.

"우연히."

"거짓말의 맛은 쓰니까 설탕을 잔뜩 넣은 정도의 유머는 있으면 좋겠는데."

"웬걸, 말하는 사람도 눈물을 흘리고 듣는 사람도 눈물을 흘리는 눈물겨운 우연이 있었단 말이죠."

피부가 하얀 미인은 내 코를 쿡쿡 찔렀다.

"히이, 마신교의 다음 표적은 알고 있었어?"

"설마요, 힌트 없이 알았으면 전 신이나 부처님 같은 부류죠. 하지만 신들린 듯이 통하는 게 있어서 운명과 운명이 훌륭하게 충돌사고를 일으켜버린 것 같네요."

"그럼 저 문을 열고 나타나는 영웅은 알고 계시겠죠?"

"당연하죠. 아는 사이를 넘어서."

교회의 대문이 천천히 열리고— 난 웃었다.

"서로 죽어라 싸운 사이이니까요."

교회 안에 빛이 비치고 백금색 머리칼이 휘날렸다.

스테인드글라스 귀걸이.

교회 안의 썩어빠진 유리와는 달리 빛을 받아 생명을 춤추게 하고 있는 그것이 촛불 빛을 난반사했다.

생성한 흙덩어리로 된 양손으로 장엄한 대문을 밀어서 연 천재는 오만불손함을 등에 업고 중앙의 정도를 걸었다.

보라색 외투가 길게 뻗치고 두 눈이 금색 나선을 그렸다.

연금술사 칭호를 받고 '지고'의 지위를 얻은 최고봉의 마법사. 어려운 상황을 일변시킬 힘을 쌓은 준걸이 당당한 모습을 과시했다.

크리스 에세 아이즈벨트. 다음 타겟으로 지명된 그녀는 오만한 조소를 입가에 띠며 내빈분들에게 조롱을 던졌다.

"내가 일부러 쓰레기통 속까지 찾아와줬다고."

반복되는 고속 생성. 보라색 섬광으로 물드는 공간. 쏟아지는 빛의 입자와 함께 공포(空砲)가 울렸다.

"여섯 명분의 쓰레기봉투는 준비해뒀겠지. 썩은 고기를 찾아다니는 까마귀들."

피부에 소름이 끼칠 정도의 마력이 용솟음치고 여섯 명의 대적자는 조용히 일어섰다.

여섯 명은 천천히 크리스를 둘러싸듯이 이동했다.

여섯 명의 동향에는 전혀 신경 쓰지 않는 크리스는 구속되어 있는 뮤르를 멀거니 바라봤다.

"거기서 뭐 해."

눈을 크게 뜬 뮤르는 눈물로 젖은 얼굴로 언니를 쳐다봤다.

"이렇게나 쉽게 유괴당하고 경품처럼 장식될 줄이야. 넌 프릴 달린 드레스를 차려입고 그림책 표지라도 장식할 생각이야? 약자의 정당성을 내세워서 강자의 먹이가 되는 게 참 즐거운 모양이야."

전투태세를 갖추는 여섯 명을 무시하고 한 사람의 언니는 한 사람의 동생을 바라봤다.

"넌 더 이상 기저귀를 찰 나이도 아니다. 언니한테 울면서 매달리지 마. 스스로의 힘으로 일어서. 그러지 않으면 난 널 인정할 수 없어."

눈으로 호소하는 동생에게 언니는 쓴웃음으로 답했다.

"자만하지 마. 권력을 등에 업을 수 있는 건 그에 걸맞은 품격을 몸에 지닌 후다. 호랑이 따위의 위세를 빌린 여우 수준에 안주하지 마."

"여유롭군, 크리스 에세 아이즈벨트. 작은 먹이로 큰 사냥감을 얻는 게 이런 건가. 덜떨어진 동생을 위해 힘을 쓰고 있을 줄이야. 냉혈한인 너에겐 어울리지 않는 터무니없는 일인 줄 알았어. 우리 마신교의 이상을 위해서는 넌 죽어야──"

"더러운 입냄새 풍기지 마라, 살아있는 쓰레기."

크리스는 소용돌이치는 두 눈으로 끼어 든 권속을 쨰려봤다.

"지금 난 동생과 이야기하고 있다. 밑바닥을 기어 다니는 민달팽이 따위가 하늘 위에 있는 나와 말할 수 있을 거라 생각하지 마라. 추접스러운 점액을 튀기지 마라, 꺼져라."

맹렬한 분노와 함께 공중에 검붉은 입이 열렸다.

홀연히 나타난 큰 입은 깔깔 웃으면서 예리한 앞니를 노출시켰다. 공중을 미끄러진 그 큰 입은 이를 맞물리게 하면서 크리스를 덮쳤고─ 튕겨 나갔다.

검붉은 혈흔이 긴 의자에 튀었고, 깨진 앞니가 벽에 박혔다. 살점이 들러붙은 어금니는 여신상을 쓰러뜨렸고, 찢어진 윗입술이 뼈끔뼈끔 꿈틀거리면서 피보라를 뿜었다.

찰나의 순간에 신성한 교회는 피의 부정함으로 채워졌다.

생각이 못 따라가는 건지 공격을 한 권속은 입을 딱 벌린 채로 말을 하지 않았다.

동작은 없었다.

그저 보기만 한 것으로 대량의 가스를 입안에 생성해 안쪽에서 폭발시킨 크리스는 가만히 동생을 바라봤다.

"실망시키지 마, 뮤르. 넌 그 빛으로 날 비춰줬어. 길 잃은 사람을 이끄는 별빛, 올려다보면 반짝이고 있는 일등성, 다 같이 발견한 그날부터 단 한 순간도 흐려지지 않았어. 그러니까, 뮤르."

불과 몇 초만에 크리스는 예전의 마음을 열어 보였다.

"이제 두 번 다시 날 그런 인간으로 돌려놓지 마."

눈을 크게 뜬 뮤르가 입술을 떨면서 눈물을 글썽이며 언니를 뚫어져라 봤다.

그 자매의 사이를 갈라놓듯이 상스러운 웃음소리가 끼어들었다.

"아하핫, 이봐이봐, 시시한 휴먼 드라마가 시작됐다고."

산죠가의 검사는 웃으면서 칼집을 쳐서 소리 냈다.

"난 거기 있는 동생을 여기까지 에스코트했는데. 여러 가지 유쾌한 홈드라마를 들었다고요. 지고의 마법사, 연금술사, 퀼리아하이츠가 자랑하는 천재인 크리스 님. 당신의 마음에 드는 동생분은 마법 하나 펼치지 못하는 결함품이라고 하잖아요. 그 아이즈벨트가의 아가씨라고 해서 어떤 괴물이 튀어나오나 싶었는데 지팡이 모양을 한 막대기를 휘두르기만 하는 잘난 척하는 멍청한 꼬맹이가 나왔지."

동료의 어깨에 손을 올리고 등을 기역자로 구부린 검사는 계속해서 조소했다.

"아하핫, 마력부전이래! 마, 마력이 없는 쓰레기일 줄은, 아하하하하! 너희 아이즈벨트가는 철저하게 여계 혈통을 지키기 위해 이것저것 저지르고 있다면서. 그래서 저런 덜떨어진 녀석이 태어나는 거라고."

가만히 서있는 크리스를 향해 매도는 더더욱 강해져 갔다.

"너의 그 눈. 그것도 마찬가지. 아이즈벨트가는 천재 일족이라 불리고 있긴 하지만 사실 몸에 어떠한 결함을 안고 있지. 시력이 거의 없지? 그래서 마력으로밖에 사람을 판별 못 해."

──네가, 츠키오리 사쿠라인가.

처음 크리스와 만났을 때 그녀는 날 보고 그렇게 말했다.

그녀는 내가 남자인 걸 목소리로 인식했지만, 시력이 약해서 확신에 이르지 못했다. 내가 여자일지도 모른다는 가능성을 고려해서 그녀의 귀에까지 들어간 츠키오리 사쿠라의 이름을 꺼냈을 것이다.

"한창 산죠 히이로를 감시하는 도중에 너랑 동생의 대화도 들었어. 네가 굳이 이 아이를 '실패작'이라 부르던 건 자신도 그럴지도 모른다고 불안하게 여겨서 아냐? 자기보다 떨어지는 동생을 깔보는 것으로 안도하고 있었던 거 아냐? 가장 사랑하는 동생님은 너에겐 최고의 정신 안정제. 그래서 일부러 그 기숙사까지 가서 불평을 늘어놓은 거지. 아닌가? 응?"

팔짱을 끼고 침묵하는 크리스를 보고 그녀는 박수를 치며 웃었다.

"야 야, 반론하라고. 불쌍하게. 소중한 동생님이 울 것 같다고."

"뮤르, 어렴풋하게 알아차리고는 있었지? 전부 다 이 녀석이 말하는 대로야. 난 널 매도해서 안녕을 얻고 있었다. 바닥 없는 욕조 속으로 도망쳐서 숨을 죽이고 있었어."

천으로 입이 막힌 뮤르는 그저 새빨간 눈으로 언니를 바라봤다.

크리스는 천천히 여신을 본뜬 스테인드글라스를 올려다봤다.

"계속…… 계속 무서웠어…… 지금도 무서워…… 계속 크리스에세 아이즈벨트라는 허세 덩어리로 있는 건……. 어쩌다 잘못됐나 싶어…… 왜 아무도 바로잡아주지 않았나 싶어…… 처음엔 그저 주인공이 되고 싶었어…… 네가 그린 이상적인 존재로 있고 싶었을 뿐인데……."

속죄를 계속하는 크리스에게 유리를 통과한 무지개색 빛이 드리웠다.

눈부심에 눈을 가늘게 뜬 그녀는 홀로 나와 마주했다.

"왜 난 저 어리석은 남자처럼 되지 못했던 걸까…… 어리석음이 현명함을 상회하는 때도 있는데…… 난, 매년, 동생에게 생일 선물을 줬어야 했어…… 천진난만하게 웃어야 했어. 재능에 얽매일 필요는 없었어…… 어리석다고 욕을 들어도, 모욕을 당해 명성이 더럽혀진다고 해도, 있을 곳이 사라졌다고 해도…… 그렇지? 언니……."

크리스는 무지개색 빛을 향해 웃음 지었다.

"지금부터라도, 늦지 않았나요……?"

"야 야, 제정신이 아닌——"

여섯 명은 말을 잃었다.

빙글빙글 도는 무한회랑, 그 나선.

두 눈으로 '나선연장'을 회전시킨 소녀는 푸르스름한 빛에 감싸여 소름 끼치는 웃음과 함께 지팡이를 던져올렸다.

빙글빙글, 빙글빙글.

트리거가 당겨진 지팡이는 호선을 그렸고, 주인의 손가락이 방해자를 가리켰다.

"난 가족과 이야기하고 있다— 닥쳐라."

압력을 받아 부피가 축소된 압축 공기가 탄환 같은 주먹으로 변해 인체의 급소를 난타했다.

1초 만에 몇 번의 타격을 했는지.

나를 포함해서 이 자리에 있던 사람 누구도 포착하지 못했을 것이다.

동시에 튕겨 나간 여섯 구의 인체는 벽과 바닥과 물건에 내동댕이쳐지고 검붉은 혈흔(아트)를 그리며 무너져내렸다.

콰앙 하고 포르티시모가 울렸다.

그중 한 명을 받아낸 파이프 오르간은 오랜만에 숨결을 되찾아 강렬한 화음을 짜낸 후에 침묵했다.

갈채하는 인간은 없었고, 자리는 고요해졌다.

프리는 부주의하게 튀어 나가지 않도록 내 목덜미를 붙잡았다. 웅크리고 있던 나는 쥐고 있는 주먹이 땀으로 질척거리는 걸 느꼈다.

나, 어떻게 저 녀석한테 이길 수 있었던 거지……?

무난하게 장애물을 날려버린 크리스는 동생 곁으로 걸어가려다가─ 걸음을 멈췄다.

그 시선 끝에서 피투성이가 된 마신교 권속이 뮤르의 목덜미에 칼을 대고 있었다.

"이겼다고 생각했을 텐데 미안하네. 신성한 교회라서 그런 건지, 경건한 신도라서 그런 건지, 아니면 단순히 생긴 게 취향이라 그런 건지…… 우리의 소원을 신이 들어줬어. 이곳에 발을 들인 시점부터 네 주사위에서 이기는 눈이 나오는 일은 없어진 거야."

팔과 다리가 꺾인 다른 다섯 명도 상식을 벗어나는 튼튼함으로 차례차례 일어났다. 마치 실이 달린 것처럼.

활시위 소리가 울리고 크리스의 어깨에 화살이 박혔다.

상체가 기세 좋게 흔들렸고, 피보라가 바닥을 적셨다. 쇠뇌를 겨누고 있는 산죠가 녀석들은 실실 웃으면서 다음 화살을 메겼다. 크리스의 옆구리에 연달아 세 발의 화살이 박혔다.

"음~, 읍~, 으음~!"

발버둥 치는 뮤르 앞에서 크리스의 온몸에 구멍이 뚫려갔다.

그중 몇 발이 폐에 상처를 입힌 걸까.

입가를 따라 흘러 떨어진 피가 바닥 위에 빨간색 원을 그렸다. 피를 뚝뚝 흘리고 있는 크리스는 초연한 태도 그대로 가만히 서 있었다.

"이거 놀랍군, 크리스 에세 아이즈벨트는 과녁으로서도 우수한 건가!"

그들은 일부러 급소를 빗맞춘 것이다.

우수한 인간을 과녁으로 삼은 사격을 즐기고 웃으면서, 그들은 계속 고통을 줬다.

"언니, 저, 전 이제 괜찮아요!"

입을 자신의 어깨에 비벼 재갈을 푼 뮤르는 쉰 목소리로 필사적으로 외쳤다.

"이, 이런 녀석들은 쓰러뜨려 주세요! 이, 이런 녀석들은! 이런 녀석들은!"

크리스의 허벅지에 화살이 박혔다.

"이런 녀석들…… 언니라면 간단히 쓰러뜨릴 수 있는데…… 왜, 왜…… 어, 언니는, 이런 비겁한 자에게는 안 지는데…… 왜……!"

크리스는 그저 가만히 뮤르를 바라봤다.

뮤르는 숨을 죽이고 그 시선을 받아들였다.

크리스의 허리에 화살이 빨려 들어가고, 비틀거린 그녀는 무릎을 꿇었다. 그 순간, 약자의 체념을 내팽개친 뮤르는 자신의 목에 칼을 대고 있는 손을 힘껏 물고 늘어졌다.

"으으으으으으으으으으으으으으으으으으으으으으으으윽!"

"크아악?! 뭐, 뭐냐, 그만해라! 이런 젠장!"

몇 번이고 몇 번이고 주먹에 구타당해 뮤르는 주변에 코피를 흩뜨렸다. 그래도 신음하는 그녀는 물고 늘어져서 떨어지지 않았다.

그 광경을 보고 크리스는 즐거운 듯이 웃음소리를 냈다.

"좋아 좋아, 공주님 따위에 만족하지 마라. 아하핫, 물어뜯어라 물어뜯어. 너도 그 남자도 분수를 모르는 바보다. 그렇기에."

피투성이가 된 크리스는 휘청거리면서 일어나— 자신의 무릎을 때렸다.

"난 졌어."

"언니!"

그런 그녀에게 다섯 발의 화살이 일제히 날아왔고— 전부 절단되어 바닥에 떨어졌다.

"초대장을 받아놓고 미안하지만."

크리스 앞에 착지한 나는 아래쪽으로 베어서 떨어뜨린 화살의 잔해를 짓밟았다.

"내 등장은, 시간 지정 불가다."

"히······."

펑펑 울면서 표정을 일그러뜨린 뮤르는 속삭였다.

"히이로오······!"

휘청휘청 흔들리던 크리스는 앞으로 쓰러졌고— 난 그녀의 머리를 어깨로 받아냈다.

"수고했어."

"······너 따위에게."

크리스는 쓴웃음을 지으며 속삭였다.

"······수고했다는 말을 들을 이유는 없다."

"그런 말 하지 말라고, 파괴된 뇌가 회복될 정도로 좋은 자매백합이었다고. 끼어드는 게 늦어서 미안해. 내 목덜미 관리자가 기습 타이밍에 남다른 고집이 있어서. 뭐, 우린 사이좋게 싸운 사이니까…… 아니, 말하는 도중에 기절하지 마."

나는 그녀를 긴 의자에 눕혔다.

뮤르가 물고 늘어졌던 권속은 위에서 던진 장검형 매직 디바이스(타입: 롱소드)에 직격당해 졸도했다.

허를 찔린 남은 다섯 명 앞에서 어깨에 칼을 멘 난 실실 웃었다.

"히로인 성장 이벤트에 협력해줬는데 미안하지만."

웃음을 지은 난 눈을 가늘게 뜨고 속삭였다.

"너희의 기도는 더 이상 닿지 않아."

예정에 없던 침입자를 앞에 두고 승리를 확신하고 있던 얼굴이 일그러졌다. 곧바로 정신을 차린 5인조는 백스텝으로 거리를 벌리면서 화살을 쐈다.

마력을 모은 다리로 힘껏 땅을 박차자, 굉음과 함께 발치에 있는 잔해가 날아갔다. 강렬한 빛이 눈앞에서 번뜩였고 앞으로 날아간 내 몸은 탄환으로 변했다.

시야에 가로줄이 그어졌다. 화살비를 빠져나간다. 거침없는 검이 화살을 부쉈다.

도중에 긴 의자에 얻어맞았지만, 스피드를 전혀 늦추지 않은 채로 파고들었다. 맹렬한 기세로 가로로 누운 시야, 허공의 긴 의자에 달라붙은 난 마력선을 조정해 차례차례 날아오는 의자에서 의자로 도약을 반복해 칼날을 흘려냈다.

부주의하게 튀쳐나가지 않도록 프리가 날 억누르고 있던 이유도 이해된다.

이 녀석들은 강하다. 허를 찔린 후에 태세를 재정비하기까지의 시간은 짧았고, 그만한 양의 긴 의자를 날렸음에도 아직 잔존 마력에 여유가 있었다.

투척한 장검형 매직 디바이스가 직격한 것도 크리스를 괴롭히는 데 열중해서 긴장을 풀고 있었기 때문이다. 쓸데없는 가학성을 발휘하지 않고 경계를 계속했으면 생겨난 마력파의 흔들림을 감지해서 회피했을지도 모른다.

그 타이밍까지 숨어있지 않았다면 허를 찌르는 건 어려웠을 것이다.

돌입한 날 받아치기 위해 공간을 비운 다섯 명의 움직임은 익숙한 숙련자 특유의 세련된 요격 동작 그 자체였다.

지극히 냉정한 표정으로 산죠가의 검사는 전방으로 긴 의자를 차서 밀었다. 마찰계수를 변화시켰는지 얼음 위를 미끄러지는 둥근 돌 같은 움직임으로 질량 덩어리가 미끄러져 왔다.

미끼 역할을 하는 검사를 제외한 남은 네 명은 몸을 숙이고 산개했다.

자세와 속도를 무너뜨리지 않은 채로 의자의 등받이에 발을 걸친 나는 뛰었다.

트리거, 트웰브 크래프트(십이생성), 닐 애로— 레일 액티브!

눈이— 뜨인다.

1000분의 1초 사이, 시야에 둘러쳐진 레일. 그 심홍색 궤적을 따라 닐 애로를 연사했다.

푸르스름한 불꽃을 튀기면서 보이지 않는 마력의 화살은 루트를 미끄러졌고, 그 출구에서 12개의 화살이 분출되었다.

땅을 뒤흔드는 듯한 파쇄음.

교회의 벽과 천장이 날아가고 동시에 다섯 명의 적대자도 사라져—대마장벽—아니, 이상하기까지 한 내구성과 몸놀림으로 보이지 않는 화살을 버텨낸 다섯 명이 각자 다른 방향에서 다가왔다.

"……큰일이네."

안 좋은 예감이 든다.

이곳에 존재하지 않아야 하는 교회, 크리스와 나의 일격을 버틸 만한 내구력, 단 여섯 명으로 크리스 에세 아이즈벨트에게 이길 수 있을 거라 믿는 정도의 승산…… 머릿속이 경계로 가득 차 뜨거워지고, 시야 가장자리에서 번뜩인 검섬이 내 볼을 찢었다.

"산죠가의 불명예, 덜떨어진 남자 따위가 얼마나 춤출 수 있는지 한번 볼까!"

"작업 멘트라면 3류네."

난 상대의 칼에 내 칼을 맞대고 칼싸움의 춤을 추면서 웃었다.

"덜떨어진 놈인지 아닌지 확인해보라고."

강철이 일으키는 바람을 가르는 소리 속에서 급소를 숨기면서 콘솔을 갈아 끼웠다. 백스텝으로 거리를 벌리고 회전시킨 광검이 등 뒤를 향했다.

3시, 6시, 8시, 10시, 11시— 고속으로 움직인 눈알이 여러 방향에서 오는 5명분의 칼날을 포착했다. 물결 모양처럼 금속음이 울렸고, 난 손에서 칼을 돌리면서 모든 공격을 받아냈다.

두 눈 속에서 꿈틀거리는 심홍색을 알아차린 산죠가 녀석들은 숨을 죽였다.

"불효서사?! 마, 말도 안 돼, 그 나이에 개안한 건가?!"

"아니, 컬러 콘택트 렌즈."

눈을 뜬 기억은 없다.

마안을 자연 개안한 건 아니라 크리스처럼 스스로의 의지로 여닫을 수 없다.

알스하리야가 강제로 연 것도 아니다. 얼마 전 강제 개안 후유 증으로 인해 옛 상처가 벌어지듯이 마안이 멋대로 뜨였다.

머리가 폭발하는 듯한 격통이 뇌수에서 분출되어 사지를 난도 질하면서 퍼졌다. 시야가 새빨갛게 물들고 내장이 구불텅 뒤틀 리는 감각, 견뎌내지 못하고 무심코 웅크렸다.

아, 이런. 실수했다.

사방에서 칼날이 어지러이 육박해 왔고— 날아온 화살이 그 칼날들을 남김없이 쳐서 떨어뜨렸다.

"히이로를 건드리지 마."

돌풍이 불었다.

위층에서 활을 쥔 라피스는 다섯 발의 화살을 활에 메겨 정수 리부터 손끝까지 하나의 선으로 만들어서— 쐈다.

마신교와 산죠가는 후방으로 물러섰다.

화살을 피했다고 생각한 그녀들은 눈앞에서 급커브한 화살에 깜짝 놀랐다.

긴 의자 뒤로 뛰어든 셋은 따라온 화살을 받아넘겼다. 대응하지 못하고 피하지 못한 둘은 자신의 어깨와 허벅지에 박힌 화살을 보고 소리 질렀다.

"'클루에 라'의 핏줄! 엘프의 매직 애로인가!"

라피스는 사뿐히 뛰어내렸다.

반격한 적대자에겐 눈길도 주지 않고 치마를 펄럭인 그녀는 손가락을 흔들었다.

쓔웅!

푸르스름한 광선을 그린 마현의 화살이 충견처럼 그녀 곁으로 돌아갔다. 뒤이어 날아온 주인을 물려는 화살을 부수고 엘프 공주님의 머리 위에 머무르며 지시를 기다렸다.

순풍이 살살 불어 라피스의 긴 머리카락이 앞으로 흘렀다. 그 양팔에 마력선이 뻗어 오른손 세 손가락에 왼손 세 손가락이 겹쳐졌고— 당겼다.

그녀의 손가락 사이에서 업풍을 두른 세 화살이 굵기와 길이를 키워갔다.

끼…… 끼…… 끼긱……!

라피스의 손에서 소리를 낸 현이 팽팽해져 갔다.

황금빛 긴 머리카락이 허공을 솟구쳤다. 방대한 마력이 솟아올랐다. 소리 없이 화살이 발사되었다.

미끄러진다.

긴 화살은 공기를 가르고 바닥을 스치면서 활공했다. 물리법칙을 초월한 곡선을 그리고, 세 발칙한 자를 천장까지 쳐 올렸다.

교회 안을 뒤흔들 정도의 굉음과 함께 세 명이 천장에 처박히고 머리 위에서 모래 먼지가 쏟아졌다.

"히이로!"

라피스가 달려왔고, 난 비틀거리면서 일어섰다.

뒤에서 라피스를 덮친 권속을 걷어차고 그녀를 끌어안은 후에 안도의 한숨을 내쉬었다.

"야 야, 마무리가 어설퍼서 쓰러뜨린 것도 다시 살아나겠다. 도와줘서 베리 땡큐지만 스승님이 이 자리에 있었으면 '후방 부주의'로 벌점을 받고 24시간 뒤에서 습격당하는 인생이 될 거라고. 참고로 난 이미 그렇게 됐어."

"응. 무.서.웠.어. 무.서.워. 정.말. 무.서.워."

"뭐야, 그 로보컬라이즈 된 대답은. 안기지 마. 무섭다 무섭다 하면서 매달리는 건 그만— 오케이, 나이스!"

라피스를 힘껏 밀치고 내리쳐진 칼날을 막아냈다. 코등이싸움으로 끌고 간 뒤, 덤벼든 산죠가 검사에게 환한 웃음을 지었다.

"나이스······!"

"우오오, 이 녀석 뭐지, 갑자기 힘이······!"

하지만 격통으로 머리가 삐걱대고 현기증으로 시야가 흔들렸다. 강제 개안의 후유증.

버티지 못해 뒤로 물러나기 시작하자 산죠가의 검사는 천박한 웃음을 띠었다.

"결국 남자군. 저 아이즈벨트가의 썩을 자매, 덜떨어진 결함품 놈들과 마찬가지다. 빨리 포기하고 저승의 봄을 구가해라 스코어 0. 널 죽인 후에 실패작 동생 앞에서 결함품 언니를 해체해주마."

"……알스하리야."

난 고개를 숙인 채로 속삭였다.

"열어."

0.5초의 개안.

난 힘차게 고개를 들었다.

단순한 마력 출력으로 받아낸 칼을 쳐내고 심홍색 눈으로 눈앞에 있는 적을 쳐다봤다.

적은 흡사 심홍색 관의 집합체처럼 보였다.

눈앞에 존재하는 관 집합체는 완만하게 준동하면서 석양빛으로 물들었다. 쿠키 마사무네를 휘두르자 막아내는 적의 도신이 근본부터 날아가 버렸고, 두 번째 공격으로 그 옆구리를 쿵 때렸다.

적이 내가 친 곳을 중심으로 나선형으로 회전하면서 날아갔다. 6줄 분량의 긴 의자를 후려쳐 나무 조각을 날리며 벽에 충돌해 무너져 내렸다.

"입냄새 관리하고 다시 와라. 냄새난다고, 마음속부터."

남겨진 한 사람은 열세인 걸 알아차리자마자 교회 대문으로 달려갔고— 손잡이와 함께 문이 얼어붙었다.

"어머나. 싫다. 저승의 봄 대신 이승의 겨울이 와버렸어."

붕괴한 교회 중심.

바닥에 박힌 긴 의자 꼭대기에 걸터앉은 프리는 뒤집어쓴 베일을 빛내면서 미소 지었다.

"오늘의 주최자가 초대 손님을 남겨두고 어디 갈 생각이야? 화장실은 거기에 없는데?"

"프."

할 수 있었던 말은 한 글자뿐이었다.

도주를 꾀한 권속은 속눈썹에 서리가 빽빽하게 끼고 냉동되어 있었다.

윤기가 도는 피부 표면에 얇게 깔린 살얼음이 반짝였다. 옆에서 보면 안색이 안 좋은 환자처럼 보이기도 하지만…… 사실 겉과 속이 통째로 동결되어 있다.

"산죠 씨, 아무래도 오늘의 공연은 전부 끝난 것 같네요."

잡혀있던 뮤르와 선배를 구한 반장은 가늘게 뜬 눈으로 손목시계를 내려다보고 속삭였다.

"잔치가 한창이라 아쉽지만 이만 돌아가죠."

딱히 부축받을 필요는 없는데.

나에게 바싹 붙은 라피스는 정당한 수발이라 믿고 있어서, 나는 어떻게 그녀를 떼어낼까 생각하면서 웃었다.

"그렇네. 아무리 기다려도 차 한 잔도 안 나오니까 가자."

"예~이, 컬링~!"

"……그만해, 프리기엔스가의 쓰레기."

크리스가 반쯤 죽은 상태로 얼음 바닥을 미끄러져 눈앞을 지나갔다. 보기에는 바보 같지만 합리적인 운반이고, 프리에게 응급처치를 받은 그녀는 불평도 할 수 있을 정도로 기운을 차렸다.

"사, 산죠 히이로. 네 충의에는 감사해줄 수도 있다구!"

아장아장 내 앞에 다가온 뮤르가 거만하게 팔짱을 끼더니, 쭈뼛쭈뼛 내 반응을 살피고 천천히 팔을 내렸다.

"저, 저기…… 히이로……."

팔짱을 꼈다가 안 꼈다가, 가슴을 폈다가 안 폈다가, 백금색 머리카락을 매만졌다가 매만지지 않았다가.

내면과 외면에서 싸움이 벌어지는지 그녀는 안절부절못하면서 입술을 깨물었다.

"…………고, 고마워."

얼굴을 새빨갛게 물들이고 고개를 숙인 그녀가 뭔가 웅얼댔다.

"어? 뭐라고? 뭐라고요? 릴리 씨가 좋다고? 사랑한다고?"

"……아, 아무것도 아니야."

뮤르는 날 살짝 올려다봤다.

"히, 히이로는…… 취, 취미 같은 거…… 있어……?"

"백합."

"다, 다음에!"

갑자기 큰 소리를 낸 뮤르는 다시 우물거리더니, 도움을 구하듯이 옆을 봤다.

그리고 빈 공간에 충실한 종자가 없다는 것을 깨닫자 고개를 숙였다.

"다음에, 노, 놀아줄게…… 읏…… 노, 놀고…… 놀고 싶을…… 지도……."

"리, 릴리 씨랑?! 배, 백합을 보여준다는 거야?! 언제 그렇게 기특한 배려를 할 수 있게 된 거죠?! 기숙사장님답지 않네요. 열이라도 나는 겁까?!"

나는 환한 미소를 지었다.

"꼭 함께하겠습니다. 설마 내 취미를 이해해주시는 분이 나타날 줄이야…… 크~! 무서운 언니를 두들겨 팬 보람이 있었어!"

고개를 갸웃거리던 뮤르는 퍼뜩 정신을 차리고 팔짱을 꼈다.

"와, 와하핫~! 나의 관대한 조치에 놀랐냐, 산죠 히이로! 나와 릴리와 외출할 수 있다니, 천문학적 확률의 행운이라고~! 확실하게 음미하고 지폐 2장 박수 2번 지폐 1장*인지 뭔지 하는 예의를 빼먹지 마!"

"알겠습니다. 선불로 2만 엔을 내서 예의를 표하고 두 번의 기립박수로 분위기를 띄우고 후불로 1만 엔을 내서 아름다운 사람은 머문 자리도 아름답다는 말을 실천하죠."

볼을 붉힌 뮤르는 내 대답을 듣자마자 달려갔다.

"야, 약속했다~! 잊어버리면 심플하게 쳐죽일 거야~!"

"크크큭……!"

무심코 웃음을 흘린 난 옆에 있는 라피스에게 속삭였다.

"봤냐, 라피스? 저런 작은 몸으로도 훌륭하게 암컷의 표정을 지었다고. 크리스냐 릴리 씨냐, 내 식탁에 오를 커플은 어느 쪽——"

어깨에 둔한 아픔을 느꼈다.

---

*절 2번 박수 2번 절 1번. 일본 신사의 참배 예절.

라피스는 내 어깨에 펀치를 날리고 빙긋 웃었다.

"뭐라고?"

"앙~? 아가씨, 당신 주먹이 내 어깨에 부딪──"

퍽! 뼛속까지 울리는 아픔. 다시 주먹을 박은 공주님은 환한 웃음을 띠었다.

"뭐라고?"

"힉……! 죄, 죄송합니다…… 제, 제 어깨가 부딪쳤습니다…… 죄, 죄송합니다."

그 후, 몇 번인가 절묘하게 아프지 않은 주먹과 어깨 충돌 사고(어깨 측의 전액 보상)가 반복된 뒤.

우리는 순조롭게 주범의 무장해제와 구속을 끝냈다.

최심층에서 지상까지는 마파도 전파도 닿지 않아서 연락을 할 수 없다. 뒤처리를 위해 지원을 요청하고자 우리는 교회 뒷문으로 나가려고 했고─ 웃음소리가 들렸다.

"히…… 히힛…… 히히힛……!"

마루 위에 구속당한 권속은 하늘을 우러러보며 요란하게 웃기 시작했다.

그 순간─ 난 라피스를 밀쳐냈다.

"어, 히이──"

밖으로 빠진 라피스의 모습이 사라지고, 뒷문 출입구는 까맣게 암전되었다.

눈을 깜빡였다.

엄정한 성역은 밤색으로 물들고, 새빨간 융단의 선이 떠오르더니 그 좌우에 있던 경치가 심연에 잠겨갔다.

난 심연을 들여다봤다.

뼛속부터 얼어붙을 것 같은 마력이 나락 밑바닥에서 기어 올라왔다.

소름이 끼치고 뇌수가 마비되고 양 손발이 얼얼했다.

예감이 들었다.

한없이 안 좋은 예감이.

죽었을 터인 파이프오르간이 끈적거리는 암흑 속에서 되살아나 소리가 어긋난 미사곡을 연주하기 시작했다.

글로리아 인 엑셀시스 데오(하늘 높은 데서는 하느님께 영광).

어긋난 음률이 공간을 채우고, 음이 맞지 않는 유아의 목소리가 성가를 소리 높여 불렀다. 악기가 저절로 조율을 진행하는 소리가 들렸다.

깊고 깊은 그 바닥에서 불의 이삭이 지펴졌다.

그 성스러운 등불은 역십자를 나타냈다. 흔들거리면서 길을 인도했으며, 허공에 꽃핀 불똥이 냄새를 풍겼다.

등불은 팔을 수평으로 든 시체였다. 그것이 요란하게 소리를 내면서 불탔다.

수평으로 뻗은 팔과 똑바로 선 다리로 역십자 자세를 잡은 인간 등불. 주황색과 빨간색과 검은색, 그 사이의 음영이 뒤섞인 검붉은 내장의 색. 거꾸로 십자가에 매달린 남녀노소는 거무스름해진 악기가 되어 비명을 연주했다.

양팔을 벌린 아름다운 소녀가 천천히 내려섰다.

천사인가, 타천사인가.

긴팔 옷을 입었지만 하얗고 윤기 있는 어깨는 노출되어 있었다.

특징적인 순흑색의 수도복을 입은 미소녀는 순백의 윔플로 아름다운 존안을 장식하고 눈물을 흘리면서 기도를 올렸다.

실이 끊어진 인형처럼.

까딱 고개를 기울인 소녀의 한쪽 눈에서 순수한 빨간색 눈물방울이 떨어졌다.

"아아, 부디."

나는 그녀를 알고 있다.

"부디, 마의 신이여."

그녀의 이름은—— 아니, 그 마인의 이름은——.

"죽어가는 불쌍한 아이를 위해, 그리고 무엇보다도 저를 위해 기도를 올려주세요."

제5위, 낙예의 페어 레이디.

압도되어 경직된 몸과는 반대로 내 뇌는 살아남기 위해 전력으로 회전하기 시작했다.

낙예의 페어 레이디. 뮤르 루트에 등장하는 그녀는 자신이라는 신을 믿는 신도다.

요컨대 초특급 나르시스트라는 거다.

페어 레이디는 자기를 완벽한 존재라 칭하고 다른 자를 '부족하다'고 표현한다.

그녀는 마인이니 당연히 토대는 그녀가 말하는 '부족한' 인간이다. 그럼에도 불구하고 그녀는 자신이야말로 원본이라 믿어

의심치 않는다.

자기모순 덩어리인 마인은 자신이 '완전무결한 존재'인 것을 증명하여 그 모순조차도 고치려고 했다.

그 방법은 지극히 단순하다.

자신의 권속을 조종해 사건을 일으키고 그 사건을 페어 레이디가 해결하는 것.

그녀는 플레이어에게 '자작극의 마인'이라 불렸다. 온갖 잔학 행위를 몸소 일으키고, 온갖 부정함을 모르는 자신의 손으로 구하려고 한다.

원작 게임에선 페어 레이디가 인간을 죽이는 경우는 한 번도 없다.

단지 방사선을 흩뿌리는 방사능처럼 주위에 죽음과 불행을 흩뿌리는 사신일 뿐.

낙예의 페어 레이디는 신인 자신이 사랑받는 건 당연하다고 믿고, 자신을 사랑하는 모든 인류가 불행해지는 건 행복이라 생각한다.

페어 레이디는 세상의 중심, 이야기의 주인공이 되고 싶은 것이다.

그녀에게 있어서 주인공이란 완전무결한 메리 수, 그녀가 정의한 약자만을 구해내는 구세주이다.

그래서 그녀는 오늘도 계속해서 누군가의 불행을 만들어낸다. 불행과 행복을 천칭에 달아 자신의 검지로 멋대로 기울인다.

그녀는 마인이기에 역시나 방대한 마력을 가지고 있으며, 조건부로 무적에 이르는 권능을 겸비한다.

뮤르 루트에서 적대하게 되는 그녀는 최후의 최후까지 악행을 부끄러워하지도 뉘우치지도 않았다.

훌륭하기까지 한 피해자 행세로 불쌍한 히로인인 척을 하며 사라져 갔다. 그 시원스러움에는 플레이어들도 찬사(야유)를 아끼지 않았다.

뮤르 루트 중반에 아이즈벨트가를 고독(蟲毒) 항아리로 만들어 가족끼리 서로 죽이게 만든 뒤, 산더미처럼 쌓인 시체 앞에서 울면서 '구하지 못했다'고 지껄이는 썩을 여자.

현재 내가 도저히 당해낼 수 없는 마인을 앞에 두고 취해야 할 행동은 단 하나밖에 없다.

작위적으로 양손을 맞잡은 나는 느긋한 동작으로 무릎을 꿇고 눈물을 줄줄 흘렸다.

"아아, 아름다운 제 어스름의 별이시여! 페어 레이디 님, 드디어 강림하셨군요!"

이 바보 같은 탐미적 찬미는 시스터 페어 레이디가 가장 좋아하는 말투다.

한때 에스코 플레이어들 사이에서는 이런 탐미적인 말투가 유행했다.

페어 레이디를 아이콘으로 설정한 계정으로 인사하면 같은 아이콘을 설정한 신자들이 몰려들어 '강림하셨다!'라고 하면서 자작극을 벌이거나 했다.

소위 말하는 페어 레이디 구문이다.

눈물을 흘리면서 말하거나, 웃으면서 말하거나, 떨면서 말하는 등, 감정을 잔뜩 담는 걸 요구해서인지.

문장 뒤에 대량의 이모티콘이 붙는 경우가 많아 꼭 아저씨가 쓰는 문장 같아서 인터넷상의 페어 레이디파는 '탐미 아저씨'라 불리며 페어 레이디 아이콘을 단 아저씨가 인터넷에 대량 발생하게 되었다.

속으로 죽었다고 생각하면서 난 다가오는 페어 레이디를 올려다봤다.

확실히 그녀는 너무나도 아름다웠다.

최고봉의 화가가 '아름다움'을 주제로 그려낸 걸작 같다.

액자를 넘어서 온 미소녀는 양손을 맞잡은 채로 빙긋 웃었다.

"오오, 나의 신도여! 드높은 내 발 아래에 무릎 꿇은 가치 없는 불쌍한 아이여! 그 추레한 입으로 환대의 숨을 내쉬는 것을 헛되이 하지 않겠다!"

아싸 됐다! 월척 월척 월척!

한 손으로 입을 막은 나는 감격해서 흐느껴 우는 신자인 척을 했다.

"가슴 뛰는 격정으로 심금이 울림에도 당신의 아름다움을 해석할 수는 없을 것입니다. 그 섬세하고 하얀 손끝이 제 시야에서 흔들릴 때마다 심장이 멎는 듯한 착각에 빠집니다! 부디, 불쌍한 아이에게 자비를! 단비로 충만한 넓고 넓은 바다를 항해하여 수평선 너머에서 찬미하는 것을 허락해주십시오!"

미소 지은 페어 레이디는 나에게 손을 내밀다가— 딱 멈췄다.

"……알스하리야 냄새가 나.

난 웃음을 띤 채로 굳었고, 페어 레이디는 두 눈으로 미소를 지었다.

"냄새나."

고개를 갸웃한 페어 레이디가 내 목덜미에 코를 가까이 대고 킁킁 냄새를 맡았다.

"사랑스러운 나의 길 잃은 양아. 그 양털을 손질한 건 더러운 알스하리야의 손끝이더냐?"

수천 개의 칼끝이 날 겨누고 있는 것 같은 살기에 온몸이 떨리고 소름이 돋았다.

페어 레이디와 알스하리야의 관계는 다른 마인과 비교해보면 양호하다고도 할 수 있다.

마인간의 '양호한 관계'란 '서로를 죽이는 싸움에는 이르지 않은 것'을 의미한다. 물론 페어 레이디는 알스하리야를 좋아하기는커녕 싫어하며 틈만 나면 죽일 생각을 하고 있을 것이다.

알스하리야가 완고하게 모습을 드러내지 않은 이유를 알았다.

가까이에서 그 녀석이 현현했으면 속일 방법도 없이 난 불타 죽었을 것이다.

"아, 알스하리야……?"

질문을 받은 나는 알스하리야에 대해 떠올렸다.

──목숨을 걸고 호감도를 쭉쭉 올려둔 미소녀를 품에 안은 기분이 어떠냐?

트라우마로 삐걱이는 머리를 싸맨 순간, 억눌렀던 분노와 살의가 되살아나 끓어오르는 듯한 분노에 몸을 맡기고 고래고래 소리쳤다.

"알스하리야아아아아아아아아아아아아아아아아아아아 아아아아아아아! 아아아아아아아아아아아아아아아아아아아아 아아아아아아아아아아아아아아아! 죽여주마죽여주마죽여주마아 아아아아아아아아아아아아아아아아아아아아아아아아아아!"

난 흐느껴 울면서 땅에 주먹을 내려쳤다.

아까까지 나에게 붙어있던 라피스가 부끄러워하던 모습을 떠올렸다.

"그 자식마아아아아아아아아아아아아아아아아아아아아 아아아아아아아안! 그 자식만 없었으며어어어어어어어어어어 어어어어어어어어언! 젠자아아아아아아아아아아아아아아아 아아아아아아아아아아아아아아아아아아아아아아아앙!"

몇 번이고, 몇 번이고, 몇 번이고.

손등의 피부가 째져서 근육이 보일 때까지 주먹을 바닥에 내려치며 절규했다.

"그 자식만 없었으면……! 난…… 난……, 지금쯤…… 지금쯤……!"

힘없이 고개를 숙이고 흐느껴 우는 날 내려다보고 페어 레이디는 만족스럽게 웃었다.

"성수로 몸을 깨끗이 씻는 걸 허락하죠. 당신은 악마에게 씌어있어요."

성녀인 척을 하는 마인은 내 어깨에 부드럽게 손을 올렸다.

"당신의 경건함은 감미로운 공감을 불러일으켰어요. 그 어리석은 몸에 깃든 악마(알스하리야)의 흔적은 혈육의 헌신으로써 절멸의 미학을 그리겠죠."

마인이 인간에게 상냥하다. 이 광경은 당연히 있을 수 없는 광경이다.

페어 레이디는 나라는 벌레를 동정해주는 말을 하고 있는 게 아니다.

그녀는 그저 불행한 인간에게 다정하게 대해주고 싶을 뿐이다.

이 세상에서 가장 밑바닥, 남자인 나는 사랑하는 존재(백합)마저 빼앗겨 절망의 구렁텅이에 빠졌다. 아마 지금 나만큼 페어 레이디의 먹이로 적합한 인간은 이 세상에 없을 것이다.

"아하아……!"

황홀해하는 페어 레이디는 자신의 목을 자신의 양손으로 졸랐다.

"저, 저는, 정말 자비로워요……! 나, 나의 신이여…… 그 팔에는 얼마나 큰 사랑을 품을 수 있는 건가요……! 아, 아아……! 세, 세상의 중심이 태내로 느껴져……!"

아, 페어 레이디다!

작중에서 주인공에게 '스스로 자기 자신을 안을 수 있는 여자'라는 평가를 받은 그녀는 자신을 꽉 껴안고 거칠게 호흡했다.

"나, 나의 신이여, 나의 신이여, 들어주세요……! 저, 저는, 세상을 구하고 싶어요…… 인간을…… 모두 구하고 싶어요……!"

이 영웅주의는 죽음을 향한 충동이기도 하다.

대단한 자기모순이다.

결국 누군가를 구하고 싶다는 바람은 이기심의 일종이다. 선천적으로 인간이 타고난 이기주의는 가장 깊숙한 곳까지 파고든 순간에 '자기 구제'로 변모한다.

타자 구제와 자기 구제는 너무나도 덧없는 경계선 위에 성립되어 있다.

타자와 자기의 시점으로 자기 자신을 영웅시하고, 타자를 구하는 것으로 자기를 구하는 궁극의 나르시시즘. 난 도취에 빠진 페어 레이디를 관찰하고 어떻게든 넘길 수 있을 것 같다며 안도했다.

이대로 적당히 신자인 척을 하고 있으면 어떻게든 될 것 같──.

"페, 페어 레이디 님!"

숨을 깔딱이면서 일어난 권속은 나를 향해 손가락을 들이댔다.

"그, 그 녀석은! 산죠 히이로는, 알스하리야파 인간이고! 우리의 적입니다! 속으면 안 됩니다!"

"어리석은 자는 허위로 입을 더럽히고, 현명한 자는 허위를 통해 지식을 쌓는다."

볼을 붉힌 페어 레이디는 꽃이 활짝 핀 것처럼 웃었다.

"흠 없는 아름다움으로 반짝이는 절 허언으로 기만할 수 있는 길 잃은 아이는 없습니다. 다시 말해서 당신은 제게 거짓말을 한 것입니까…… 아아, 이럴 수가! 정말 한탄스러워!"

"……어?"

눈에도 보이지 않는 걸 넘어서 의식하에도 포착되지 않는 대(大)모순의 강속구가 던져졌다.

글러브(내성)가 없는 권속은 로딩에 들어가더니 얼어버렸다. 바로 불행 게이지를 올린 나는 흉악하기 그지없는 백합 파괴 마인을 마음을 다해 생각했다.

"제, 젠자아아아앙……! 아, 알스하리야아……! 아아, 배, 백합이……! 날 사이에 둔 히로인들이 백합 동산을 불태워 가……! 세, 세상이 일그러진다아……!"

"미, 믿어주세요! 저희가 당신을 부활시켰어요! 거짓말을 하는 건 저 녀석이에요!"

페어 레이디의 사각에 들어간 나는 히죽거리면서 권속을 향해 중지를 세웠다.

초짜 녀석. 페어 레이디가 합리적으로 사물을 판단할 리가 없잖아. 이 나르시스트 레이디는 자기가 구하고 싶은 쪽을 구한다고.

불행 승부에서 이긴 쪽이 승리하고 행복 승부에서 이긴 쪽이 패배한다.

안됐지만 지금의 난 불행 자랑에서 질 것 같지가 않다.

"라, 라피스가! 라피스가 몸을 딱 붙여온다아! 나, 날 좋아하는 걸까…… 아니야 아니야 아니야아! 원작에선! 원작에선 주인공과 맺어져! 날 좋아할 리가 없어 날 좋아할 리가 없어 날 좋아할 리가 없어! 싫어어! 싫어싫어싫어어!"

난 울고 외치고 절망했다.

"여자애는…… 여자애랑 사귀면 되는 거야아…… 아…… 아아아아아아아아아아아아아!"

페어 레이디는 날 가슴에 안고 황홀한 표정으로 눈을 감았다.

"아아, 불쌍한 아이야. 정말 애처롭구나. 이렇게 연약하고 어리석은 자가 거짓을 품을 리도 없지. 애절하게 발버둥 치는 영락한 자여. 고상한 나의 포옹을 나눠주죠."

난 이미 페어 레이디 취급 설명서를 완독했다.

불행 가위바위보로는 불행 피지컬 차이로 이길 수 없다고 판단했을 것이다.

내가 자신 있어 하는 자화자살 배틀에 진 권속은 공포에 떨면서 도망치려고 했고— 반장과 딱 마주쳤다.

도망치지 못했나.

교회 안에 남겨져 있던 반장은 순간적인 판단으로 발길을 돌려 도주를 꾀했다. 바로 그녀를 잡은 권속은 목덜미에 칼끝을 들이댔다.

"어, 어쩜 이렇게 무자비한 짓을!"

날 안은 페어 레이디는 흥분해서 볼을 붉히면서 양손을 맞잡았다.

"그, 그 불쌍한 아이를 죽이…… 놓아주세요…… 아, 아니, 더 잔혹한 짓을…… 나, 나의 신이여, 대체 어떻게 해야…… 구원을 바라는 목소리가, 절 바라는 열기가 전해져 와요…… 아아, 시달리는 나 또한 아름다워……!"

페어 레이디에게 안겨 움직임을 막힌 난 혀를 찼다.

초조함에 발버둥 치는 사이, 시야 끄트머리에 보랏빛이 지나갔다.

"이봐, 신 대신 구원의 시간을 주지. 그 추레한 남자한테서 손을 떼라."

긴 의자를 생성해 팔각뿔 형태로 짜 맞추고 그 정점에 선 크리스는 미소를 지었다.

"1초 기다렸다. 죽어라, 쓰레기."

쾅쾅쾅쾅쾅!

생성된 정사각형 목재가 파도치면서 페어 레이디를 덮쳤다. 기만하게 움직인 마인은 마치 날 감싸는 듯한 동작으로 자신을 노린 일격을 막아냈다.

"마음을 빼앗기는, 눈부시고 몸이 떨리는 자기희생……!"

굽은 등에서 바람을 가르는 소리와 함께 와이어가 나왔다.

그 와이어는 마력을 띠지 않은 것이었다.

시각장애가 있는 크리스의 약점을 찌른 반격. 내 눈으로도 포착해낼 수 없는 극세 와이어에 묶여 찢긴 크리스가 성대하게 피보라를 뿜었다.

부상당한 자신은 도움이 안 된다고 판단하고 철저하게 버리는 말이 되려고 하기라도 한 걸까.

미끼가 되어 주목을 끈 크리스는 한창 낙하하는 도중에 생겨난 와이어의 틈을 빠져나가 반장을 구속하고 있던 권속을 튕겨내고—— 온몸을 바닥에 내던졌다.

"크리스!"

"아아, 그, 그만하세요! 무리 지은 늑대가 고립된 양을 공격하다니!"

페어 레이디가 소환한 마물 군체는 물결치면서 피바다에 잠긴 크리스를 덮쳤다.

트리거— 페어 레이디의 구속을 뿌리치고 공격 지점으로 뛰어든 나는 크리스를 감쌌다.

엄니, 손톱, 가시가 피부를 찢고 살을 잘게 잘라 그 아래에 있는 내장을 도려냈다. 수십 초 만에 피투성이가 된 나는 중지와 약지 사이부터 손목까지 째진 오른손으로 발도했다.

칼집에서 뽑은 칼이 살을 찢은 순간, 공격이 멎고 얼어붙은 마물 무리가 시야에 들어왔다.

"히이, 죽지 않도록."

불룩해진 대문이 날아갔다.

"온몸을 수그려."

맹렬한 기세로 소용돌이치는 얼음 칼날이 바닥과 벽을 깎아내면서 풍경을 순백으로 물들였다.

그 얼음 폭풍의 중심에 버티고 있는 프리는 창백한 안광을 번뜩이면서 치켜든 오른손을 떨어뜨렸고— 굉장히 큰 소리와 함께 지붕이 날아가 버리고, 벗겨져 날아간 베니어가 꺾이고, 휘몰아치는 눈폭풍이 죽음을 연주했다.

눈앞이 얼음 입자로 가득 차고 옷이 피부에 달라붙고 들이마신 냉기가 폐를 태웠다. 마물을 흩뜨리면서 힘차게 날아온 눈벽이 나와 크리스를 가리고 온기가 돌아왔다.

사라진 천장, 찾아오는 겨울밤, 월백색으로 물든 두 눈이 마인을 구경했다.

"네에, 처음 뵙겠습니다, 피 색깔은 싫어하니까 얼어 죽어."

만남과 헤어짐을 동시에 끝낸 프리는 다섯 손가락에 감은 뭔가를 털어냈다.

안 보인다. 아니, 불순물을 제거하고 얇게 늘려 굴절률을 조정한 원형 얼음칼인가.

보이지 않는 얼음칼로 온몸을 난도질당해 마인의 몸이 움찔움찔 조금씩 떨렸다. 자기 연민에 빠진 그녀는 양손의 검지와 중지로 격자를 만들어 오른쪽 눈을 덮었다.

"자, 몽한(夢限)의 격자에 어서오세요."

스위트 슬리피(몽외시의 마안)── 당하면 프리가 죽는다!

얼어붙은 트리거를 본 나는 혀를 차고 마력선으로 오른팔을 감싼 뒤, 발을 내딛으며 전력으로 쿠키 마사무네를 투척했다. 퍽── 쿠키 마사무네가 페어 레이디의 가슴 중심에 박혔다.

"맡아둬라."

나는 휘청거리면서 마인을 가리켰다.

"반드시…… 가지러 온다……!"

희열에 찬 표정으로 페어 레이디는 눈을 반짝였고── 맹렬한 눈보라가 인간과 마인 사이를 갈랐다.

얼음과 눈의 장막으로 인해 마인은 사냥감을 놓쳤다. 한계를 맞이한 나는 뒤로 쓰러졌고, 반장이 안아줬다.

"산죠 씨, 산죠 씨!"

"괜찮아, 숨 쉬고 있으니까. 저 마인, 방금 부활했는데 마안을 개안할 수 있다니…… 히이가 의식을 돌려주지 않았다면 죽었을 거야. 일단 빠지자."

흐려지는 시야에 마인의 모습이 비쳤다.

일부러 우리를 놓아줄 생각인 듯한 그녀는 구원자가 되었다고 생각하며 기도를 올리고 있었다.

"당신의 죽음의 길에 가호가 있기를."

난 떨리는 오른손을 들어 중지를 세우고── 의식을 잃었다.

＊

새하얀 캐노피에 레이스 커튼.

시야에 들어온 풍경을 멍하니 바라봤다.

아무래도 나는 공주님처럼 캐노피가 달린 침대에 눕혀져 있는 것 같다.

그로테스크한 표현의 한계에 도전하던 오른팔은 원래 형상을 되찾았고 피와 상처투성이였던 온몸에는 붕대가 감겨있었다.

침대 옆 의자에 앉아있는 크리스는 팔짱을 끼고 다리를 꼬고 무뚝뚝한 모습 그대로 문고본에 시선을 떨구고 있었다.

책의 제목은 '군주론'.

이 녀석, 너무 철저하게 캐릭터를 유지하고 있잖아. 그런 생각을 하면서 바라보고 있으니 그녀가 내 시선을 알아차리고 혀를 찼다.

"일어났으면 일어났다고 말해라."

"일어났어."

"딜레이 걸지 마라, 쓰레기가."

일어선 그녀는 PTP포장 시트에 감싸인 알약을 던졌다. 자기도 생수로 같은 약을 삼킨 후, 멍하니 있는 나에게 남은 물을 내던졌다.

"해열제랑 진통제다. 먹어둬라."

역시 고위 마법사, 수라장을 헤쳐 나가는 사람답다.

열을 띤 몸과 격통을 호소하는 머리, 완전히 말라버린 목에 수분과 약을 지급하고 머리맡에 있던 샌드위치를 집어 먹었다.

"그래서 여긴 어디야? 병원이라기엔 간호사가 적성에 안 맞는 무서운 사람이 군주인 척을 하면서 사보타주하고 있는데."

"간단한 식사를 양보해줬으니, 입방아 찧지 말고 잘 먹고 배두드리는 게 예의잖아. 여기가 어디고 현재 상황이 어떤지 스스로 파악해보면 조금은 예절을 배우려나."

털썩 고쳐앉은 크리스는 엄지로 문을 가리켰다.

빽빽하게 L판 사진이 붙어있는 문. 겹겹이 붙어있는 사진 층에는 내가 찍혀있었고 해맑게 웃으며 페어 레이디와 나란히 있었다.

모든 사진에 나와 크리스와 페어 레이디가 찍혀있다.

가족일 리가 없는 마인과 아주 소중한 시간을 공유하고, 함께 나눌 수 있을 리도 없는 감정을 쌓아 올린 자신의 모습. 나르시스트인 썩을 마인은 내 어깨를 안고 성모인 척을 하고 있다. 기억의 대양을 찍은 사진에는 온갖 배경이 담겨있었고 다 셀 수 없을 정도의 추억이 날조되어 있었다.

아무래도 나와 크리스는 페어 레이디의 소굴에 갇힌 것 같다.

정확하게 말하자면 우린 생과 사의 갈림길에 서 있다. 페어 레이디의 스위트 슬리피에 사로잡혀 심오한 곳에 숨어있는 우리 속으로 초대받고 만 것이다.

"크리스, 이거 현실이 아니야."

"보면 알아. 이런 마법은 익숙하니까."

"우린 현실에선 아마 빈사상태일 거야. 그 녀석은 약해진 인간에 기생해서 생명력을 빨아들이는 고유마법을 써. 정신이 헤어나오지 못하는 개미지옥이야. 탈출할 방법을 찾아내지 못하면 뇌가 말라비틀어져서 미라 상태로 발견될 거야."

스위트 슬리피라는 이름이 붙었지만, 이 세계는 꿈속 세상이 아니라 페어 레이디의 아득한 정신세계다.

이 세계에선 모든 것이 다 페어 레이디의 뜻대로 진행된다. 그 법칙에 휩쓸리면 휩쓸릴수록 위화감은 소실되고 당연한 것이라 받아들이게 된다. 강바닥에서 마모되어 둥글게 변한 돌처럼 서서히 정신성이 바뀌어 간다.

페어 레이디는 이렇게 충실한 신도를 만들어낸다.

육체와 정신이 모두 약해진 '마음에 드는 사람'에게만 이런 강제 세뇌를 건다. 나와 크리스는 미식가인 척을 하는 마인님의 눈에 들어 혀 위에서 춤추는 것을 강제당하고 있다.

지금 우리는 페어 레이디에게 정신을 먹히고 있다.

똑똑, 하고 노크 소리가 들렸다.

크리스는 조용히 일어나 나에게 앉아있으라고 손으로 신호를 보냈다.

내 시선은 방 안을 헤맸다. 베개, 의자, 액자, 곰 인형…… 망설인 후에 부드러운 인형을 집었다.

매직 디바이스를 몰수당한 크리스는 의자를 머리 위로 치켜들고 문 옆에 숨었다. 그녀는 인형을 안은 날 보고 눈을 크게 떴다.

"순박한 어린아이인 척하면 목숨을 건질 수 있을 거라는 생각이라도 하고 있는 거냐?"

"아니, 이러면 돼. 너도 이걸로 해줘."

난 크리스한테서 의자를 빼앗고 베개를 들이밀었다.

"이봐, 웃기지──"

"온다."

끼익 하는 소리를 내며 문이 열렸다.

"안녕, 내 아이들."

앞치마를 한 페어 레이디가 가련한 발걸음으로 방에 들어왔다.

"안녕, 엄마."

나는 창가의 빛을 받으면서 산뜻한 웃음을 지었다.

"아침 안개가 자욱한 푸른 하늘에서 카나리아들이 아름다운 노래를 하고 있어."

"…………뭐?"

페어 레이디는 말을 잃은 크리스 옆에서 미소를 지었다.

"아아, 아름다운 내 아이야! 해는 다시 떠오르고 하늘은 흐려지고 구름은 밤에 휩싸여! 오늘 하루가 좋은 날이 되도록 함께 기도하자꾸나!"

양손으로 깍지를 낀 너무 젊은 어머니 역할은 고개를 살짝 기울이고 미소 지었다.

"아침 먹을까, 히이로."

나는 손으로 눈가에 그늘을 만들고 눈을 가늘게 떴다.

"곤란하네. 아침 햇살을 받은 내 가슴이 메였어. 이 죄 없는 눈으로는 엄마를 똑바로 볼 수 있을 것 같지 않아. 태양보다도 위대한 모성, 그 따뜻한 사랑은 봄의 햇볕을 연상케 해."

"아이의 사랑에 마음이 울리고 있어!"

톡톡톡. 몸을 앞으로 숙이고 허리를 구부린 나는 발끝으로 바닥을 쳤다.

맞은편에서 같은 포즈를 취한 페어 레이디는 동조해서 발끝으로 바닥을 치고 리듬을 맞췄다.

함께 웃는 우리는 동시에 입을 열었다.

""아~, 아름다운 나날~ ♪""

"이해가 안 되네, 죽어."

급습한 크리스의 오른 주먹이 페어 레이디를 뚫고 지나갔다.

경악한 표정을 띠는 크리스. 그녀는 앞으로 고꾸라진 몸을 한쪽 다리로 지탱해서 절묘한 체중 이동으로 다시 세우더니── 돌려차기를 날렸다.

바람을 가른 날카로운 발차기는 마인을 또다시 통과했다.

""이 청아한 365일에 이름을 붙이자~ ♪""

멍하니 있는 크리스 앞에서 후렴까지 다 노래한 페어 레이디는 치마를 나부꼈다.

"자, 내 아이들아! 이 세상의 양식에 감사를 드리고 여명을 맞이하자!"

우리의 대답을 기다리지 않고 치마 끝을 집은 그녀는 아래층으로 달려갔다.

가만히 서 있던 크리스는 그저 날 바라봤다.

"말했잖아, 베개가 더 낫다고."

"왜 공격이 통하지 않지. 페어 레이디와 우리의 정신은 섞여서 좋든 싫든 서로 영향을 받을 텐데. 일방적인 정신 간섭 같은 건 있을 수 없어."

"마인한테 이치를 바라지 말라고. 놈들이랑 우린 근본이 달라. 새한테 '어떻게 날 수 있냐?'고 묻는 거나 마찬가지잖아. 이 세계의 주인님이 가족 놀이를 하길 바란다면, 양팔을 벌리고 웃는 얼굴로 빌붙어서 토스트와 스크램블 에그를 만끽하면 돼."

침대에 나른한 몸을 맡기고 바로 누운 나는 속삭였다.

"생각을 멈춘 어리석은 계책이라는 생각밖에 안 들어. 상대가 원하는 일을 하면 그만큼 잡아먹히는 시간이 빨라져. 정신 장악 마법에 걸렸을 때는 자기를 과시해서 반발하는 게 정석이다."

"정석이라는 건 교과서대로 해답을 쓰면 만점을 받을 수 있는 학교 교육에서만 통한다고. 이 세계에서 살아남을 수 있는 건 페어 레이디 선생님이 원하는 우등생뿐이야. 놈에게 '불합격' 도장을 찍히는 순간, 현실의 육체는 생명 활동을 정지하지."

"마인이 관리하는 성적표에서 계속 'A+'를 받으면서 이 세계에서 탈출할 방법을 찾으라고?"

베개를 던져 올린 나는 받으면서 입꼬리를 일그러뜨렸다.

이마에 핏대를 세운 크리스는 실룩실룩 볼에 경련을 일으키면서 이를 갈았다.

"웃기지 마라. 뭐가 '아름다운 나날'이냐. 뮤지컬 영화처럼 일상생활 사이사이에 코러스를 끼우고 감정이 듬뿍 담긴 춤으로 극한의 수치를 맛보라는 거냐."

"갑자기 돌려차기를 날릴 수 있을 정도로 발버릇이 안 좋잖아. 춤 정도는 간── 아얏!"

발놀림에 정평이 나 있는 마법사님께 퍽 하고 발차기를 맞았다.

"내 인생에는 춤과 노래도 없을 뿐만 아니라 사랑과 평화도 없다. 리드미컬하게 말석을 더럽힐까 보냐, 몽매한 놈. 무익하기만 한 헛소리로 스스로의 수명을 줄이지 마라."

"물론 나도 네가 웃으면서 빙글빙글 돌기 시작하면 당황하겠지."

난 일어서서 크리스의 손을 잡── 오른 주먹이 안면에 박혔다.

"내 얼굴, 굴착 공사 현장처럼 되지 않았어?"

"거리낌 없이 만지지 마라."

"거리낌 없이 안면 붕괴시키지 마. 자애의 성모님인 척을 하는 페어 레이디는 우리가 사이좋게 지내는 걸 좋아해. 아마 그 녀석의 뇌내 설정상으로 우린 남매니까."

"내가 누나다."

"……빨리 남매의 정(웃음)을 보여주는 편이 좋아. 단짝 포인트가 쌓이면 쌓일수록 페어 레이디의 평가도 올라갈 테니까. 넌 페어 레이디 구문 잘 못 만들 것 같으니까 싱글싱글 웃으면서 나랑 팔짱 끼고 있는 정도가 딱 좋아."

"나더러 남자랑 팔짱을 끼라고?"

"이보세요 누나, 참는 법쯤은 사회에서 배웠을 거잖아? 아무리 그래도 목숨이 달리면 바퀴벌레도 손가락으로 집을 수 있잖아?"

혀를 찬 크리스는 내가 내민 팔 끝에 자신의 오른손을 걸었다.

"그렇게 극악무도한 인형 뽑기 기계처럼 약한 팔 힘으로 할 거야?"

"닥쳐. 빨리 걸어."

"먼저 말해두겠는데, 무슨 일이 있어도 페어 레이디한테는 거스르지 마라? 나르시스트 신의 비위를 거스르면 한발 먼저 조상님께 인사를 하러 가게 돼."

비웃음을 숨기려 하지도 않고 크리스는 입꼬리를 올렸다.

"네놈 같은 무지몽매한 놈에겐 이해하기 어려운 진실일지도 모르겠지만. 고위 마법사는 스스로를 통제하는 데 뛰어나지. 익숙하지 않은 문외한과는 동떨어져 있다. 어떤 요구를 받아도 내 평상심은 무너지지 않을 거다."

"이야~! 희대의 마법사님 멋있어~! 나 같은 문외한과는 다르네!"

그 말을 믿고 나는 크리스와 함께 아래층으로 내려갔다.

"히이로, 크리스, 저 좋은 생각이 떠올랐어요."

웃는 얼굴로 돌아보면서 우리를 맞이한 페어 레이디는 손뼉을 쳤다.

"아침을 다 먹으면 가족끼리 다 함께 목욕을──."

내 팔을 뿌리친 크리스가 도망쳤고, 힘차게 뛴 나는 날카로운 태클을 걸어 그녀를 넘어뜨렸다.

좌악 하고 둘이서 바닥 위를 미끄러진 뒤, 난 그녀를 깔고 눌렀다.

"으랏차, 트라이! 평상심이 너덜너덜해져서 원형이 없잖아 이 자식아!"

"젠장…… 젠장……!"

기어서 돌아다니며 땀투성이가 된 크리스는 겨우 포기하고 고개를 푹 떨궜다.

*

스위트 슬리피가 만들어내는 정신세계는 웬만한 일로는 흔들리지 않고 부서지지 않으며 이상하다고 생각하는 것조차 할 수 없게 된다.

시간이 경과하면 경과할수록 페어 레이디를 진짜 어머니처럼 느끼게 될 것이다.

예를 들면 우리가 지내고 있는 페어 레이디 하우스.

계단을 오르내리기만 해도 가구 배치가 바뀌어 있거나 벽지의 색이 하얀색에서 크림색으로 바뀌어 있거나 방의 수가 늘거나 줄거나 한다.

그 변화를 알아차리는 건 가능해도 몇 초 후에는 그 위화감은 사라진다.

거대한 로마식 목욕탕.

동심원 형태로 색이 다른 타일이 깔린 욕조에 물병을 기울인 여신(페어 레이디)상이 따뜻한 물을 붓고 있었다. 뭉게뭉게 피어오르는 김으로 인해 공간에는 유백색 눈가리개가 깔리고, 수면에서 감도는 허브 향기가 코를 간질였다.

이 작은 가옥에 들어갈 것 같지 않은 거대한 목욕탕. 입장한 당초에 소용돌이치던 위화감은 사라져 나도 크리스도 의문을 제기하려고 하지 않았다.

배스 타월을 두른 크리스가 원형 욕조 앞에 버티고 서있었다.

그 얼굴은 일그러질 대로대성 일그러져 있었다.

허리에 타월을 두른 나는 그 옆에서 팔짱을 끼고 코린트식 기둥을 바라봤다.

기둥머리에 아칸서스 장식이 돼있는 기둥은 그 세세한 부분에까지 신이 깃들어 있어서 보면 볼수록 현실의 것이라는 생각이 들었다.

"아, 사랑스러운 내 아이들아! 풍족한 인생에 따뜻한 축배를 올리자!"

반들반들한 몸.

'눈을 크게 뜨고 봐라, 나의 아름다움을 칭송해라!'라고 말하는 듯이 나체를 드러낸 페어 레이디가 미모를 과시했다. 자신감과 과장으로 장식된 예술품 같은 나체는 미모의 화신이라 칭송받아도 불평할 수 없을 것이다.

이렇게까지 당당하게 보여주니 오히려 성욕이 생기거나 하진 않았다.

아니, 이건 페어 레이디에게 친애의 정을 품고 있어서인가? 그녀를 가족으로 간주하고 있어서 욕정이 일어나지 않는 건가?

난 돌아서서 분홍빛으로 물든 크리스의 허벅지를 쳐다봤다.

"……야하네."

"뭐?"

"야——"

머리카락을 잡히고 수면에 처박혀 욕조 바닥까지 잠겼다.

얼굴을 솔 취급당한 후에 해방되고 겨우 정신을 차린 나는 부들부들 떨었다.

"사, 살았다…… 자매 백합의 한 부분을 음란한 눈으로 볼 뻔했어…… 백합을 음란한 눈으로 봐도 되느냐에 대해서는 의견이 나뉘지만…… 나로서는 뮤르 × 크리스는 건전 백합이니 음란한 눈으로 봐서는 안 돼…… 규칙을 위반할 뻔했어…… 고마워……."

"정신 차려라."

다시 수면에 얼굴을 처박힌 나는 물속에서 30을 센 후에 평정을 되찾았다.

가족 세 명이서 물에 몸을 담갔다.

김 속에서 다리를 뻗은 나는 온몸의 혈관이 확장되어 가는 감각에 집중했다.

"…………."

오른쪽을 보면 벌거벗은 미소녀(노가드).

"…………."

왼쪽을 봐도 벌거벗은 미소녀(타월 가드).

"…………."

난 왜 서로를 죽이려고 싸운 마인과 누나 사이에 벌거벗고 끼어있는 걸까?

"……어이."

작은 목소리로 불린 나는 크리스가 있는 쪽을 돌아봤다.

볼을 상기시킨 그녀는 가슴 앞으로 잘난 듯이 팔짱을 꼈고, 꼬인 다리가 물속에서 일렁이고 있었다. 탁한 물이 아니라서 상당히 아슬아슬한 부분까지 보였다. 건전 백합에 발칙한 마음을 품지 않는 나는 충혈된 눈을 부릅뜨고 인을 맺어 무효화했다.

"임! 병! 투! 자! 개! 진! 열! 재! 전!* 백합, 백합, 백하아아아압~!"

개운하게 평안한 상태로 돌아간 나는 크리스에게 미소를 지었다.

"왜?"

"이, 이 녀석, 아무 일도 없었다는 듯이…… 지금부터 어떻게 할 생각이지?"

딱히 들리든 안 들리든 여긴 페어 레이디의 정신세계이고 손바닥 위라서 의미는 없지만…… 크리스는 소곤소곤 속삭였다.

---

*도교 주술의 일종인 육갑비축의 주문.

"명탕·뮤지컬 바보녀의 목욕탕에 몸을 담그고 있었더니 묘안이 떠올랐는데."

난 씨익 웃었다.

"페어 레이디, 여기서 죽이지 않을래?"

깜짝 놀란 크리스는 굳었고, 황홀하게 수면에 비친 자신에게 넋을 잃은 마인을 살펴봤다.

"혈관이랑 같이 지능도 확장됐어? 탈출 방법을 찾는 거 아니었어?"

"아니, 그런 말은 한마디도 안 했잖아."

크리스는 말없이 젖은 앞머리를 쓸어올렸다.

"……어떻게?"

"정신을 붕괴시키는 거야. 다시 말해서 이 세계를 산산이 파괴한다. 오니가 삼킨 한 치 동자*처럼 작은 것이 큰 것을 웃도는 경우도 있지만, 페어 레이디는 분명 그런 사태를 상정하지 않았어. 바깥세상에서 정정당당하게 이 녀석을 쓰러뜨릴 수 있을 것 같지 않으니, 뒤에서 발버둥 쳐서 죽이는 거지."

"이런 곳에서 다윗과 골리앗을 재현할 생각인가? 그 양치기에겐 돌멩이가 있었지만 우리 손에 있는 건 꿈과 환상뿐이다. 게다가 상대는 거인이 아니라 마인이고 비대화된 자기를 겸비하고 있다. 저 어리석고 열등한 정신에 상처가 생길 것 같지는 않아."

우리의 이야기에 맞추듯이.

---

*일본의 전래동화.

귀도 레니가 그린 '골리앗의 머리를 든 다윗'이 목욕탕 벽면에 떠오르고 서서히 그 양상이 변해갔다.

황홀한 표정으로 마인(페어 레이디)의 머리를 바라보는 어리석은 사람(히이로). 마치 자이언트 킬링을 권하는 듯한 도발.

자신의 승리를 확신하는 미녀는 자애로운 눈빛으로 도전장을 던졌다.

"어떻게 저런 녀석의 마음에 상처를 입히지?"

"수중에 꿈과 환상밖에 없다면."

히죽거리면서 가슴에 손을 댄 나(다윗)는 그녀(골리앗)에게 정중하게 머리를 숙였다.

"다윗을 따라서 그걸 던지면 돼."

미소 지은 페어 레이디는 자신의 목에 검지와 중지를 대고—— 싹둑싹둑 자르는 시늉을 했다.

목욕을 마친 나는 크리스와 헤어져서 정신세계를 둘러봤다.

거기엔 바다가 있었다.

집 바깥에는 밀물과 썰물이 들어왔다가 빠지기를 반복하는 대양이 펼쳐져 있었고 수평선 저편에는 밤에게 세상을 양보하는 해가 보였다.

저녁해에 불타는 바다.

녹슨 빨간색이 눌어붙은 파란색에 드리워 혼연일체의 심상으로 변했다.

난 한결같이 파도치는 바닷가를 계속 걸었다.

어디까지고 어디까지고 어디까지고. 복사 붙여넣기 된 경치가 이어졌고…… 정신을 차리고 보니 반대편에서 페어 레이디 하우스를 바라보고 있었다.

A〉B〉A〉B〉A…….

같은 풍경이 연속적으로 변해가서 공간과 공간의 이음매를 인지할 수 없었다.

바다와 모래사장밖에 존재하지 않았던 시야 속에 홀연히 페어 레이디 하우스가 나타나고 있을 터인데 '이상하다'고 느끼는 순간이 존재하지 않았다.

이 결과는 페어 레이디의 정신 간섭에 의한 단기 기억 장애의 영향을 나타냈다. '마법'이라 하면 불꽃을 만들어내 상대에게 던지는…… 이런 이미지를 가질지도 모르지만 그런 단순한 현상은 어디까지나 일례에 불과하다.

마법에 의해 일어나는 현상은 여러 가지가 있지만. 그 모든 현상이 정규적인 절차를 밟는다.

예를 들어 불꽃을 만들어내는 마법은 입자(마술연산자) 조작으로 연소라는 정적적인 산화 환원 반응을 만족시키는 것에 불과하다. 공기 중에 존재하는 수소(H_2)를 연소물, 하전입자(마술연산자)의 정전기를 점화원으로 삼아 공기 중의 산소를 조작해서 산소 공급을 계속한다.

매직 디바이스를 이용하면 그런 것을 귀찮게 생각하지 않아도 연소의 3요소를 만족시켜준다.

매직 디바이스는 마력이라 불리는 에너지를 이용해 화학반응의 도중 경과를 생략한다. 그때 부족한 것을 보충하거나 사용자의 이미지를 발동 현상으로 구현해주고 있는 것이다.

그리고 그런 겉보기에 화려한 마법과는 달리, 인간의 체내에 존재하는 내인성 마술연산자를 조작함으로써 아세틸콜린과 같은 신경전달물질 감소를 일으켜 해마 기능을 저하시켜 단기 기억 장애를 일으키는 마법도 존재한다.

그야말로 내가 존재하는 이 정신세계는 그런 세세한 마법의 연속으로 형성되어 있다.

에스코 설정 담당의 블로그를 참조해서 뇌내에서 설명을 달아봤는데, 실제로 이 정신세계가 마법의 영역에 들어가는지는 불명이다.

생각에 빠져있던 나는 다시 걷기 시작했다.

페어 레이디 하우스 옆에 있던 창고를 주목한 나는 엔진이 달린 보트를 끌어내 수평선을 향해보기로 했다.

본 것을 흉내 내서 스로틀 그립을 쥐고 시동을 걸었다.

보트는 경묘한 소리를 내며 발진해서 파도를 가르고 가르고 갈랐고…… 정신을 차리고 보니 난 육지에 다다라 있었고, 눈앞에는 페어 레이디 하우스가 있었다.

좌초된 보트에서 내린 나는 페어 레이디 하우스 안으로 돌아갔다.

"어머, 어서 오렴."

설거지를 하고 있던 페어 레이디가 웃음을 지었다. 싹싹한 아들인 척을 하고 있는 나는 한손을 들어 반응했다.

서랍을 열어 라이터를 조달한 후에 집 밖으로 나왔다.

창고에서 보트용 휘발유를 꺼내 페어 레이디 하우스를 둘러싸듯이 잔뜩 뿌렸다.

난 휘발유로 도화선을 만들어서 안전한 곳에서 불을 붙였다.

순식간에 화염이 입을 크게 벌리고 집을 둘러싸고 성대하게 불타올랐다. 달각 소리를 내고 맹렬한 불길 속에서 마인은 웃음을 보였다.

"불장난 하지 말고, 간식 먹을 테니까 어서 와."

아이의 장난을 꾸짖는 듯한 말투로 날 부르며 세차게 타오르는 불에 타고 있는 문을 연 페어 레이디에게 웃음을 돌려줬다.

인자한 어머니인 척을 하는 마인은 천천히 문을 닫았다. 피부로 느껴지던 열이 가시고, 시야 끄트머리에서 어른거리던 불똥은 사라지고, 코 안쪽에 자욱했던 탄내가 사라졌다.

페어 레이디 하우스는 눈 깜짝할 사이에 원래 모습을 되찾았다.

과연, 대체로 원작 게임과 같군.

"어이, 방화범."

돌아본 곳에는 얼굴을 찡그린 크리스가 서 있었다.

"그건 아까 이미 했어."

"마인의 짜증 나는 웃는 얼굴은 몇 번을 불태워도 값을 매길 수 없으니까."

어깨를 나란히 하고 집 안으로 돌아간 나와 크리스는 사이좋은 남매처럼 옆자리에서 얼굴도 나란히 했다.

꿀이 잔뜩 뿌려진 팬케이크가 식탁 위에 놓여 '행복한 가정의

간식'이라는 작위적인 디테일을 장식했다.

"자, 간식 먹기 전에 기도를! 나의 신(페어 레이디)에게 기도를 올려요!"

가짜 어머니 마인은 양손으로 깍지를 끼고 스스로 자신에게 기도를 올리기 시작했다.

가짜 남매인 우리는 그 모습을 보고 따라 한 후에 포크로 찍었다.

팬케이크 조각을 포크에 찍은 채로 끝부분 흔들흔들 흔든 크리스가 어깨를 붙여왔다.

"그래서 끝없이 이어지는 아름다운 해변을 도는 투어의 성과는 어땠지?"

"어디까지 가도 페어 레이디."

"지옥 바닥을 기어다니는 죄인이 된 기분이야."

지긋지긋해하며 고개를 저은 크리스는 팬케이크에 아이스크림을 얹어준 어머니(페어 레이디)에게 굳은 웃음을 보였다.

"내가 알기로 이런 정신 장악 마법에 걸렸을 때의 대처 방법은 세 가지."

크리스는 나이프와 포크로 팬케이크를 세 조각으로 나눴다.

"첫 번째, 정신세계 안에 숨어있는 마법사를 무력화한다.

두 번째, 정신세계 안의 균열을 찾아내서 넓힌다.

세 번째, 포기한다."

"네 번째."

난 포크 끝으로 크리스의 접시에 담긴 아이스크림을 가리켰다.

"정신세계를 붕괴시킨다."

질척하게 녹아 접시 위에 퍼져 형태를 유지하지 못하게 된 아이스크림을 본 크리스는 고개를 저었다.

"네 말대로 생각은 해봤지만…… 된다고 하더라도 그건 무리다. 여긴 페어 레이디가 장악한 정신세계고, 그녀의 세계가 무너지면 그 위에 서 있는 우리도 무너져. 탈출 방법을 못 찾으면 동반 자살하는 수밖에 없어."

말없이 아무 대답도 하지 않는 날 보고 크리스는 안색을 바꿨다.

"이봐, 설마."

난 자른 팬케이크를 입으로 가져갔다.

"여기서 페어 레이디를 매장하지 않으면 은사님께 마수가 뻗칠지도 몰라. 뮤르도 다칠지도. 페어 레이디에 대한 신앙이 확립되지 않은 상황에 이 세계에서 빠져나가면 녀석은 틀림없이 우릴 배제하겠지. 그때 희생되는 건 나와 네가 아니야. 저 구세주 행세를 하는 빌어먹을 놈은 처음부터 나와 너의 소중한 사람을 에워싸듯이 죽이러 갈 거야."

너무 단 꿀을 맛보면서 난 포크를 좌우로 흔들었다.

"스위트 슬리피에 당한 시점부터 나와 너의 정신은 장악당했고, 마음속 깊은 곳에 숨겨둔 약점은 백일하에 드러났어. 우리에게 즉각적인 효과를 발휘하는 괴롭힘은 팬케이크에 아이스크림을 얹는 것보다 간단할 거야."

반사된 은 포크의 표면을 바라봤고, 거기에 비친 크리스를 봤다.

"미안하지만 내 천칭은 내 목숨보다 그 아이들의 미래에 기울어져 있어. 무슨 일이 있어도 난 여기서 페어 레이디를 소멸시킨다."

은색 빛 너머로 그녀는 내 시선을 받았다.

쓴웃음을 지은 천재는 새하얀 웅덩이가 된 아이스크림을 내려다봤다.

"……난, 네가 싫다."

"난 그런 네가 좋아."

"하지만."

우아하게 일어선 크리스는 아이스크림을 물로 씻어내고──흔적도 없이 사라진 것을 보여주며 웃었다.

"그 이상으로 저기서 웃고 있는 저 녀석이 싫다."

"날 위해 솔선해서 설거지를 해주다니! 크리스, 넌 어쩜 이렇게 마음씨 착한 아이일까! 그런 훌륭한 아이를 키워낸 위대한 난 구름 위에 솟은 태양 같은 초월적 존재!"

무릎을 꿇고 앉아 양팔을 벌린 페어 레이디는 창문으로 들어오는 햇빛(스포트라이트)을 마음껏 받았다. 발라드를 부르면서 연극을 하는 것 같은 동작으로 한쪽 무릎을 세우고, 신(페어 레이디)에게 기도를 올리기 시작했다.

훌륭하기까지 한 나르시스트의 모습을 감상하던 나는 크리스에게 손을 내밀었다.

"일시휴전이네, 누나. 러브 앤 피스 정신으로 저 마인을 쳐죽이자."

크리스는 바로 그 손을 뿌리쳤다.

"착각하지 마라. 다음은 너다."

내가 앉아있는 의자를 걷어차고 팔짱을 낀 크리스는 의자에 털썩 앉았다.

"손을 내밀어서 죽음의 문턱에 초대한 건 너다. 다음에 딛을 스텝 정도는 준비해뒀겠지?"

"예~ 예~, 웃어요 웃어. 예쁜 스마일로 목숨을 건지자고."

크리스는 움찔움찔 볼을 경련시키면서 웃었고, 의지를 가진 가구와 함께 춤추고 있는 어머니(페어 레이디)에게 '항상 고마워'라며 마음에도 없는 말을 했다.

"이 세계에서 페어 레이디의 정신세계를 붕괴시키는 방법은 하나."

난 웃었다.

"나와 네가 이 세계에 존재하는 페어 레이디를 쓰러뜨린다."

난 한 번 더 그녀에게 내밀었다.

"협력 플레이다. 할 수 있지? 누나."

"누구한테 말하는 거냐."

크리스는 웃어넘기면서 다시 내 손을 뿌리쳤다.

"난 크리스 에세 아이즈벨트다."

만족하고 고개를 끄덕인 나는 웃음을 띤 채로 그녀에게 손을 내밀었다.

"그럼 우선 깍지부터 껴볼까."

"……뭐?"

내 얼굴을 응시한 크리스는 농담이 아니라 진심이라는 걸 이해하고──.

"뭐어어어어어어어어어어어어어어어어어어어어어어어어어어어어어어?!"

얼굴을 새빨갛게 물들이고 힘차게 의자를 쓰러뜨리며 일어섰다.

"설명해라."

2층의 아이방.

어제까지 존재했던 캐노피가 달린 침대는 자취를 감췄고 그 대신 2층 침대가 비치되어 있었다. 공부용 책상도 밀착해서 나란히 있었고 똑같은 펜까지 준비되어 있었다.

사이좋은 남매로 발전함에 따라 아이방은 업데이트 된 모양이다.

크리스에게 벽쿵을 당하며 추궁당한 나는 쓴웃음을 지었다.

"이봐 이봐, 천하의 크리스 에세 아이즈벨트가 연인과 깍지를 껴본 경험이 없을 리가……… 어? 없는 거야?"

얼굴을 붉힌 크리스는 다친 짐승처럼 으르렁거리는 소리를 냈다.

"잘못이냐……!"

"뭐어?! 잘못이지!"

위치를 반전한 나는 크리스를 벽으로 밀어붙이고 손바닥을 얼굴 옆에 내려쳤다.

"뮤르랑 파자마 파티 안 했냐?! 어어?! 그때 보통 말이다?! 이렇게! 깍지 끼잖아! 기도를 올리는 것처럼 서로 양손을 맞잡고! 깍지! 이마와 이마를 맞대고 잠드는 게 당연하잖아!"

"친동생이랑 그런 천한 짓을 할까 보냐!"

크리스는 내 어깨를 잡고 위치를 바꾸려고 했고—— 나는 그녀의 다리 사이에 오른발을 집어넣어 몸을 지탱하는 다리를 봉쇄한 후에 체중을 실었다.

위치 변경에 실패한 크리스는 혀를 차면서 자세를 무너뜨렸다.

씨익 웃은 나는 벽에 손바닥을 내려치려고 했고—— 크리스의 오른손이 뱀처럼 얽히고 왼쪽 손바닥이 내 턱에 들어왔다.

"젠장!"

왼쪽 손바닥을 축으로 한 다리후리기, 내 시야는 빙글 회전했다. 파고든 그녀가 회전하는 내 다리를 붙잡았다. 붙잡은 발목을 기점으로 나를 휘두르기 시작했지만, 허공에서 몸을 비튼 내 하이킥이 그 행패를 막았다.

낙법으로 착지한 나는 바로 오른손을 내질렀다.

콰과과과과과과과과과과과과과과과과과과!

양 손발이 엄청난 기세로 선회하며 무한이나 다름없는 벽쿵과 위치 교체가 이루어졌다. 땀을 흘리면서 나와 크리스는 벽을 건 사투에 열중했다.

30분 후, 땀투성이가 된 나는 숨을 거칠게 쉬는 크리스를 침대에 쓰러뜨렸다.

분홍색으로 물든 피부, 위아래로 움직이는 풍만한 가슴, 촉촉한 눈동자로 날 올려다보는 미소녀. 난 그녀의 머리 옆에 손을 두고 헉헉 하고 숨을 반복해서 쉬었다.

왜, 왜 이렇게 됐지……?! 이, 이게 스위트 슬리피의 능력인가……?!

위를 보고 누운 크리스는 한 팔로 얼굴을 가리고 무방비한 온몸을 드러내고 있었다. 난 말없이 그녀에게서 살짝 떨어져 방에서 나왔다.

흐트러진 옷을 바로잡은 나는 몇 초 기다렸다가 다시 방에 들어갔다.

"여어, 크리스."

한 손을 든 나는 산뜻한 웃음을 지었다.

"우연이네, 지금부터 설명할게."

"문으로 드나들었다고 리셋될 거라 생각하지 마라, 짐승……!"

스위트 슬리피 씨가 내 편을 들어주지 않는다.

벽에 등을 기대고 팔짱을 낀 나는 시선으로 나를 쏘아 죽이려고 하는 그녀를 설득해봤다.

"우선, 먼저 변명하게 해줘. 난 그저 자매가 손으로 깍지를 끼고 잠드는 아름다운 광경을 보고 싶었을 뿐이야. 그 바람은 청렴결백한 욕망이고, 한술의 불순물도 섞이지 않았어. 조금은 어른이 되었다고 생각하고 있었지만, 난 별똥별에 소원을 비는 순진한 아이인 그대로였어…… 그런 로맨틱함을 봐서 타협해주지 않을래?"

"그런 로맨틱함을 봐서 난타해줄까……?"

"죄송합니다! 저기, 그러니까! 마치 강요하는 듯한 짓을 해버렸습니다! 폭주 백합 특급, 정거장마다 정차하지 않고 승객 여러분께 폐를 끼쳤습니다!"

반성하는 말을 하자 크리스는 몰래 소지하고 있던 흉기(자명종 시계)를 놓았다.

"잠꼬대하지 마, 쓰레기가. 나와 넌 적이고 우연히 공동 사업에 착수하고 있는 것에 불과하다. 평온한 노후를 맞이하고 싶다면 말버릇에 신경 써라."

"예~이, 알알알~겠습니다~! 엄청 반성하고 있습니다~!"

나는 왜인지 다시 자명종 시계를 쥔 크리스에게 설명하기 시작했다.

"우선 페어 레이디의 부활에 대해──."

"이봐, 어디서부터 역사 복습을 시작할 셈이냐."

크리스는 시계 뒤에 있는 손잡이를 돌려 시침과 분침을 회전시키면서 끼어들었다.

"거추장스럽다. 지금 거기까지 거슬러 올라가서 어쩔 셈이냐. 시간 낭비다. 페어 레이디는 현실에 존재하고 있고 우린 이상적인 형태의 가족 놀이를 한창 하고 있는 중이다. 부활한 페어 레이디에 대해 이렇다 저렇다 차를 마시면서 이야기를 계속할 필요가 있나."

"없었으면 다과 같은 건 준비 안 하지."

난 선반 위에 있던 쿠키 봉지를 집었다. 언더스로 자세를 취했다가 그만두고 크리스 곁에까지 걸어가서 건네줬다.

"눈, 거의 안 보이지. 내가 찾아낸 승기도 너와의 접근전이었고 아까 전의 벽쿵 접전도 감으로 어떻게든 하고 있었던 것 같고."

고개를 돌린 크리스는 노골적으로 혀를 찼다.

"이야기를 계속하지. 페어 레이디의 부활 원인은 뭐라고 생각해?"

크리스는 쿠키를 베어먹으면서 내 질문에 답했다.

"생각할 것도 없이 페어 레이디파의 소행이지. 그 소꿉놀이 마인을 부활시킨 권속이 누나를 침대에 넘어뜨리는 동생을 선물해줬을 뿐인 이야기지."

"지금 내가 묻고 있는 건 'HOW'야. 권속은 어떻게 페어 레이디를 부활시켰지?"

입을 연 크리스는…… 조용히 한 손으로 입을 막았다.

"…………."

"너, 마인의 부활 조건을 알고 있어?"

"모르고 마법사를 할 수 있겠냐. 부활 트리거는 마인별로 정해져 있고, 마법사 사이에선 '6기피'라 불리고 있지."

"그 말대로야. 역시 월반도 하는 재녀. 예를 들어 알스하리야의 트리거는 '흥미'. 그럼 페어 레이디를 강림시킨 트리거는?"

"……'불행'이다."

그녀는 천천히 고개를 들었다.

"페어 레이디 부활은 그 교회 내부에서 완결돼있었어. 틀림없어. 눈이 보이지 않는 만큼 내 마력 감지는 예리하다. 그만한 규모의 마력의 흔들림, 마인 부활 외에는 있을 수 없다. 결국 그 교회 안에서 페어 레이디를 각성시킬 정도의 '불행'이 있었다는 뜻인데…… 그건 대체, 뭐지……?"

"잘 생각해봐. 그 '불행'은 누구에게 '불행'이지?"

"당연히 부활하는 페어 레이디에게—— 아니, 잠깐, 잠깐잠깐 잠깐. 자신의 손으로 다른 사람을 행복하게 만들고 싶은 녀석 입장에서 보면 인간의 '행복'이야말로 '불행', 그건 즉."

히죽 웃은 나는 크리스에게 고개를 끄덕여 보였다.

"페어 레이디가 부활하기 직전, 그 교회 내부에는 이루 말할 수 없는 '행복'을 느끼는 사람이 있었어."

말문이 막힌 크리스는 자신의 생각을 떨쳐내듯이 머리를 흔들 었다.

"부활을 꾀하던 권속 중 한 명이 아닌가?"

"타이밍이 달라. 권속이 '행복'을 느낀 건 페어 레이디가 부활 한 후야. 이전의 일이 아니지."

"무슨 행복이지…… 그 음침한 교회 안의 어디서 행복을 느낀 거지……?"

"정답에 이르기 위한 포인트는, 권속은 타겟의 '행복'을 만들 어내기 위해 뮤르를 납치했다는 거야. 분명 놈들은 페어 레이디 부활 준비를 갖추고 있었어. 던전에서 눈에 안 띄는 곳에 건설 된 교회는 페어 레이디와 강한 연관이 있어서 그녀를 부활시키 기 위한 한 요소로서 이용됐어."

"누구냐, 페어 레이디를 부활시킨 멍청이는……?!"

입을 다문 나는 조용히 눈을 내리떴다.

의문으로 가득 차 있던 크리스의 얼굴에서 수수께끼가 햇볕을 받은 눈처럼 서서히 녹아내렸다. 완만하면서도 착실하게 그녀의 얼굴은 변화해 갔고, 마침내 정답에 다다른 그녀는 양손으로 얼굴을 가렸다.

억누르고 있던 감정이 터진 나는 끈적하게 웃으면서 속삭였다.

"그 멍청이가 누구인지 알고 있지 않습니까……?"

"아, 아니야! 절대로 아니야! 마, 말도 안 돼! 이, 이해가 안 돼!"

비틀거리면서 일어선 크리스의 얼굴은 새빨개졌고, 필사적으로 팔 사이로 빨개진 얼굴을 숨기려고 했다.

"네에? 뭐가 아니죠? 어라? 왜 얼굴을 가리는 거야? 왜 그러시죠? 연금술사 씨? 새빨간 존안이라도 생성 중이신가요?"

"써, 썩을…… 썩을……!"

"천재도 풀 수 없는 어려운 문제의 답, 범재인 제가 가르쳐드릴까요!"

난 웃으면서 그녀를 가리켰다.

"크리스 에세 아이즈벨트느은! 동생 뮤르를 구한다는 상황에에! 마인이 부활할 정도의 행복을 느꼈습니다아!"

"젠장젠장젠장……!"

난 침대로 도망친 크리스를 쫓아 이불을 뒤집어쓴 그녀 앞에서 목을 조정했다.

반짝반짝 빛나는 웃음을 띤 나는 손뼉을 치면서 침대 주위를 걸으며 수치로 몰아넣기를 시도했다.

"'아주 쉽게 유괴당하고 경품처럼 장식될 줄이야'! '넌 더 이상

기저귀를 찰 나이도 아니다'! '언니한테 울면서 매달리지 마라'!"

"제기라아아알……!"

꿈틀꿈틀 움직이는 이불더미 앞에서 난 빠릿빠릿하게 표정을 조정했다.

"'넌 프릴 달린 드레스를 차려입고 그림책 표지라도 장식할 생각이냐'."

함정에 걸린 짐승 같은 신음 소리가 들려왔고, 난 고개를 기울이고 귀에 손을 댔다.

"어라라아~? 크리스 씨? 뭔가 엄격한 말씀을 하셨는데요? 응? 혹시, 어라? 그런 자매 관계를 동경해서? 실현해버린 건가요? 뮤르와의 자매 관계가 회복된 것에 행복을 느껴서──"

픽! 내 이마에 자명종 시계가 명중했고, 삶은 문어처럼 빨개진 크리스는 울상으로 베개를 쥐었다.

"주, 죽일 거야…… 널 죽일 거야……!"

"지, 진정해…… 죄, 죄송합니다…… 오, 오랜만에 제대로 공급돼서…… 시장했으니까……!"

"죽어! 죽어, 죽어, 죽어!"

퍽퍽, 퍽퍽.

몸을 웅크린 나는 베개로 가하는 구타를 계속해서 버텼다.

겨우 진정됐을 무렵에는 크리스는 헉헉 하고 숨을 거칠게 쉬고 사방에 흩날린 깃털에 휩싸여 있었다. 현장에 쓰러진 나는 날아오른 깃털이 햇빛에 반짝이는 가운데, 이마에서 흐른 피로 '자매 백합'이라는 글귀를 남겼다.

10분 뒤.

머리에 붕대를 감아 지혈한 나는 두꺼운 백과사전을 무릎에 끼운 상태로 무릎 꿇고 앉아 베개 살인 챌린지에 실패한 누나를 올려다보고 있었다.

"가령 네놈의 더러운 사고회로가 도출해낸 망상적 추측이 천문학적 확률로 적중했다고 치자. 페어 레이디 부활 트리거를 내가 만족시킨 것과 너와 내가 손으로 깍지를 끼는 게 무슨 인과관계가 있지?"

나는 웃으며 엄지로 문밖을 가리켰다.

"좋아, 이해 못 하는 너에게 해설해주지. 밖으로 나와라. 동생을 사랑하는 제멋대로인 바디에 충분히 가르쳐── 자명종 시계로 두 번 다시 눈 뜨지 못하게 된다!"

던져진 자명종 시계를 백과사전으로 막은 나는 머리가 쪼개지기 전에 밖으로 도망쳤다.

모래사장에 치는 파도 소리를 들으면서 준비를 갖춘 나와 크리스는 대면했다.

젖어도 괜찮도록 한 것인지 셔츠와 반바지로 갈아입고 온 그녀는 평소의 탄탄한 전투복 차림보다 더 어려 보여서, 나이에 맞게 인생을 살아온 사랑스러운 소녀 같았다.

그녀는 바닷바람을 맞아 넘실거리는 머리카락을 눌렀다.

"우선 네가 믿어줘야 해."

"무엇을?"

"승리, 그리고 나."

연금술사 칭호를 가진 소녀는 웃기지 말라는 듯이 어깨를 으쓱였다.

"승리야 좋지. 내 인생을 채색해온 좋은 벗이니까. 하지만 산죠 히이로, 난 너에게 '벗'이라는 한 글자를 부여해줄 생각은 없다. 너에게 줄 수 있는 한 글자가 있다면 '적'이다."

"야 야, 누가 주옥같은 휴일에 사이좋게 같이 놀자고 했냐? 그냥 날 믿으면 돼. 그 이상은 바라지 않아. 신뢰관계, 비즈니스라이크, 감정적인 관계는 전혀 가지지 않는 임시 관계야. 잘하는 거잖아."

"그럼 묻겠다, 임시 관계에 '깍지' 같은 헛소리가 나오는 이유를."

물보라가 튀어서 난 볼을 닦았다.

"크리스, 상처는 어떻게 됐지?"

"뭐야?"

"상처 말이야. 첫날에 나도 너도 해열제랑 진통제를 먹었을 거야."

난 머리의 붕대를 스르륵 풀어 깨끗하게 사라진 상처를 보여줬다.

"해열제랑 진통제 알약, 그리고 생수. 항상 갖고 다니는 거지?"

"그래, 항상 휴대하고 있다."

"옷을 갈아입었을 때 알약이랑 생수는 손에 있었어?"

크리스는 놀라서 숨을 죽였다.

"우린 이 세계에 잡아먹히고 있어. 육체가 입은 상처도 사라지고 휴대품도 사라지고 있는 게 그 증거다. 조만간 자신이 무엇을 들고 있었는지 뿐만 아니라 자신이 누구인지조차도 알 수 없게 되겠지."

멍하니 서 있는 크리스 앞에서 난 입꼬리를 올렸다.

"이로써 확실해진 건 페어 레이디의 정신세계는 완전무결하지 않다는 거야. 해열제도 진통제도 그 존재를 알고 있었던 건 크리스, 너뿐이었을 거야. 그것들을 꺼낼 수 있었다는 건 이 세계에 네 의사도 반영할 수 있다는 뜻이야."

"그러니까 우리가 마음만 먹으면 매직 디바이스도 상상해서 꺼낼 수 있다……?"

"뿐만 아니라 원래 우리에게 없는 실력도 발휘할 수 있게 될 거야. 그렇기에 여기서라면 페어 레이디를 쓰러뜨릴 수 있어."

침묵한 후에 크리스는 천천히 입을 열었다.

"……무리다. 이 정신세계의 기반은 페어 레이디 자체이고, 이 세계는 그녀가 생각하는 대로 재편성할 수 있어. 우리에게 허용된 건 어디까지나 자신과 연관된 사물을 구현화하는 것뿐이다. 실제로 페어 레이디에게 공격은 맞힐 수 없었다."

"아니, 맞아."

"증거에 집착한 건 너잖아? 어디에 그 증거가 있지?"

원작 게임, 이라고는 말할 수 없으니 난 얼버무리듯이 이야기를 계속했다.

"페어 레이디의 정신 기반은 너무나도 견고하게 갖춰져 있어. 마인에겐 이치가 통하지 않아. 그러니 그 녀석의 정신을 이해하지 못하는 인간은 공격을 맞히는 것조차 불가능하지. 이해할 수 없는 건 몽환과 같으니까. 그래서 우린 그 녀석을 이해할 필요가 있어."

크리스는 눈살을 찌푸렸고, 난 양팔을 벌렸다.

"우린."

파도가 한층 더 높이 치고 햇빛을 가둔 물방울이 눈앞에서 튀었다.

난 눈앞으로 떨어진 물방울 사이로 크리스에게 미소 지었다.

"지금부터 페어 레이디를 사랑한다."

"바보 같은 소리. 이대로 가족 놀이를 계속해서 진짜 남매가 될 생각이냐?!"

"인파이트야. 먹느냐 먹히느냐. 나와 너의 정신이 놈의 이상함에 이기느냐. 승부를 내보자고."

크리스는 발치의 모래를 차올리며 낮게 신음하는 소리를 냈다.

"뱃속에서 소화되고 있는 사냥감이 먹느냐 먹히느냐 소리를 해서 어쩌자는 거냐! 자기부터 마성에 홀렸는데 이길 방법이 있을 것 같냐!"

"이길 방법은 있어. 마인을 이해하면서도 마인은 이해할 수 없는 걸 만들어내는 거야."

"뭐야?"

"말했잖아. 꿈과 환상을 던진다고."

의아해하는 표정을 지은 그녀에게 난 정답을 들이밀었다.

"사랑이야."

드디어 이해했는지 크리스는 '사랑……'이라며 중얼거리고 웃었다.

"그렇군, 알았다. 그래서 깍지인가. 가족 놀이에 연인 놀이까지 추가할 셈인가. 소꿉놀이를 얼마나 좋아하는 거냐? 넌. 다음은 모래놀이라도 할 생각으로 바깥으로 부른 건 아니겠지?"

크리스는 내 멱살을 잡았다.

"적당히 해라, 얼간이. 너처럼 바보 같은 놈을 상대로 내가 그런 걸 이해할 수 있을 거라 생각했나? 너를 생각할 때는 '목 졸라 죽이고 싶다'는 단순한 살의를 품었을 때다. 연애는커녕 가족애조차 받아들일 리가 없지."

"할 수 있어. 같은 정도로 미워했던 동생을 사랑할 수 있었으니까."

크리스의 볼이 불그스름해지고 양손의 힘이 약해져 갔다.

"아, 아니라고 하잖아! 난 뮤르를 구하려고 한 게 아니다! 해, 행복 같은 건 느끼지 않았다! 그저 빚을 갚으러 갔을 뿐이다!"

끈적한 웃음을 지어주자 빨개진 그녀에게 흔들흔들 흔들렸다.

"그 기분 나쁜 표정 짓지 마라, 쓰레기! 멍청이! 너 같은 역겨운 남자랑 연애놀이 같은 걸 할 수 있겠냐! 깍지를 끼다니, 상상만 해도 구역질이 나는군!"

그 마음을 듣고 감정이 격해진 나는 무심코 그녀의 멱살을 잡고 있었다.

"나도 싫다고! 그래도 말이다, 난 널 믿고 있어! 네가 뮤르를 구했을 때 '행복'을 느꼈다는 결론이 다다랐을 때, 너와 함께라면 소꿉놀이를 계속해도 이상한 분위기가 만들어질 일은 없겠다고! 그렇게 믿었기에 난 스스로의 신념을 굽히고 셀프 뇌 파괴로 이어지는 계획을 세웠어! 나는, 나는!"

눈물을 흘리면서 탄식한 나는 무릎을 꿇었다.

바지가 바닷물을 빨아들였고, 그 차가움에 굳은 난 자기 자신을 안았다.

"너, 너랑 뮤르의…… 미래를…… 활짝 핀 하얀 백합꽃을…… 지키고 싶다고…… 그, 그러기 위해서라면 이 고통도 달게 받아들일 거야…… 꿈과 환상이야…… 어디까지나 소꿉놀이의 연장이라고…… 안 좋은…… 꿈이라고, 이건…….'"

너무 괴로워서 난 몸을 웅크리고 오열했다.

"크리스…… 페어 레이디는 우릴 마음에 들어 해…… 즉, 놈이 생각하는 '불행한 인간'에 해당되는 건데…… 페어 레이디는 놈이 상상하는 가족 이야기대로 우릴 '행복한 가족'으로 바꾸는 걸 바라고 있을 거다…… 이게, 무슨 뜻인지 아냐…… 아냐고……?!"

"지, 진정해라. 아, 알았으니까 그렇게 울지 마라."

"페어 레이디는 스스로를 가족 이야기의 주인공이라 생각하고 있고…… 자신의 손으로 우릴 구원하려 하고 있어…… 그렇다면 다른 방향에서 그 이야기를 때려 부수면 돼…… 즉, 놈의 손을 거치지 않고 나와 네가 멋대로 행복해지는 거야…… 그렇게 하면 놈의 정신세계는 줄거리와 함께 붕괴될 거야……."

"이, 이봐, 잠깐만…… 그 말은, 즉……?"

크리스는 새빨갛게 물든 얼굴로 천천히 뒷걸음질 쳤다.

"지, 진심으로 널 연인이라 믿고 행복해지라는 거냐?!"

크리스는 벌벌 떨면서 자신을 꽉 안았다.

"이, 짐승이! 너, 너, 나, 나한테, 무, 무슨…… 이, 이런, 모, 목숨이 달린 상황에, 그, 그런 눈으로, 너, 넌, 나, 날, 보, 보고 있었나, 너, 너느은?!"

"나도 같은 조건이라고 제기랄!"

난 모래사장에 주먹을 내려치고 맹렬하게 바다에 뛰어들었다.

강풍과 거친 파도에 이리저리 밀리면서 어떻게든 제정신을 유지하려고 한 나는 파도치는 바다에서 날뛰었다. 자연의 포악함에 몸을 맡기면서 양손으로 얼굴을 가린 나는 절규하고 터질 것 같은 뇌를 접영으로 진정시켰다.

힘이 다한 내가 모래사장에 밀려왔다.

"………………."

위를 보고 축 늘어진 나는 광채를 잃은 눈으로 크리스를 올려다봤다.

"……우리, 연인이 되자."

"이, 이렇게 기쁘지 않은 고백은 처음이다……."

쪼그려 앉은 크리스는 쭈뼛거리며 물었다.

"다른 방법은 없나?"

"……있었으면 이런 짓은 안 한다고."

난 떨리는 손가락으로 모래사장에 우산을 그렸다.

모래 위에 그려진 우산 아래에 '산죠 히이로'라고 쓰고 선 하나를 사이에 두고 반대쪽에 '크리스 에세 아이즈벨트'라 써──.

"우와아아아아아아아아아아아아아아아아아아아아아아아아
아아아아아아아아앗!"

얼굴을 붉힌 크리스는 발끝으로 연인처럼 한 우산 아래에 있
는 그림을 지워버렸다.

"사람의 동의도 없이 갑자기 새콤달콤한 짓 하지 마라 쓰레기!"

"…………(호흡 정지)"

의식을 잃었던 나는 크리스에게 걷어차여 정신을 차렸다. 어
째서인지 쏜살같이 도망친 그녀에게 시선을 보냈다.

"주, 죽었었나, 난……?"

"지, 진짜로 호흡이 멈췄었다고?! 이, 이봐, 그만해! 서로를
위해 이 이상은 무리다…… 어이!"

난 웃으면서 양팔에 힘을 담아 일어서── 손이 미끄러져 모
래사장에 얼굴을 처박았다.

"무, 무리다, 다른 방법을 생각해야 한다! 사, 산죠 히이로, 이
해가 안 되지만 네 몸이 못 버틴다고!"

"하지만, 하는 수밖에 없어…… 하는 수밖에 없다고……!"

난 휘청거리면서 일어나 그녀에게 손을 내밀었다.

"크리스, 날 믿어. 수치와 굴욕으로 가득 찬 연인 놀이는 꿈과
환상이고, 우린 그렇다고 믿기만 하는 거야. 우린 여기서 페어
레이디를 쓰러뜨린다."

얼굴을 돌리고 있던 크리스는 내가 내민 손을 살짝 봤다.

팔짱을 끼고 있던 두 팔이 서서히 풀려갔다.

볼이 상기된 그녀가 정면에서 날 째려봤다.

발치의 모래사장을 차고, 앓는 소리를 내고, 시선을 이리저리 돌리고, 날 봤다가 안 봤다가 반복하고…… 겨우 끼고 있던 팔짱을 풀었다.

수치로 새빨개진 그녀는 아랫입술을 깨물며 외면하고는——내 손을 잡았다.

"……………죽어."

난 말없이 그 손을 마주 잡았다.

손을 잡았다기보다는 손끝으로 집고 있다.

"…………!"

이를 꽉 깨물고 오른쪽 대각선 아래를 바라보는 크리스는 수치와 굴욕에 떨고 있었다.

연인 놀이를 시작한 지 3일째.

크리스는 내 새끼손가락을 살짝 쥐는 것 이상의 일은 못하고 있었다. 나는 나대로 그녀가 자아내는 순진한 분위기에 당해 연인 사이에 이루어져야 할 다음 단계에는 나아가지 못했고, 둘 사이에는 더는 견뎌낼 수 없는 분위기가 감돌기 시작했다.

"크, 크리스 씨, 이대로 가면 깍지를 끼기까지 몇 년이 걸리는데요……?"

"다, 닥쳐라! 다른 사람의 노력을 비웃을 셈이냐!"

월반까지 하는 재녀, '지고'의 지위를 얻은 최고봉 마법사, 약관 19세에 마법 결사 '퀼리아하이츠'에서 근무하는 천재. 수많은

이명과 명성을 자랑하는 그녀가 얼굴을 새빨갛게 물들이고 앙증맞게 내 새끼손가락을 쥐고 있었다.

이런 태도는 당연하다면 당연하다.

그녀는 아이즈벨트가의 차녀로서 책무를 짊어지고 한결같이 마법사의 정도를 매진해왔다.

옆길로 새거나 다른 곳을 들른 적이 없다.

모든 것을 희생하고 계속해서 걸어온 그녀는 연애를 필요로 한 적도 경험한 적도 없을 것이다. 뿐만 아니라 가족 이외의 누군가와 접촉한 적도 없지 않을까.

아이즈벨트가는 집안에서 개개인이 고립되어 있다.

크리스와 뮤르는 철이 들었을 무렵에는 '크리스의 교육에 안 좋다'면서 분리되었다. 자매로서 함께 지낸 시간은 거의 없었을 것이다.

크리스 에세 아이즈벨트는 분명 직접 봐왔을 것이다.

친동생이 '실패작'이라 불리고 탄압당하고 박해받고 학대당하고 친어머니에게마저도 버림받는 모습을.

그 누는 크리스에게도 영향을 끼쳐, 자기 방어 반응을 낳게 되었다. 어린 동생을 매도하는 '가해자' 측으로 돌아섬으로써 자기 보신을 꾀하려고 하는 건 인간으로서 당연한 일이라, 그렇게까지 막다른 곳에 몰려 있던 그녀를 비난하는 것은 어렵다.

뮤르도 그렇지만 아이즈벨트가 사람은 오만이라는 이름의 허식을 입고 자기 자신을 필요 이상으로 크게 보이려고 한다.

그렇게 하지 않으면 그녀들은 '자신'을 지킬 수 없었다.

한결같이 자기 자신과 재능을 맹신하고 되돌아가기 위한 길을 계속해서 파괴당해 온 그녀는 정신을 차렸을 때는 열아홉이라는 나이를 먹고 고독의 갑옷을 껴입고 있었다.

문득 그 길을 돌아보고 공허함을 느끼는 순간도 있었을 것이다.

그런 때에 그녀는 첫 패배를 경험했고, 얕보던 동생이 목숨을 구해주어서…… 겨우 허식으로 만들어진 겉만 번드르르한 갑옷은 산산이 부서졌다.

뮤르에겐 릴리 씨가 있었다.

하지만 크리스에겐 곁에 있어주는 사람이 아무도 없었다.

아무리 심한 말을 해도 쫓아오는 동생을 보고 고독감에 시달리던 그녀는 무슨 생각을 하고 있었는가.

뮤르는 자신의 강한 면모로, 자신의 의지로, 자신의 감정으로── 언니를 구했다.

그때 잃어버린 별을 잡은 크리스는 뮤르의 모습을 인정할 수 있었을 것이다.

엇갈렸던 둘은 서로 바라던 자매의 모습을 되찾았다. 분명 앞으로 천천히 사이가 좋아질 것이다.

원작 게임에선 크리스가 뮤르를 인정한 건 죽기 직전이었다.

페어 레이디의 손에 빈사 상태에 몰린 그녀는 까맣게 변한 동생을 내려다본다. 예전에 선물한 기차 장난감을 쥐고 잠든 동생의 시체를 안은 채, 먼 옛날에 내버려 두고 온 부름을 들었다.

'놀자…… 뮤르…….'

크리스는 울면서 응하지 못했던 동생의 부름에 응했다.

'같이…… 놀자…….'

뮤르 루트에서 크리스는 철저하게 밉살스러운 적으로 묘사되었다. 가증스러운 악역의 허무한 최후는 플레이어들에게 강렬한 충격을 줬다.

악역으로 묘사됐던 그녀 또한 피해자 중 한 명에 지나지 않았다. 크리스는 뮤르와의 자매 관계를 회복하길 바라고 있었다.

뭐, 크리스 생존 루트에선 마지막의 마지막까지 밉살스럽고 반성 안 하고 뮤르도 계속 괴롭히지만요. 이렇게 살아남아서 뮤르와의 자매 백합을 구축한 건 기적이라 해도 될 정도다.

내가 그런 기회를 놓칠 리가 없잖아?!

"뭐, 무리하지 말고 천천히 하자. 이런 건 처음일 테니까."

"……시끄러, 닥쳐, 신경 쓰지 마라 쓰레기가, 닥쳐라 멍청이."

웅얼웅얼 중얼거리고 있는 그녀에게서는 평소의 기백이 느껴지지 않았다. 유유낙낙 내 새끼손가락을 쥐고 있는 그녀.

난 크리스의 손에서 살짝 새끼손가락을 빼냈다.

모래사장에 앉아 옆을 톡톡 치자 그녀는 혀를 찬 후에 그곳에 앉았다.

"있잖아, 크리스, 나한테 전투 연습 시켜주지 않을래?"

"……뭘 꾸미고 있는 거지?"

이 짧은 시간에 신용을 잃어버린 듯한 나는 어깨를 으쓱였다.

"말 그대로의 뜻이고 숨기고 있는 정보는 없어. 다가오는 페어 레이디전을 위한 조정."

"좀스럽게 발버둥 쳐봤자 헛되이 끝난다. 부처님 손바닥 위라서 우리의 생각은 전부 새어나가고 있지. 이렇게 열심히 연인 놀이를 하고 있는 것도 탄로 나고 있어. 친절한 마인님이 소중한 목숨을 베팅해서 정면으로 승부할 것 같아?"

"할 것 같아."

난 모래를 그러모아 산을 만들기 시작했다.

시선으로 도우라고 재촉했다. 무릎을 안고 앉아있던 그녀는 싫은 듯 얼굴을 찡그리고 모래 산에 모래를 모으기 시작했다.

"논거도 없는가 하면 근거도 없잖아?"

"이건 소위 말하는 완전 정보 게임이다. 페어 레이디의 정신 세계에 있는 이상 우리의 생각이 다 새어나가는 건 당연하지만, 우리도 페어 레이디의 정신세계를 직접 보고 있으니 조건은 같아. 얼마나 서로를 이해하고 어드밴티지를 유지하느냐의 싸움이 되겠지. 그리고 난 페어 레이디에 대해 전부 이해하고 있어. 그 녀석은 반드시 승부에 응할 거야."

난 양손으로 모래 산에 터널을 파갔다.

크리스도 날 보고 흉내 내서 굴을 팠고…… 나와 크리스의 손이 맞닿았다.

"어이쿠, 이거 실례."

손을 홱 뺀 크리스는 닿은 손끝을 감싸고 날 째려봤다.

"이, 일부러 그랬지……!"

"그래, 일부러 그랬어. 하지만 넌 전부 알고 있었을 거야. 이대로 굴을 계속 파나가면 손과 손이 맞닿을 거라는 걸. 왜 피하지 않았지?"

"어쩔 수 없잖아! 알고 있어도 피할 수 없었으니까!"

"그런 거야."

난 쓴웃음을 짓고 무릎에 묻은 흙을 털면서 일어났다.

그녀도 이끌려서 일어났고, 작은 목소리로 투덜투덜 불평을 늘어놓았다.

"거만한 태도로 잘난 듯이 설명을 늘어놓는 건 괜찮지만. 너 자신은 어떻지? 연애 경험은 있나? 너처럼 아니꼽고 건방진 꼬맹이가 누군가에게 호감을 살 것 같진 않은데."

난 무심코 '헹' 하고 코웃음 쳤다.

"내가 몇 번이나 아름다운 사랑의 궤적을 지켜봐온 줄 아냐? 이지, 이지! 수많은 연애 교본(여자끼리 한정)을 독파한 난 영장류를 초월한 연(戀)장류다."

"누군가와 사귄 적은 있──"

"난 실전파라기보다는 이론파거든. 연애만화 한 권도 읽은 적 없는 어린이와는 달리 온갖 패턴을 망라한 경험 풍부한 러브 현자라서."

"닥쳐라, 지고도 억지 부리기 속도 경기에서 대상을 받았을 것 같은 머신건 루저가."

크리스는 기쁜 듯이 미소 지었다.

"뭐냐, 역시 너도 연애 경험이 없나. 변변찮은 멍청이에 어설픈 놈이. 두 번 다시 큰소리치지 마라. 너 같은 연애 약자는 평생 고독하게 살아갈 숙명이다. 나한테 새끼손가락을 잡혀서 내

심 두근거렸지?"

"뭐? 아니, 뭔데? 왜 찌꺼기처럼 덧없는 승기로 우쭐거리는 거지? 당신, 나보다 연상인데 새끼손가락 하나도 못 잡죠? 저기요, 솔직히 말도 안 되는데요(웃음). 미국에선 그게 상식임까(웃음). 헬로, 나이스 투 밋 유, 두 유 노우 러브?(웃음)"

크리스가 힘차게 내 손을 쥐어서 피부의 매끈한 감촉과 온기가 전해져 왔다.

와들와들 입을 떤 크리스는 나를 잡고 있는 자신의 오른손을 응시하고 비틀거리면서 웃었다.

"어, 어떠냐, 꼬맹이가, 너, 너하고는 다르다고⋯⋯!"

"⋯⋯⋯⋯."

"어, 어이, 뭐라 말 좀── 꺅!"

크리스는 자신의 입을 확 막았다.

내가 크리스의 손가락과 손가락 사이에 내 손가락을 얽었기 때문이다. 나는 위장 속에서부터 솟아오르는 구역질을 억누르면서 히죽거리는 얼굴로 새빨개진 그녀를 바라봤다.

"어라? 어라라? 지금 뭔가 귀여운 목소리 안 들렸어? 어디 사는 누가 그렇게 귀여운 목소리를 냈을까? 설마 나이 먹고 연애도 하나도 못 배운 채로 미국에서 돌아온 천재님은 아니겠지?"

"너, 너어어⋯⋯!"

나는 이마가 쪼개지기 전에 그녀한테서 손을 뗐다.

손가락을 얽은 감각을 떨쳐내듯이 오른손을 붕붕 흔들면서 목까지 빨개진 크리스는 거리를 벌렸다.

난 히죽거리면서 양팔을 벌렸다.

"연애약자와 연애강자 판별은 이로써 결론이 난 것 같네~?"

"여, 여기서 나가면 네 머리를 깨부숴서 이웃집에 나눠줄 거다⋯⋯!"

"HEY HEY, DODO. 그렇게 화내지 말라고, 유학파. 무사히 입지가 명백해졌다고. 난 연애, 크리스는 전투. 서로 가르쳐주면서 대책을 강구해 나가도록 하자."

이를 간 크리스는 주먹을 들어 올렸다가 갈 곳을 잃은 주먹을 내렸다.

"조, 좋다. 이 굴욕은 언젠가 살의로 바꿔주지. 일단 받아들이고 강철의 의지로 기분을 풀지."

아직 볼의 발그레해진 기운이 빠지지 않은 크리스가 위로하듯이 자신의 오른손을 쓰다듬으면서 물었다.

"그래서 난 너에게 구체적으로 무엇을 가르치면 되지?"

"그렇네, 우선——"

기척. 돌아보니 황혼의 검은 빛에 물든 마인이 있었다.

"지는 해에 타오르는 사랑스러운 자식의 유치한 장난은 이처럼 아름답구나."

발을 내딛을 때마다 검붉은 발자국을 새기며 양손으로 깍지를 낀 그녀는 우리 앞에 섰다.

"누나의 빨강과 동생의 파랑, 섞이는 양상은 보라. 섞이는 색상은 보색이 될 것인가 반대색이 될 것인가⋯⋯ 아아, 사랑을 주는 어머니의 색 또한 조화되길 원하고 있어!"

"물론이지, 엄마. 셋이서 저녁놀을 공유하고 가족의 팔레트를 만들자."

표정을 굳힌 크리스 옆에서 난 마인에게 웃음 지었다.

페어 레이디는 과장된 움직임으로 깊은 감사를 전했다. 내 그늘에 숨어 역광을 받은 그녀는 어둠에 휩싸인 몸으로 손을 뻗어 크리스의 어깨를 잡았다.

"히이로, 내 아이야, 전 가족이라는 관계를 예찬하고 있어요."

그녀의 백금발 머리카락에 손가락을 통과시키고 황홀해하는 페어 레이디는 말했다.

"결코 서로를 배신하지 않는, 아니 배신할 수 없는 인연이에요. 태어난 순간에 혈연이라는 이름의 저주를 받아 생애를 살아가게 되죠. 부모형제의 속박에서 도망칠 수 있는 사람은 없어요. 아아, 이 얼마나 깊은 사랑과 정인가요."

"놀랍네. 엄마가 사랑과 정이라는 말을 하다니."

난 웃으면서, 미동도 하지 않는 크리스를 봤다.

"그런 건 인간의 전매특허인 줄 알았어."

"아아! 히이로, 나의 길 잃은 아이야, 넌 아직도 수많은 선택지 속에서 몸 둘 바를 모르고 있는 거니!"

스스로에게 기도를 올린 페어 레이디는 윔플 속에 갇힌 어둠 속에서 들여다봤다.

"'인간은 신과 악마 사이에서 부유한다'…… 그건 우리가 틀림없이 인간이라는 뜻이겠지?"

아직도 얼어붙은 크리스는 자신의 허리 근처를 응시하고 있었다.

거기에 무엇이 있는가.

떨리는 손으로 그녀가 무언가를 매만지려고 했고—— 난 페어 레이디의 오른팔을 움켜쥐었다.

"질투 때문에 내 마음이 찢어질 것만 같아, 엄마. 누나만 챙겨주지 마."

"놀아줬으면 해?"

난 아래에서 들여다보는 페어 레이디에게 활짝 웃으며 대답했다.

"아니, 내가 놀아주는 거야."

눈 깜짝할 사이에 풍경이 빨려 들어갔다.

바닷물이 빠지고 저녁 하늘이 사라지고 모래사장이 접힌 후에 허공으로 끌려 들어갔다.

공간에 생긴 큰 구멍에서 관람차, 회전목마, 공중그네에 커피컵이 차례차례 튀어나왔다. 거대한 붓이 하늘을 까맣게 색칠하고 날아온 색연필이 달을 그리고 허공의 볼륨 조절기가 돌아가자마자 환성이 밀려들었다.

선명한 라이트가 흔들리고 날아가는 풍선이 보였다.

홀연히 나타난 사람 없는 놀이공원. 율리우스 푸치크의 '검투사의 입장'이 흐르고, 반투명한 인영이 놀이공원 안으로 입장해 갔다.

페어 레이디는 크리스에게서 손을 뗐고, 제정신으로 돌아온 그녀는 주변을 둘러봤다.

"……뮤, 뮤르는?"

역시 환각을 보고 있었나.

난 그녀에게 몸을 가까이 붙이고 귓가에 살짝 속삭였다.

"정신 차려, 크리스. 뮤르는 여기에 없어. 우린 페어 레이디의 정신세계 속에 있어. 알겠어?"

"어, 어어, 그랬지."

그녀는 빙긋 웃었다.

"우린 가족 다 같이 놀이공원에 놀러 온 거였지."

나도 모르게 페어 레이디가 있는 쪽을 돌아봤다.

희열을 띤 마인은 검지를 입술에 대고 고개를 갸웃거리고 있었다.

"아니. 넌 크리스에서 아이즈벨트다. 이제 겨우 진정한 의미로 뮤르랑 자매가 될 수 있을 것 같잖아. 이런 곳에서 마인 따위에게 현혹당——"

쿵 하고 허리에 뭔가가 부딪쳐 충격이 전해졌다.

내려다본 곳에는 백금발을 가진 작은 여자 아이가 있었다. 낯익은 얼굴을 가진 그녀는 적의를 드러내며 날 째려봤다.

"언니 괴롭히지 마!"

그 순간 이해했다.

이 썩을 마인. 정합성을 버리고 등장인물을 늘렸군. 크리스의 기억으로 과거의 뮤르를 만들어냈다.

"뮤르, 괜찮아. 히이로는 내 동생이니까."

크리스는 조그마한 뮤르를 안아 올렸다. 찌푸린 얼굴만 보여줬던 그녀는 지금까지 보여준 적 없던 환한 웃음을 짓고 있었다.

왜 페어 레이디가 가족이라는 설정을 골랐는지 알았다. 그게 바로 크리스가 진심으로 바라던 소원. 이 급소를 찌르면 간단히 농락할 수 있다고 생각했기 때문이다.

"가족…… 가족, 그래…… 나와 뮤르는, 원래부터 사이좋은 자매였어…… 아이즈벨트가…… 아니야…… 우린 처음부터 사이가 좋았어…… 왜 다가가면 안 되는 거야…… 같이 놀면 혼나는 거야…… 실패작이 뭐야…… 왜 뮤르에겐 장난감을 안 주는 거야……."

크리스는 공허한 눈으로 소곤소곤 속삭였다.

뮤르의 모습을 한 환상은 씨익 웃고 매달리듯이 크리스의 손을 쥐었다.

"언니, 이런 남자는 내버려 두고 같이 놀——"

난 뮤르의 배에 앞차기를 박아 넣고—— 숨이 멎은 그녀와 눈을 맞췄다.

"제1형——."

바로 두 번째 공격을 옆구리에 때려 박았다.

"남녀노소 무차별권!"

맹렬한 기세로 날아간 작은 몸을 따라잡아, 떠오른 그녀의 등을 깍지 낀 양손으로 내리쳤다.

"제2형, 바람 방지 조치!"

땅에 내동댕이 친 뮤르의 안면을 걷어차자 코피를 뿜은 그녀는 엉엉 울기 시작했다. 주머니에 양손을 찔러 넣은 나는 그녀의 우는 얼굴에 침을 뱉었다.

"두 번 다시 오지 마라, 삼류! 내 여자한테 손대고 말이야, 각 오는 돼 있겠지!"

표정이 바뀐 크리스가 나와 뮤르 사이에 끼어들었다.

"히, 히이로, 너 제정신이냐?! 기술 이름까지 정해진 아동학 대 콤보를 선보이다니?!"

"제정신이 아닌 건 너잖아."

난 양팔을 벌리고 막아선 크리스에게 속삭였다.

"네가 지키고 싶었던 건 거기서 엉엉 울고 있는 건방진 꼬맹 이냐? 어? 착각하지 말라고, 크리스 에세 아이즈벨트. 온몸으로 화살을 맞으면서도 지키고 싶었던 건 네 소중한 동생이 아니냐. 이런 곳에서 날조된 추억을 지켜서 어쩌자는 거냐?"

"나, 날조…… 무, 무슨 소릴……."

혼탁한 의식.

스위트 슬리피에 의해 착란에 빠진 크리스는 어린 시절의 뮤 르에게 의문을 가지지도 않았다. 그녀의 사고는 적당한 거짓으 로 교란당해 어떤 허구라도 받아들이는 밑바탕이 만들어져 있 었다.

"넌 내 연인이잖아?"

그래서 난 웃는 얼굴로 거짓을 불어넣었다.

"여, 연인……? 내, 내가, 너의 연인……?"

페어 레이디의 웃음 띤 가면에 금이 가고 여유를 띤 미소가 사 라졌다.

혀를 내민 난 마인에게 중지를 세우고 보란 듯이 크리스를 끌어안았다.

당황하면서도 빨개진 얼굴을 숙인 크리스는 포옹을 받아들였다. 난 혼신의 히죽거리는 얼굴로 마인을 도발했다.

"어, 언니, 그런 빌어먹을 남자의 허언을 믿어서는 안 돼요!"

"이봐 이봐, 낑낑대면서 짖지 말라고 패배자. 크리스는 날 선택했다. 빨리 집으로 돌아가서 울면서 호○맨 재방송이라도 보라고."

마인을 응시한 나는 실실 웃으면서 크리스의 볼을 핥는 흉내를 냈다. 완벽하게 산죠 히이로다운 행동을 보여주며, 미동도 하지 않는 마인에게 도발을 반복했다.

"꼬시는 걸로 나한테 이길 수 있을 줄 알았냐?"

난 웃었다.

"너하고 난 수준이 다르다고. 미안하지만 난."

난 크리스를 끌어안은 채로 정면으로 마인에게 도전장을 던졌다.

"백합 게임 사상 최악의 저질 썩을놈이다."

와이어가 내 목에 감기고, 예리한 날이 빨간 선을 그렸다.

어두운 밤에 떠오르는 사선(死線).

돌아가는 관람차를 배경으로 광채를 받은 와이어가 반짝이고, 꿈과 환상에 불과한 세상을 장악하는 마인의 그림자가 땅에 드리웠다.

역십자.

눈부신 빛을 받으며 양팔을 옆으로 펼친 마인의 그림자는 뒤집힌 십자가를 그리고 있었다.

그녀는 천천히 얼굴을 들었다.

몇 겹이나 쳐진 빛나는 와이어 너머에, 어두운 밤보다도 짙은 흑점이 두 개 있었다.

나는 나를 노려보는 마인 앞에서 미소를 지었다.

"부탁이니까 죽지 마, 엄마. 엄마는 훌륭한 사람이고 선택받은 존재이고 누구에게도 뒤떨어지지 않는 주역이니까. 나 따위를 위협이라 여기고 이런 곳에서 죽거나 하진 않겠지?"

움직이지 않는 마인을 앞에 두고 난 계속해서 입을 움직였다.

"알아, 여기서 날 지우는 건 간단하다는 걸. 난 엄마를 이해하고 있으니까. 하지만 이런 어중간한 때에 날 정신세계에서 없애거나 하면 드라마성은 영원히 상실돼. 그런 시시한 결말은 위대한 엄마에겐 어울리지 않아."

내게서 이어진 빨간 피가 마인의 열 손가락을 물들였다.

"이봐, 주인공."

깊이 파고드는 와이어, 순환하는 검붉은 액체를 흘리면서 난 마인에게 웃음을 지었다.

"드라마틱하게 서로 죽고 죽이자고."

휭.

바람을 가르는 소리와 함께 와이어가 돌아갔고, 여유와 웃음을 되찾은 페어 레이디는 기도하는 자세를 취하고 날 관찰했다.

"아들의 반항을 용서해주는 것도 인자한 어머니가 안는 책무겠죠. 히이로, 당신이 절 이해하고 있듯이, 저도 당신을 이해하고 있다는 걸 잊어선 안 돼요. 찬장에서 치즈를 훔쳐 먹는 쥐는 끓는 물에 넣어서 걸쭉하게 녹을 때까지 푹 삶아버리니까요. 그때는 마치 희극처럼 웃어드리죠."

"슬랩스틱 코미디라면 그 쥐가 잡힐 일은 없는데."

어깨를 톡톡 치자 멍하니 있던 크리스는 정신을 차렸다.

"산죠…… 히이로…… 여긴…… 너, 어떻게 된 거냐, 그 상처는……?"

"카툰에 나오는 고양이한테 잔소리 듣고 있었어. 가자, 가족 다 같이 놀이공원에 가는 거다."

환상에 빠져있던 누나는 사라진 동생의 흔적을 찾는 것처럼 눈을 깜빡였다.

마인과 인간 가족은 놀이공원에서 열심히 가족 놀이를 하고 녹초가 된 후에 집으로 돌아갔다.

＊

에스코에는 합체 기술이라는 시스템이 존재한다.

파티 안에서 특정 캐릭터끼리 편성했을 때 상호작용이 발생하거나 호감도가 상승하거나 하는 경우가 있다.

그 호감도가 일정 이상으로 높아졌을 때 해방되는 게 '합체 기술'이다.

서브 히로인, 서브 캐릭터와의 상호작용 패턴 수는 평범하게 플레이하면 망라할 수 없을 정도로 다양하다. 합체 기술도 미움받는 산죠 히이로도 포함해서 거의 모든 조합으로 준비되어 있었다.

합체 기술 발생 시에는 여자아이와 여자아이가 서로 바라보고 있거나 서로 손을 맞잡고 있거나 키스하는 등의 CG가 컷인 된다.

아무래도 서브 히로인끼리나 서브 캐릭터끼리 쓰는 합체 기술에는 전용 CG가 준비되어 있거나 하진 않지만.

주인공·메인 히로인·서브 히로인·서브 캐릭터 사이의 합체 기술에는 전부 CG가 갖춰져 있다(제정신이라 할 수 없다).

산죠 히이로 같은 경우에는 능욕 게임 같은 비열한 얼굴을 한 히이로와 얼굴을 붉힌 히로인이 나란히 나와서 그 심한 추악함에 CG 컴플리트를 못한 플레이어도 많다(히이로 관련 CG는 회수하지 않아도 CG회수율은 100%가 된다).

원작 게임상의 합체 기술은 필살의 일격 취급을 받고, 마인전에서는 특히 비할 데 없는 강력함을 자랑한다.

마인은 '인간을 모방한 복제품이라 사랑을 이해하지 못한다'는 설정을 가지고 있기 때문에 합체 기술에는 마인 특효 효과가 부여되기 때문이다.

결점다운 결점이라면 나름대로 시간을 써서 호감도 벌이가 필요하다는 점, 턴 경과에 따른 볼티지 상승 후가 아니면 발동할 수 없다는 점, 소비 마력이 방대해서 초반엔 일단 쓸 수 없다는 점이다.

이 합체 기술은 나에겐 필요 없는 것이라 생각하고 있었다.

히로인의 호감도를 올리는 것이 백합을 파괴하는 것으로 이어질지도 모르기 때문이다.

하지만 이 스위트 슬리피 세계라면 상대의 호감도 상승을 신경 쓸 필요는 없다.

원작 게임대로라면 이 세계에서 일어난 일은 전부 없었던 일이 되기 때문이다.

나와 크리스가 서로를 연인 사이라 믿어도 눈을 뜨면 관계는 원래대로 돌아간다.

내가 크리스를 사랑하고 크리스가 나를 사랑해도 덧없는 꿈으로 사라지니 문제없다.

나와 크리스의 인연으로 합체 기술을 습득해 사랑의 힘으로 마인을 타도하면, 우리는 원하는 관계를 되찾을 수 있다.

그렇기에 페어 레이디 토벌에 필수인 '합체 기술 습득'을 목표로 놀이공원에서의 가족 놀이를 끝낸 다음 날부터 단련에 힘쓰려고 했는데──

"당연히 안 되지! 웃기지 마라, 빌어먹을 놈, 멍청이, 죽어라! 죽어죽어죽어죽어죽어! 두 번 다시 나한테 말 걸지 마라! 뭐가 연습이냐, 이 짐승이!"

연습 내용을 말하자마자 심하게 매도당했다.

"위급하니까 어쩔 수 없잖아. 각오를 다지고 러브 쪽쪽 하자. 마력 공유화에는 접촉이 필수니까."

지금 내가 크리스와 임하고 있는 건 '마력 공유화'다.

딱히 특별한 일도 아니다. 평소부터 마법을 사용할 때도 하는 일이다. 예를 들면 마법을 발동할 때 마법사는 매직 디바이스와 마력 공유화를 한다.

구축한 마력선과 매직 디바이스의 도선을 접속함으로써 육체와 매직 디바이스의 마력을 공유화해, mpps를 기준으로 한 마력 유입·유출을 반복하는 것이다.

이 마력 공유화는 인간끼리도 할 수 있고 매직 디바이스끼리도 할 수 있다.

이 절차는 마법사 사이에서 '동기'라 불린다.

마법사의 최대 마력에 따라 다르지만 마법사의 마력선을 중개해서 복수의 매직 디바이스의 도선을 연결해 매직 디바이스끼리 동기해 액티브 슬롯의 수를 늘리거나 하는 일도 가능하다.

인간끼리 동기하면 서로의 마력을 나눠줄 수도 있고, 매직 디바이스에 세팅된 콘솔 공유화도 할 수 있다.

각 개인이 가진 마력은 비슷한 듯하면서 미묘하게 달라서 마력 공유화에는 마력 ↔ 전기 변환과 마찬가지로 변환을 필요로 한다.

각 개인별 특성을 서로 파악하는 데 요령이 필요하기 때문에 팔찌 같은 컨버터도 존재한다. 보조기 없이 하는 마력 공유 난이도는 높은 것으로 알려져 있다.

인간끼리 하는 경우, 서로의 마력선을 연결해야만 하는데 마력선은 체표와 체내에 구축되기 때문에 육체적인 접촉은 피할 수가 없다.

혈통이 있는 가족이나 친척 같은 경우에는 마력선이 비슷한

케이스가 많아서 비교적 안전하게 일을 진행할 수 있다고 하는데, 나와 크리스 같은 타인이라면 마력선 개수를 많이 해서 접촉 면적을 늘려야 사고율이 내려간다.

지금까지 이야기한 이론을 고려하면, 나의 '일단 끌어안자'는 제안은 핵심을 찌르고 있다. 그럼에도 불구하고 빌어먹을 골수 연애 허접 걸은 단호하게 거부하는 자세를 취했다.

"이, 이 어리석은 놈이! 흔한 계집이랑 같은 취급하지 마라! 난 크리스 에세 아이즈벨트! 아이즈벨트가의 차녀이고, 나, 나와 똑바로 접촉한 여자는 없단 말이다!"

"그래서?"

"그, 그래서…… 거, 거절한다……."

평소의 고압적인 태도는 어디로 갔는지.

익숙하지 않은 분야에서 공격당하면 매도나 반론에 날카로움이 사라져버리는 것 같다.

"천재라고 극찬을 받은 마법사라면 알잖아? 원래라면 직접 맨살로 해야 하는 걸, 방해되는 옷을 통해 하자고 말하고 있다고. 제멋대로인 공주님 같은 태도는 충분히 만끽했으니까 말 잘 듣는 강아지처럼 뛰어들어."

내가 팔을 벌리자 '아아'라거나 '으으'라고 신음하면서 시선을 이리저리 돌린 크리스는 작게 중얼거렸다.

"도, 동기 따위는 필요 없다……내, 내 힘이 있으면, 그런 녀석은……."

"현재 상황을 돌아봐라. 나 혼자서는 절대로 페어 레이디에겐 이길 수 없어. 네가 열쇠라고, 크리스. 승리의 여신을 얻어 개선문을 열기 위해, 페어 레이디는 네 약점을 치기 위한 가족 놀이를 시작했어."

나와 크리스의 종합적인 힘을 비교하면 일목요연하게 크리스가 뛰어나다. 아주 유감스럽게도 크리스 장악을 우선한 페어 레이디의 판단은 옳다. 실제로 난 크리스를 빼앗기면 진다.

"자, 와라."

난 다시 크리스를 불렀다.

계속 망설이던 그녀는 신중한 고양이처럼 조금 다가왔다가 떨어졌다를 반복했고, 겨우 내 품에 온몸을 맡겼다.

""………….""

닿을까 말까 한 거리.

크리스는 내 가슴에 양손을 대고 있었고, 그녀의 하얀 목덜미가 보였다.

원래라면 그녀의 여윈 몸이 남자의 품 안에 들어올 일은 없었다. 사랑하는 동생을 품 안에 들여야 하는데── 심장에 굉장한 격통이 일었다.

"큭…… 오…… 오옥…… 윽!"

아, 안 된다. 새, 생각하지 마라……! 이, 이 세상에선 자기 확립은 이미지에 좌우된다……! 마, 만약 진심으로 '죽고 싶다'고 생각하면 내 의식은 남김없이 완전히 삭제된다……!

"………."

말없이 몸을 맡긴 크리스는 내 가슴에 귀를 댔다.

투명한 백금발에서 나와 같은 샴푸 향기가 감돌았다. 바짝 다가온 허벅지와 허벅지가 살짝 붙었다가 떨어졌다. 가슴팍 부근에 부드러운 살의 느낌을 느꼈다. 새어나온 숨결이 목덜미를 간질이고 열로 바뀌었다.

작은 어깨를 안은 순간 그녀는 온몸을 움찔 떨었고, 목덜미가 분홍빛으로 물들어 갔다.

꼬옥, 그녀를 안았다.

"······아, 아파."

"어, 아, 죄, 죄송합니다."

천천히 힘을 빼자 그녀는 무뚝뚝하게 속삭였다.

"······서툴러."

시야가── 일그러졌다.

뭐, 뭔가, 모, 목소리 톤이, 평소랑 다르지 않아······? 왜, 왜 그런 어리광 부리는 것 같은 목소리로······ 아, 아니, 이, 이건 좋은 거지······? 나, 나는 크리스를 좋아해야만 하고······ 크리스는 날 좋아해야만 하고······ 하, 하지만 난 백합을 지켜야 하고······ 자, 자아가······ 비, 비틀린다······! 부, 붕괴된다······!

"리, 리드는."

내 가슴팍에 기대 얼굴을 숨기고 있는 크리스는 속삭였다.

"누, 누가 할 거야······ 빨리 해줘······ 해······."

"그, 그럼 외람되지만 본인이."

스스로도 무슨 말을 하고 있는지 모르는 채로 마력선을 구축해 그녀의 마력선과 접속했다.

"…………아."

작은 목소리가 나와 크리스는 양손으로 자신의 입을 홱 막았다.

얼굴이 새빨간 그녀는 날 아래에서 쌔려봤다.

"드, 듣지 마……!"

"손님, 그렇게 직접적으로 클레임을 거셔도. 양손이 막혀있어서 귀를 막는 건 물리적으로 불가능합니다, 손님."

"그럼 내가 막는다!"

크리스는 양손으로 내 귀를 막았다.

몸이 앞으로 기울어 아까보다 밀착률이 더 올랐지만 필사적인 그녀는 알아차리지 못한 듯했다.

수십 분을 들여 천천히 마력선을 연결해 갔다.

나와 크리스의 마력선은 폭과 굵기와 윤곽, 질이 전혀 달랐다. 최선의 상태로 접속할 수 있도록 서로 양보해서 마력선을 재구축해나갈 필요가 있었다.

"어, 어이, 뭐냐, 이 황당한 마력선은? 너, 어떻게 지금까지 살아올 수 있었던 거냐?"

편리한 마인 기관(알스하리야 시스템)이 그 부분은 커버해주고 있어서요.

내 안에서 뭔가가 몸을 조금씩 움직이고 있다. 아마 크리스의 마력을 받아들인 것에 대한 알스하리야의 항의였을 것이다.

무시하고 우린 마력 공유를 계속했다.

"마력선 연결 방법이 달라! 마력을 그렇게 한 번에 흘려 넣지 마라! mpps를 의식하라고 말하고 있잖아! 내가 아니었으면 공유 상대는 파열돼서 주위 일대가 피바다가 됐을 거다! 정신 똑바로 차려라, 멍청한 놈!"

"죄, 죄송합니다……."

평소엔 상냥한 스승님(아스테밀)에게 지도를 받고 있어서인지 크리스의 거친 지도는 꽤나 신선했다.

스승님은 상냥해서 '만약 다른 대륙에 도착하면 제 공적이 글로벌해지겠네요'라고 말하면서 제자를 태평양 한가운데에 내버려 두고 갈 정도다. 그렇게 보면 그 뇌에 근육이 들어찬 썩을 고릴라보다 크리스가 1억 배는 더 상냥하네. 하지만 그런 스승님이 좋아.

5시간 후. 나와 크리스는 땀투성이가 되어서 숨을 헐떡이며 겨우 떨어졌다.

난 그 자리에 철퍼덕 엉덩방아를 찧었다.

"주, 죽겠네…… 흘린 땀으로 강이 생겨서 신화가 되겠어……."

퍽 걷어차였다.

"뭐 하는 거냐, 뛸 거다. 빨리 손잡아라. 겨우 똑바로 마력선을 연결했으니 그 감각을 잊기 전에 동기했을 때의 운동 성능도 확인해둬야지. 자, 일어서라."

손을 잡아끌린 나는 울먹이면서 고개를 저었다.

"싫어~! 손목 소매치기야~! 싫어~!"

"'싫어~!'가 아니라고! 네 추레한 손목 따위를 누가 가지고 싶겠냐! 괜찮은 거냐, 여기서 마음이 꺾이면 뮤르와 모두를 구할 수 없——"

"갈까(벌떡)."

"…………."

크리스와 손을 잡고 모래사장을 달리기 시작했다. 그 모습을 구경하고 있는 페어 레이디는 즐거운 듯이 엷은 웃음을 띠고 있었다.

마인의 정신세계에 사로잡힌 지—— 한 달이 지났다.

파도치는 물가에서 모래 알갱이가 소리를 냈다.

새하얀 서머 원피스를 입은 크리스는 비치 샌들을 손가락에 걸고 나부끼는 머리카락을 누르면서 돌아봤다.

"히이로."

치맛자락이 꿈을 꾸듯이 둥실 휘날렸다.

햇빛에 비쳐 보이는 옷감을 통해 그녀의 맨다리가 드러났다. 머리칼이 조금 길어진 그녀는 기쁜 듯이 손을 흔들었다.

반응하지 않고 있으니 그녀는 천천히 다가왔다.

남겨진 모래사장의 발자국은 밀려오는 파도에 저항하지 못하고 사라져 그녀의 흔적을 가져갔다.

"히이로, 머리카락."

크리스는 바람에 곤두선 내 머리카락을 쓰다듬어 정돈하더니, 미소를 띤 채로 다가왔다.

"이제 슬슬 스스로 머리를 정돈해야지? 요즘 나한테 맡기기만 하고. 단정하지 못한 것도 정도가 있지."

그녀는 자연스럽게 내 팔을 안고 놀리듯이 웃음 지었다.

"계속 나한테 시킬 생각인가?"

"아니, 슬슬 끝내자."

단언하자 그녀의 눈빛이 바뀌었다.

"내일, 페어 레이디와 결판을 낸다."

튕겨 나가듯이 일어선 크리스는 눈빛이 흔들리며 망설임을 보였다. 그 표정은 '왜 그런 말을 하는 거야'라며 의문을 제기하고 있었고, 발은 거절하듯이 뒷걸음질 쳤다.

"크리스. 처음부터 그렇게 얘기했을 거야. 한 달 남짓으로 나와 너의 마력 공유는 완료됐어. 페어 레이디를 쓰러뜨리고 꿈과 환상의 세계와 작별할 준비가 된 거야. 나와 너의 관계도 원래대로 돌아가고 뮤르와 모두와도 재회할 수 있어. 해피엔딩이야, 그렇지?"

손을 내민 채로 미소를 짓자 그녀는 천천히 고개를 저었다.

"아니야…… 아니야, 히이로…… 나의 해피 엔딩은, 여기에밖에 없어…… 돌아가면…… 히이로는 한 달간의 일을 잊어버리잖아…… 그리고…… 뮤르랑…… 그 애랑 가족이 될 수 있을 것 같지가 않아…… 심한 짓을 많이 했어…… 이제 와서 무슨 낯으로……."

어째서 크리스가 기억이 사라지는 걸 알── 페어 레이디인가.

난 혀를 차고 한 걸음 내딛었다.

"크리스."

더 다가가자 그녀는 고개를 저으면서 물러났다.

"시, 싫어…… 난…… 싫어……! 여기서, 히이로랑 같이 있고 싫어…… 가족을…… 가족을 원해…… 심한 짓을 하지 않는 가족을…… 심한 짓을 하지 않아도 되는 가족을…… 히, 히이로는, 날 구해주지 않는 거야……?"

대답하려고 하지 않는 날 보고 눈물을 흘리는 크리스는 호소했다.

"싫어! 싫어, 싫다고! 난 여기서만 행복해질 수 있어! 아이즈벨트가의 저주에 얽매이고 싶지 않아! 더는 원래의 자신으로 돌아가고 싶지 않아! 아무도, 아무도, 날 구할 수 없어! 여기밖에 없어! 너랑 여기에 있는 수밖에 없어!"

"뮤르가 있어. 너에겐 뮤르가 있잖아."

"걔가…… 걔가 뭘 할 수 있지…… 작고 약한 걔가 무엇을……?!"

"그 작고 약한 아이에게 넌 구원받았을 거야. 그리고──."

크리스는 천천히 눈을 크게 떴다.

"그 아이를 구할 수 있는 건 너뿐이야."

크게 뜬 눈에서 의심이 소용돌이치고── 눈물이 떨어졌다.

"가족이잖아. 놀이가 아니라, 진짜 가족이잖아. 나 같은 거랑 놀지 말고 슬슬 걱정하는 동생에게 돌아가자?"

"거절할게."

그녀는 맨발인 채로 나에게서 멀어졌다.

"나, 난 싸우지 않아. 그러니 너도 포기해줘. 부, 부탁이야, 같이 여기에 남자. 히이로, 부탁이니까. 그, 그렇게 하면 반드시 내가 널 행복하게 만들어 보일 테니까."

"크리스. 네 매직 디바이스. 그 지팡이, 뮤르랑 똑같은 거라면서?"

비치 샌들을 쥐고 노려보는 그녀의 시선에 나에게 박혔다.

"그게 뭐?"

"왜 마법을 못 쓰는 걔가 그 지팡이를 가지고 다닌다고 생각해?"

똑바로 바라보던 시선이 헤매듯이 돌아갔다.

"걔는 항상 나한테 말했어. '네가 언니에게 대적할 수 있을 리가 없다'던가 '언니는 대단하다'던가. 언니, 언니 언니라면서…… 그 아이의 동경의 대상은, 멋진 영웅은, 아이즈벨트가에 얽매여 있는 뮤르의 단 하나의 희망은——."

난 떨리는 팔을 잡고 빨개진 눈을 돌린 그녀에게 속삭였다.

"단 한 명의 언니인 너 아냐?"

"……시끄러."

"지키기 위해 여기에 왔잖아. 되찾고 싶은 거 아냐? 네 혼을. 네 신념을. 네 소중한 것을. 이런 곳에서——."

"시끄러."

난 그녀를 바라봤다.

"언제까지 가만히 서 있을 생각이지, 크리스 에세 아이즈벨트."

"시끄러 시끄러 시끄러! 닥쳐어어어어어어어어어어어어어어어어어!"

절규하며 숨을 거칠게 쉰 크리스는 눈물로 촉촉해진 두 눈으로 나를 째려봤다.

"넌…… 너만큼은, 이해해줄 거라 생각했는데……! 결국 배신하는 건가…… 그, 그런 짓까지 했으면서…… 책임지지 않고 도망치는 건가……!"

심장이 쿵 뛰었고, 난 엉뚱한 방향으로 시선을 돌렸다.

"무, 무무무무슨 소리 하는 거야?! 그, 그그그그그건 사, 사사사사사고 같은 거잖아?! 그, 그그그그그리고 매, 맨 처음 손댄 건 크, 크리스잖아?!"

"뭐, 뭐어?!"

얼굴을 새빨갛게 물들인 크리스는 모래를 쥐어 나에게 던졌다.

"네, 네가 버림받은 개처럼 보니까! 그, 그래서 받아줬을 뿐이잖아! 비겁한 놈! 채, 책임져라!"

"너, 너, 내가 어떤 마음으로 한 달을 지내왔는지 알ㅡ 아야! 그만, 모래는 그렇다 쳐도 돌은 던지지 마! 피 나요! 엄청 아파!"

"죽어죽어죽어죽어!"

크리스는 모래와 돌과 조개껍데기 등을 던지며 헉헉 숨을 거칠게 쉬면서 외쳤다.

"겁쟁이! 계속 기다리고 있었는데! 그 이후로 아무것도 안 한 겁쟁이가! 선을 넘을 배짱도 없는 거냐!"

"제, 제 입장에서는 죽을 것 같은 마음으로 그렇게까지 한 건데요?!"

"남녀관계라면 그런 건 시작이고 그 이상도 있잖아?! 그 정도로 뭐가 선을 넘은 거냐! 나, 날 바보 취급하고 있어!"

"아니 그치만…… 그, 그 이상은…….."

"결국!"

울면서 자신의 가슴을 움켜쥔 크리스는 소리쳤다.

"결국, 너한테는 나보다 소중한 게 있었던 거지?! 그, 그래서 선을 넘지 않았어! 참았으면서! 바보, 멍청이, 꼴통! 넌 착하니까! 이 꿈이 깬다는 걸 알고 있어도 내 마음을 지배하는 방법은 쓰지 않았지! 연애 경험이 없는 계집 따위는 그런 짓을 하면 간단히 농락할 수 있었는데! 이 어수룩한 놈! 마지막까지 철저하게 날 아끼고 자빠졌어! 죽어죽어죽어!"

크리스의 손가락 틈에서 쥐지 못한 모래알이 스르륵 떨어져 갔다.

눈물을 뚝뚝 흘리면서 그녀는 오열하며 얼굴을 찌푸렸다.

"꾸, 꿈이라도 좋으니까…… 곁에 있어줘……."

"……미안해."

스스로도 심한 짓을 하고 있다고 자각하면서도 난 웃는 것밖에 할 수 없었다.

"난 백합을 수호하는 자야."

모든 모래알을 떨어뜨리고 나에게 등을 돌린 크리스는 걸어서 떠나갔다.

교대역으로 마인이 모습을 드러내고, 차례를 기다리던 여배우처럼 계산된 발걸음으로 다가왔다.

"아아! 이처럼 비극은 일어났다! 셰익스피어의 줄거리에 비하면 엉성하고 치졸하긴 하지만 그건 틀림없는 인간의 사랑! 주역인 남녀는 추악하고 우둔하여, 시시한 멜로드라마를 일으킨다! 하지만 이 썩어빠진 스토리도 페어 레이디가 나타나면 구원받겠죠!"

계산된 카메라 워크로 우는 얼굴을 연출한 페어 레이디는 양손을 맞잡고 기도를 올렸다.

"아아, 부디 비극의 눈물을 흘리며 풀 죽지 마! 세상의 중심에서 반짝이는 기라성이 당신들을 구하기 위해 강림했어요!"

"네네, 강림 수고하셨습니다."

모래사장에 주저앉은 나는 바다에 돌을 던졌고, 페어 레이디는 그 옆에 가만히 서 있었다.

난 천천히 입을 열었다.

"이렇게 될 줄 알아서 나랑 크리스가 친해지는 걸 막지 않은 건가. 아무것도 안 하니까 뭔가 있을 거라 생각하긴 했어."

"그 말대로예요, 무력함에 의욕을 잃은 양치기여! 당신들 연약한 인간은 저 같은 완벽한 존재와는 달리 너무나도 취약하고 추해요! 그저 옆으로 빠져서 주역의 등장을 애타게 기다리는 수밖에 없어요!"

"그래서, 그 주역은 어떤 각본과 연기로 우릴 즐겁게 해주는 거지?"

"물론 구원해드리죠."

그녀는 추악하게 웃는 얼굴로 날 들여다봤다.

"크리스 에세 아이즈벨트는 어떤 악역으로 인해 최악의 양자택일을 강요당한다. 연인인가 동생인가. 그녀에게 다가오는 비극의 양자택일, 선택에 따라서는 당신이 죽어줘야겠어요. 괜찮아요. 그 비극엔 바로 제가 함께할 테니까요. 큭, 으읏!"

페어 레이디는 괴로운 듯이 가슴을 움켜쥐고 통곡했다.

"큭…… 크흐흑…… 어, 어쩜 이렇게 심한 짓을…… 연인이나 동생, 한쪽밖에 못 구하다니…… 요, 용서할 수 없어…… 후훗…… 정말 불쌍한 크리스…… 괜찮아…… 제가 차분히 시간을 들여서…… 다가오는 불행으로부터 구원해주죠……."

"한창 즐거운 와중에 미안한데."

"아아, 이 얼마나 감미로운가! 내 팔에 안기는 비극이여! 구원의 목소리를 높여라!"

"너, 내일이면 사라질 거거든?"

딱. 웃음소리가 멎고, 페어 레이디는 완만한 움직임으로 고개를 들었다.

마인의 얼굴에 새까만 그림자가 드리웠다. 거기엔 인간답지 않은 허무가 숨어있었다. 순흑색 동굴이 열리고, 그 검은 동굴에서 목소리가 기어 나왔다.

"지금 뭐라고?"

"조연의 대사는 못 들었냐."

나는 페어 레이디의 볼에 손을 대고 손끝으로 쓰다듬으면서 속삭였다.

"내일 넌 사라진다고. 네 썩은 뇌로도 이해할 수 있게 말하자면──."

난 동정하는 표정을 짓고 마인에게 속삭였다.

"자기가 준비한 무대에서 자기를 지울 준비는 됐냐── 자작극쟁이."

내가 만지고 있는 볼과는 반대쪽.

마치 마주 보는 연인처럼 마인의 손끝이 내 볼을 쓰다듬었다.

"크리스 에세 아이즈벨트는 오지 않아…… 사라지는 건 당신이라구요? 산죠 히이로."

"아아, 그런가, 넌 이해하지 못하는 건가."

서로 웃으면서 난 마인과 마주 봤다.

"난 크리스를 믿어. 그래서 네가 지는 거야."

"흐힛…… 히힛…… 이히힛……!"

페어 레이디는 웃으면서 손뼉을 치고 한 손으로 내 목을 졸랐다.

"아둔한 원숭이 대가리. 그 볼품없는 뇌는 희극의 뇌즙으로 채워져 있는 것 같아. 그 인간의 마음은 꺾였어. 다, 당신은, 히힛, 버, 버림받은 거예요. 해, 행복에 저항할 수 있는 인간은 없어. 아, 아아, 부, 불쌍해! 불쌍해불쌍해불쌍해!"

난 양손으로 목을 졸리면서 그녀에게 미소 지었다.

"불쌍하게 말이야, 넌 자기밖에 못 믿지? 그래서 항상 자기 계획대로밖에 못 움직이지. 재롱잔치 무대 한가운데서 더럽게 재미없는 각본대로 구세주를 연기하고 이히이히 웃으면서 자기 손으로 행복과 불행을 뒤집는 것밖에 못하지. 그러니 말이다, 마인, 불쌍한 너한테 가르쳐줄게."

난 정면에서 활짝 웃음을 지었다.

"네 각본에는 없는— 패배라는 것을."

인간과 마인은 그저 서로를 불쌍히 여겼고—— 다음 날을 맞이했다.

제한 시간이 다가온다.

마인과의 결전의 막이 오르기까지 30분도 남지 않았다.

낙예의 페어 레이디는 인간 따위에게 패배한다는 생각은 조금도 하지 않았다. 행복과 평온으로 마음을 꺾은 크리스가 무대 위에는 올라오지 않을 거라 믿고 있었다.

내가 '승부는 내일 내자'고 제안하면 페어 레이디는 기꺼이 그 제안을 받아들일 것이다. 아무 일도 없었다는 듯이 가짜 태양이 떠오르고 가족 놀이가 재개될 것이다.

그렇게 되면 끝이다.

내 정신력이 아무리 세다 하더라도 현기증 나는 행복의 세계로 타락하게 된다.

아무래도 절대 백합 영역에 의한 정신 오염 가드도 한계이니 말이다. 그만한 미소녀와 한 달이나 연인으로 있으면서 용케 참았다고 스스로를 칭찬해주고 싶다.

페어 레이디는 인간의 심리를 잘 이해하고 있다.

정확하게 말하자면 인간의 취약함을 자극하는 것에 뛰어나다.

요 한 달 동안 페어 레이디는 참견하기는 해도 로미오와 줄리엣 사이에 찬물을 끼얹지는 않았다.

생각해보면 그건 페어 레이디가 깔아놓은 계략, 숨겨둔 권모술수 중 하나.

페어 레이디 입장에서 보면 나와 크리스가 함께 싸우는 경우를 피할 수 있으면 그걸로 충분하다. 가족 놀이든 연인 놀이든, 그 관계를 지정할 필요는 없었다.

실제로 저 마인의 의도대로 크리스는 나와의 연인 관계를 고집하고 있다.

아니, 의존이라 바꿔 말해도 될지도 모른다.

어릴 때부터 다른 사람에게 의지하지도 매달리지도 않고 혼자 살아온 그녀에게 신뢰할 수 있는 상대가 주는 사랑은 분명 너무나도 감미로웠을 것이다.

요 한 달간.

난 내 나름대로 크리스를 사랑해왔다고 생각했지만, 시간이 지나면 지날수록 그녀가 돌려주는 사랑은 갑절로 커져갔다.

그녀는 이 관계에 흠뻑 빠져들어 갔다.

뮤르 루트에서의 뮤르도 그렇지만, 아이즈벨트가 사람은 선을 넘은 상대에게는 어리광을 부리고 싶어 하는 성질이 있는 것 같다.

단둘이 되었을 때의 크리스는 '너, 제정신으로 돌아갔을 때 목매달게 될 거다?'라고 말하고 싶어질 정도로 어리광을 부리는, 헝그리 러브 몬스터 같은 모습을 보여줬다.

그녀의 온갖 욕설은 달콤한 사랑의 말로 기울어 갔다.

특히 스킨십이 효과가 있었던 것일지도 모른다.

이에 관해서는 내 예상이 허술했다.

날 싫어하는 크리스라면 자제가 될 거라 믿고 있었지만, 다른 사람이 주는 애정에 내성이 없는 그녀에겐 너무나도 달콤한 독이 되어 뇌에까지 퍼지고 말았다.

설령 그 상대가 아주 싫어하는 남자라 하더라도. 단둘이서 손을 맞잡거나 마주 보거나 여러 가지를 하면…… 좋아하지 말라고 하는 게 더 어렵다.

다른 사람의 눈이 없는 이 세계는 자존심이 너무나도 센 그녀에겐 상황이 좋았다.

영원히 이어지는 둘만의 시간. 내 입에서는 설탕이 대량 생산되고 있었는데, 크리스는 그 달콤한 함정을 달갑게 받아들였던 모양이다.

이런 상황에는 크리스와 연인 놀이를 계속하는 것 이외의 대응책을 강구할 수 없었다.

원래 그게 페어 레이디가 설치한 함정이었던 걸까. 아니, 십중팔구 그렇겠지…… 역시 마인, 낙예의 페어 레이디라 해야 할까.

여기까지 오면 더 이상 내가 할 수 있는 일은 없다.

이제 그저 크리스 에세 아이즈벨트를 믿을 뿐.

페어 레이디 하우스 안에서 벽걸이 시계의 시침과 분침을 봤다.

현재 시각은 18시 48분. 마지막의 마지막으로 크리스와 이야기하기 위해 난 일어나서 2층으로 올라갔다.

난 방문을 노크했고──.

"……배신자는 들어오지 마."

바로 거절당했다.

난 쓴웃음을 짓고 문에 등을 맡기고 주저앉았다.

"그럼 그대로 들어줘."

문이 끼익 소리를 냈고, 건너편에서 그녀가 똑같이 앉은 걸 알 수 있었다.

문 하나를 사이에 두고 등을 맞대고 있다.

온기 같은 건 전해질 리도 없는데 난 왜인지 크리스의 온기를 느끼고 있었다.

"난 지금부터 페어 레이디를 때려눕히러 갈 거야. 내 고집에 어울리게 할 수도 없으니, 네가 오고 싶지 않다면 안 와도 돼. 잘 생각해보면 그 정도의 마인은 나 혼자서도 어떻게든 되니까."

문틈을 통해 호흡하는 소리가 들려왔다.

"어제, '너한테는 나보다 소중한 게 있었던 거지'라고 말했지? 그야말로 그 말대로이고, 내게는 내 목숨보다 더 소중한 게 있어."

──히이.

눈을 감은 난 어렴풋이 들린 그리운 목소리에 미소 지었다.

"흔들리면 끝이라고, 난. 한번 입에 담은 맹세를 무시하면 난 더 이상 일어설 수 없게 돼. 요 한 달 동안 자신을 관철할 수 있었던 것도 그 심이 내 머리끝에서 발끝까지 관통하고 있기 때문이야."

난 내 양손을 내려다보고 계속 속삭였다.

"내겐 목숨을 걸어서라도 지키고 싶은 게 있고…… 크리스, 그중에는 네 동생도 들어가 있어…… 한 번 본 눈부실 정도의 해피엔딩을…… 난 그저 손에 넣으려고 하고 있을 뿐이야."

"……자신이 다쳤다고 해도 말인가?"

"뭐 그렇지."

"질지도 모르는데?"

"그래."

"그런 건……."

그녀는 분명하지 않은 목소리로 대답했다.

"무섭잖아…… 난, 무서워…… 무섭다고…… 겨우, 손에 넣었는데…… 왜…… 왜, 놓아야만 하지…… 난…… 나는, 그저…… 너랑 같이 있고 싶을 뿐이다…… 더 이상, 누가 죽는 모습은 보고 싶지 않아…… 그 암흑으로는 돌아가고 싶지 않아……."

난 천천히 천장을 올려다봤다.

이쪽을 내려다보는 나뭇결과 눈이 맞아 그저 그 한 점과 계속 눈을 맞췄다.

"아, 아이즈벨트가에서…… 내가 뭔가 잘못을 하면…… 마, 만점을 못 받거나…… 마법 발동을 잘못하거나…… 누군가에게 지거나 하면…… 어, 어두컴컴한 지하실에 갇혀…… 거긴 캄캄해서…… 아, 아무것도 안 보여…… 어둡다고…… 난, 눈이 나쁘니까…… 하, 항상, 무서워서…… 어, 언젠가, 이런 식으로 아무것도 보이지 않게 되는 건 아닐까…… 시리아 언니처럼 되는 건 아닐까…… 아무도 없는 어둠 속에 남겨지지 않을까 하고…… 미, 미쳐버릴 것 같아…… 하, 하지만, 울어도 소리 질러도 꺼내주지 않아서……."

크리스는 오열하면서 속마음을 토로했다.

그녀의 정신 속 깊은 곳, 그 안쪽의 안쪽, 누구에게도 털어놓지 못했던 그 이면을.

"그, 그런 때에 항상 불이 밝혀져……."

크리스 에세 아이즈벨트는 속삭였다.

"작은 불빛이…… 암흑이…… 걷히고…… 다시, 보이게 되고…… 도, 동생의…… 뮤르의 웃는 얼굴이 보여…… 그 아이는, 항상, 내가 울고 있을 때 도와줬어…… 따뜻한 불빛을…… 별을…… 그날 다 같이 올려다본 별빛을 밝혀줬어…….”

울음소리 속에 그녀의 열기가 어렸다.

“하, 하지만, 난…… 나는, 그 아이가 갇혔을 때…… 아, 아무 것도…… 아무것도 하지 않았어…… 아무것도…… 아무것도, 할 수 없었어…… 괴롭힘당하고 있었는데…… 시, 심한 짓을 당하고 있었는데…… 겨, 곁에…… 곁에 있어줬어야 했는데…… 나, 난, 무엇 하나 해주지 못했어…… ‘실패작’이라 부르고…… 그 아이가 건네준 보물을 부쉈어…… 이제 와서…… 이제 와서, 더는, 그 아이의 영웅은 될 수 없어…….”

난 뒤돌아보며 계속해서 우는 크리스의 등에── 문 너머로 손을 댔다.

“크리스.”

난 말했다.

“난, 널 믿어.”

“믿지 마라…… 이, 이런 날 믿지 마라…… 나, 난, 너 같은 것 보다 더 약해…… 너에게 마음으로 졌어…… 아, 알잖아…… 내 패인은, 약한 마음이다…… 넌 강하다…… 그러니…… 이런 날 믿지 마…….”

“딱히 약해도 괜찮잖아.”

난 웃으면서 일어섰다.

“자신이 약한 것을 인정하고, 그래도 계속 나아가는 것이 강한 거야. 넌 자신의 목숨을 걸고 그 교회에 뮤르를 구하러 왔어. 멋지잖아. 그 아이의 어둠을 걷어낸 건 분명 크리스 에세 아이즈벨트야. 그러니 난 널 믿어."

나는 한 걸음 내딛어 바닥을 울렸다.

"이, 이봐, 어디 가는 거야?!"

"뻔하지."

난 웃으면서 대답했다.

"널 울린 녀석을 때려눕히러 갈 거야."

"그, 그만둬라! 페어 레이디에겐 못 이겨! 알잖아?! 지난 한 달 동안 그 녀석을 이해하고 알았어! 그건 못 이겨! 인간의 정신으로는 마인을 뛰어넘을 수 없어! 그러니까!"

"그러니까."

주머니에 손을 찔러넣고 난 결전의 땅으로 향했다.

"뛰어넘으러 가는 거야."

계단을 내려가― 경치가 바뀌었다.

19시 종이 울렸다.

섬뜩한 음색을 연주하면서 밤의 장막이 내리고, 인간과 마인이 연기하는 무대의 종막이 올랐다.

차가운 밤공기가 온몸을 난도질해 나갔다.

암흑에 감싸인 사람 없는 놀이공원. 연주되는 유쾌한 음악. 그리고, 멈춰선 거대한 관람차. 그 거대한 원형 놀이기구는 손님을 지상에 내버려 둔 채로 회전을 계속하고 있었고, 그 정점에 한 명의 모습이 보였다.

양팔을 벌리고 한 다리로 서서.

오른쪽 발끝으로 자신을 떠받치고, 다른 한쪽 발끝은 무대 뒤로.

빳빳한 한 가닥 실처럼 선 마인은 환영하듯이 머리를 기울였다.

갈리고 엮인 운명의 실.

홀로 운명의 세 여신을 자처하여 열 손가락에 동여맨 와이어를 꿈틀거리면서── 주연은 미소 지었다.

"아아, 아아, 밤하늘이, 비극적인 탄생의 울음소리를 내고 있어! 잘 오셨습니다, 오늘 밤의 비극에 초대받은 불쌍한 아이여! 사랑스럽기까지 한 감정이 뇌수를 관통하고 있어! 사랑한 여자에게 버림받고 고독하게 지옥을 헤매는 길 잃은 아이야! 넌 홀로 무엇을 찾아 걷는 것이냐!"

난 쓴웃음을 짓고 대답했다.

"네놈의 꼴사나운 죽는 모습이지."

"후훗…… 애처로워…… 불쌍해불쌍해…… 크리스 에세 아이즈벨트라는 이름을 가진 여신에게 버림받고 고독하게 죽음의 길을 걷는 망자여…… 자애로운 어머니의 팔에 안겨 저승에 초대받을 각오는 해왔나요……?"

"너야말로 각오는 돼 있겠지?"

난 내 가슴의 중심을 엄지로 가리키며 비웃었다.

"돌려받으러 왔다고, 맡겨둔 내 칼을. 오늘 이날까지 가슴이 아팠겠지…… 자, 상상해보라고…… 네놈의 추한 심장을 꿰뚫은 차가운 아픔을…… 떠올려라…… 고작 인간에게 일격을 당했다는 것을⋯⋯."

페어 레이디는 천천히 눈을 크게 떴고―쑥―그녀의 가슴 중심에서 쿠키 마사무네가 생겨났다.

"큭⋯⋯ 윽⋯⋯!"

마치 의지가 있는 것처럼.

그녀의 가슴에서 빠져나온 쿠키 마사무네가 낙하해, 내가 그걸 받았다.

"땡큐. 무료로 맡아주다니, 역 앞 코인 로커보다 양심적이네."

"이, 이힛⋯⋯ 부, 불쌍한 인간이여⋯⋯ 확실히 너의 정신력은 인간이라 볼 수 없을 정도로 대단하다⋯⋯ 지난 한 달 동안 네 결의가 흔들리는 일은 없었다⋯⋯ 그래도 운명은 변하지 않아⋯⋯ 아아, 불쌍한 아이야⋯⋯ 넌 죽을 걸 알면서 왜 여기에 와버린 것이냐⋯⋯ 이상적인 세상에서 사랑하는 여자와 지내는 걸 선택하지 않은 것이냐⋯⋯?"

"어리석은 질문이군."

난 대답했다.

"이상적인 미래에는 아무것도 없기 때문이다."

"오오, 이 얼마나 어리석은가! 배신당할 것을 알고 있는데! 넌 지금부터 아무것도 하지 못하고 죽는데!"

"가르쳐주지, 마인⋯⋯ 어리석은 자라는 건 말이다⋯⋯!"

난 외쳤다.

"여기서 목숨을 걸지 못하고! 그 녀석을 믿지 못하고! 아무것도 지키지 못하는 녀석을 말하는 거라고! 울고 있는 녀석도 구

하지 못하고 백합을 지킬 수 있을 것 같냐! 그러니 난 여기서! 여기서 네놈을 때려눕히고! 몽환의 저편으로 나아간다! 그러니 마인! 네놈은 입 다물고!"

나는 소리 치며 쿠키 마사무네를 쥐고, 자세를 잡았다.

"네놈의 환상에 죽어라!"

"어리석은 놈이!"

시선이 교차하고─인간과 마인은─움직였다.

휘둘러진 철망을 빠져나와 내딛은 내 발밑이 폭발했다.

낙예의 페어 레이디는 와이어와 함정 연계가 특기다. 놀이공원이라는 무대를 선택한 것도 그녀의 특기인 함정을 설치하기에 좋기 때문일 것이다.

폭발로 활활 타는 내 다리를 보고 페어 레이디는 입꼬리를 일그러뜨렸다. 하지만 내가 뜨거운 열에 까맣게 타버린 오른 다리를 그대로 내딛자── 그녀의 웃음이 사라졌다.

나는 격통을 떨쳐내듯이 마력을 흘려 넣었다.

쓸 수 없게 된 오른 다리를 리인포스(마력선 보강)──창백한 보강선이 오른 다리에 휘감겨 근육과 뼈를 구성했고, 깊은 곳에서 샘솟는 마력을 따라 조종을 시작했다.

오른발로 내딛고 왼발로 달려나간다.

인간의 형체가 가속한 순간, 지면이 튀고 지뢰가 작렬했다.

"알스하리야아!"

심홍색 두 눈이 뜨였다. 난 허공에서 녹아내리는 최선의 가능성을 붙잡았다.

화염 한가운데를 한 손으로 헤치고 검은 연기를 지우면서 날아가듯이 앞으로 나아갔다.

페어 레이디가 준비한 와이어 거미줄. 난 그 무대 위로 뛰어올라, 예리한 그 선에 갈기갈기 찢기면서 달렸다.

계속 돌아가는 관람차 위에서 기다리는 마인은 바람을 가르는 소리와 함께 양팔을 휘둘렀다.

피하지 못한 내 새끼손가락이 날아가더니, 그 희생을 돌아보지 않고 높이 높이 밀랍 날개도 없이 하늘 높이 올라갔다.

파랑과 하양.

마력의 여기 반응, 밤하늘에 춤추는 불꽃, 검붉은 피로 드레스코드를 맞추고, 하나의 와이어를 따라서 한결같이 질주했다.

혀를 찬 페어 레이디가 열 손가락을 흔들자 내가 타고 있던 와이어가 왜곡되었고── 나는 그와 동시에 뛰었다.

보름달을 배경으로.

달밤에 떠오른 두 개의 심홍색 눈, 그 눈을 열고 어렴풋이 떠오른 불효(拂曉) 아래에서 칼을 쥐었다.

"안녕."

난 무표정으로 속삭였다.

"각오는 돼 있나."

"내려─ 친다.

겹친 시선과 시선, 번갯불이 튄다.

몇 겹이나 겹쳐진 와이어가 내 참격을 가볍게 막아냈다.

"아아, 오늘 밤의 달도 아름다워."

페어 레이디는 내 앞에서 미소를 지었고—— 온다!

소지, 약지, 중지, 검지, 엄지!

맹렬한 기세로 움직이는 그녀의 손가락, 묶여서 반응하는 실. 그 모든 실들을 남김없이 불효서사로 포착해—— 베어낸다.

강철 소리가 연속적으로 울려 퍼졌다. 검을 휘둘러 상하좌우에서 닥쳐오는 와이어에 강철의 칼날을 맞추며, 허공을 뛰어다녔다.

날카로운 폭풍 속으로 돌입한 내 온몸이 빨간색으로 변했다. 나는 정수리를 꿰뚫는 격통은 조금도 개의치 않고 그저 눈앞에 있는 마인을 계속 베었다.

"어리석은 놈…… 자신의 신념에 먹힌 신자가……!"

아래쪽의 사각.

날아온 페어 레이디의 무릎이 내 명치를 꿰뚫어 숨이 막혔다.

휙! 반짝, 달빛을 받으며 죽음을 머금은 와이어가 다가왔다.

숨이다.

그 죽음을 바라보면서 스스로에게 외쳤다.

숨을 쉬어라!

"커헉!"

닿기 직전에, 호흡과 동시에 회전해 와이어를 튕겨냈다.

나는 칼집을 몸 아래에 깔아서 뻗친 와이어를 타고 미끄러졌다. 그리고 돌아가는 곤돌라 중 하나에 떨어졌다.

"콜록…… 커헉…… 헉…… 하하핫……!"

흔들리는 곤돌라 위에서 피를 토하고 피웅덩이 속에 엎어졌다.

웃음소리.

페어 레이디는 즐거운 듯이 비웃으면서 날 내려다보고 있었다.

"아아, 아아, 이 얼마나 무참한가! 음식물 쓰레기 속에서 계속 허우적거리는 구더기의 일생! 자신의 승리를 믿은 만용의 용사여! 이상을 좇은 맹인이여! 빨간색 꿈을 꾸면서 자신의 죽음을 내려다보는 몽유병자여! 부디 그 비극에 잠기지 말고! 패배를 인정하는 것도 용기라 외치며! 자비를 구하며 머리를 숙여봐!"

"시끄…… 러워……."

다 죽어가는 나는 비틀거리면서 일어서서 웃었다.

"삼류 배우가…… 자기 각본밖에 못 읽는 무능한 놈이…… 지금부터 애드리브가 괜찮은지 차분히 심사해 줄 테니……."

난 피투성이가 된 양손으로 쿠키 마사무네를 쥐었다.

"그 환상 속에, 평생, 서 있어라……."

페어 레이디는 기쁜 듯이 표정을 일그러뜨렸고—— 탕!

곤돌라를 힘차게 흔들면서 발을 내딛은 나는 계속 돌아가는 놀이기구를 발판 삼아 페어 레이디에게 육박했다.

그 순간, 시야가 기울어졌다. 페어 레이디는 양손을 교차시키고 있었다.

"아아, 아름다워…… 악과 정의의 대립 구도…… 무구한 빛의 애처로운 세공…… 나의 몸을 원하는 괴인…… 머리부터 찌부러져 새빨간 꽃을 피우고……."

소리도 없이 난도질당한 관람차가 붕괴음을 연주하면서 쇳덩이로 변해갔다.

공중에 내던져진 난 콘솔을 갈아 끼웠다.

콘솔, 접속――'조작: 중력', '변화: 중력'――발동, 그래비티 밸런서(중력 제어).

낙하.

낙하, 낙하, 낙하!

불효서사로 포착한 최선의 이미지, 난 양손의 손가락을 움직여 똑같이 추락하는 관람차의 파츠와 곤돌라의 중력을 조작해 내 무게도 가볍게 했다.

흡사 퍼즐을 짜맞추듯이.

오른손 새끼손가락을 잃었으니 총 아홉 개, 페어 레이디의 농간을 참고해서 심홍색의 가능성을 그대로 구성해 나갔다.

중력 변화를 일으킨 파츠가 내 오른발에 떨어진 후에 둥실 떠올랐고, 나는 그걸 발판 삼아서―― 힘차게 뛰어올랐다.

양다리에서 푸르스름한 섬광이 용솟음쳤고, 추락하는 수많은 파츠와 곤돌라를 발판 삼아 페어 레이디를 향해 똑바로 돌진했다.

"이, 이 녀석……?!"

경악.

페어 레이디는 눈을 크게 뜨고 열 손가락을 휘둘렀다.

비상하는 곤돌라가 나에게 힘차게 내던져졌지만 베었다―― 두 동강이 난 곤돌라 안으로 뛰어들어 내부의 좌석을 차서―― 바깥으로 튀어나온 나는 칼을 허리 위치에 두고 자세를 잡았다.

"말했지."

난 마안으로 마인을 포착했다.

"환상 속에 서 있으라고."

페어 레이디는 팔을 휘둘——오른손으로 검을 뽑아 휘두름과 동시에 왼손등으로 칼날을 튕겨내자, 마인의 양팔이 날아갔다.

페어 레이디의 표정이 천천히 변화해 갔다.

칼날을 되돌렸다.

그대로 페어 레이디의 정수리에 다시 칼날을 내려쳤고—— 페어 레이디는 웃으면서 큰 입을 열었다.

새빨갛게 핀 입 안.

그 내부에 복잡기괴한 구조를 그린 함정의 실이 둘러쳐져 있었다.

입속에 숨겨진 와이어로 만들어진 보우건, 요염하게 혀를 움직인 마인은 그 방아쇠를 당겼고, 내 오른쪽 가슴에 화살이 박혔다.

숨이 멎고 힘이 풀렸다.

"O Hero, Hero! Wherefore art thou Hero?"

입을 열면서 말한 마인의 양팔이 재생되고…… 일격.

이격, 삼격, 사격, 오격, 육격.

어느샌가 오른팔과 왼팔에 와이어가 파고들었다. 마구 얻어맞은 나는 피를 토했고—— 시야가 기세 좋게 빙글 회전했다.

"Bye, Hero!"

그리고, 날았다.

빙빙 회전하면서 난 미러 하우스에 처박혔다.

외벽을 뚫고, 내장을 엉망진창으로.

반쯤 의식을 잃은 나는 상하좌우의 거울에 비치는 만신창이가 된 자신을 보고, 몇 장이나 되는 거울을 자신의 몸으로 깨부수면서 휘둘리고—— 아무렇게나 버려졌다.

머리, 어깨, 등, 팔, 팔, 다리, 다리, 배, 배, 머리.

온몸을 땅에 부딪치면서 구르고 겨우 멈췄다.

"…………"

난 천천히 호흡하면서 걸쭉하게 흐르는 빨간색을 바라봤다.

역시, 강해, 마인…… 여기저기가 다 아프네…… 내가 좀 더 강했다면 승산도 있었겠지만…… 역시 부처님 손바닥 위에서 부처님 상대로 이기려고 하는 건 무리인가…….

"뭐…… 그래도……."

양쪽 팔다리에 힘을 줬다.

온몸에 박힌 유리 조각에 피가 맺혀 떨어졌고, 난 웃으면서 일어났다.

"너한테는…… 절대로…… 지지 않——."

다시 시야가 회전했다.

회전목마에 처박혀 모든 목마를 파괴한 후에 땅을 굴렀다.

"…………"

새빨갛게 물든 자신의 양손을 봤다.

검붉게 물든 양손은 조금씩 떨리고 있었고, 일어나려다가——넘어졌다.

그리고 몇 번이나 얼굴을 처박으면서 겨우 일어섰다.

시야까지 빨간색으로 물들어 있었다.

난 비틀거리면서 좁아진 시야로 마인을 계속 쳐다봤다.

"아아, 이 얼마나 어리석은가!"

양손을 맞잡은 페어 레이디는 울면서 호소했다.

"왜 일어서는 건가요! 당신은 이 세계의 조연! 저라는 주연의 그림자에 숨은 천한 하인임에도 불구하고!"

페어 레이디는 비웃으면서 나에게 속삭였다.

"이 세계에선 아무도 당신을 원하지 않아…… 방해자라는 걸 이해하고 있나요?"

"하…… 새삼스러운…… 이야기잖아……."

피웅덩이에 질척거리는 양발로, 난 필사적으로 계속 서 있었다.

"이제 편안해지세요. 설 필요는 없어요. 앞으로 당신이 보답받을 일은 없어. 어차피 한결같이 쓰레기처럼 취급당하는데, 무엇을 얻을 수 있다는 거죠? 실제로."

페어 레이디는 기쁜 듯이 미소 지었다.

"크리스 에세 아이즈벨트는 당신을 버렸어요. 그렇죠?"

발끝으로 스텝을 밟고 호들갑스럽게 양팔을 벌린 페어 레이디는 스포트라이트(달빛)에 감싸였다.

"불쌍하기도 하지. 당신에게 필요한 건 자애의 정신, 멋진 저의 성의. 자, 오세요. 당신을 사랑으로 감싸주죠. 그러면 당신은 구원의 길에 다다르고 세상은 빛으로 가득 차게 될 거예요. 자, 자, 자! 제 가슴에 안겨 행복해──"

"큽…… 푸핫……."

난 무심코 웃음을 터뜨렸고 페어 레이디는 이상하게 여기며 고개를 갸웃거렸다.

"……뭐가 웃기죠?"

"그야 웃기지…… 인간의 복제품 따위가 사랑을 논하지 말라고…… 왜 내가 일어서는지도 모르고…… 천박한 대사를 늘어놓는 연기 못하는 배우가……. 넌 재능이 없다고…… 각본을 쓰는 재능도…… 주인공을 연기하는 재능도 말이야……."

옆구리에 박힌 나뭇조각을 뽑자 울컥울컥 소리를 내면서 대량의 피가 쏟아져 나왔다. 상처를 누른 나는 새빨갛게 물들어가면서 그녀를 비웃었다.

격통에 시달리면서도 그저 계속 믿었다.

마인이 이해하지 못하는 사랑을.

"알겠냐, 가르쳐주지…… 잘 들으라고, 마인…… 이번 이야기의 주인공은 너도…… 물론 길가의 돌멩이 같은 나도 아니야…… 주인공은 자신의 나약함에 맞서고…… 그저 한결같이 어둠 속을 나아가지…… 몇 번이고…… 몇 번이고 일어서고…… 포기하지 않아…… 거기에 줄거리 같은 건 없어…… 어둠 속을 계속해서 나아가는 힘을 가지고 있지…… 포장된 길로 가는 너 같은 잔챙이는 도저히 이해할 수 없다고…… 그러니, 가르쳐주지…… 마인…… 영웅이라는 존재는……."

"이제 됐어."

마인은 나를 향해 죽음을 선고했다.

"죽어."

힘이 세서 손가락이 부러지는 줄 알았다.

새하얀 배내옷 안에 쏙 들어갈 정도로 작은 손.

양손으로 가릴 수 있을 정도로 작은 얼굴을 쭈글쭈글하게 만든 아기는 필사적으로 보채며 내 손을 쥐었다.

잡힌 검지가 뜨거워서, 전해져 오는 체온이 심장의 고동으로 바뀌었다.

놀라서 굳은 나는 작은 도장 같은 양발을 흔들고 있는 아기를 내려다보면서 아무리 시간이 지나도 놓으려고 하지 않는 그 손을 바라봤다.

매끄럽고 반들반들하고 따뜻한 손.

너무나도 작고 연약해서 부숴버릴 것 같아 무서웠다.

내 어깨를 안고 어머니는 다정하게 속삭였다.

"지켜주렴, 크리스. 이 세상의 수많은 부조리함으로부터. 이 세상에 넘쳐나는 잔혹함으로부터. 이 세상에 일렁이는 슬픔으로부터. 그 모든 것으로부터 이 아이를 지켜주렴."

아기를 지켜보던 어머니의 표정이 천천히 어두워져 갔다.

어머니의 손이 내 어깨에서 팔로 미끄러져 떨어졌고, 어머니는 어느샌가 무릎을 꿇고 떨고 있었다.

"왜……."

그녀는 코멘소리로 중얼거렸다.

"왜 이 아이인 거야…… 어째서 이 아이만……. 나한테서 빼

앗아 가…… 왜 나한테서 빼앗아 가지 않는 거야…… 이 아이에
겐…… 이 아이에겐 줘…… 빼앗을 거면 나한테서 빼앗아 가……
왜, 왜 죄도 없는 이 아이한테서…… 빼앗아 가는 거야…….”

오열한 어머니는 요람에 매달렸고, 아기는 위아래로 흔들흔들
흔들렸다.

가만히 날 보고 있던 아기는── 웃었다.

고개 숙이고 있던 어머니는 유령 같은 얼굴을 들고 비틀거리
면서 일어나 작은 입을 벌리고 까르르 웃는 아기를 내려다봤다.

“웃고 있어…….”

볼을 실룩거린 어머니는 눈물을 뚝뚝 흘리면서 웃었다.

“우, 웃고 있어…… 이 아이, 웃고 있어…… 즈, 즐겁다는 듯
이…… 즐거운 듯이…… 웃고 있어…… 아아, 그래…… 그렇
지…… 틀리지 않았어…… 부, 불행 같은 게 아니야…… 아무것
도…… 아무것도 빼앗기지 않았어…….”

양손으로 입을 가린 어머니는 기쁜 듯이 웃으면서 울었다.

“이 아이는, 이 아이로서 태어났어…… 그렇죠…… 그렇죠?
신이시여…….”

“어머님. 이 아이의 이름은 뭐라고 해?”

“뮤르.”

울고 있는데 행복해 보이는 어머니는 내 어깨를 안고 흔들면
서 대답했다.

“뮤르…… 이 아이의 이름은 뮤르…… 너의…… 너의 단 하나
뿐인…….”

난, 이때——.

"동생이야."

이 아이를 지키겠다고 맹세했어.

"아~!"

내가 가리킨 곳에서 뮤르는 기차 장난감을 와구와구 씹었다.

"언니~! 언니~! 뮤르가~! 뮤르가아~!"

내가 소리친 걸 듣고 언니와 어머니가 우당탕탕 왔다.

침 범벅이 된 기차 장난감을 빼앗은 어머니는 가슴을 쓸어내렸고, 기분 좋았던 뮤르의 얼굴이 일그러지고 엄청난 울음소리가 터져 나왔다.

"그래 그래. 울지 마. 착하다 착해."

언니가 바로 달래줬고 이번엔 내가 엉엉 울기 시작했다.

"모, 모처럼, 뮤르를 위해서 만드러는데~! 머, 머거써~! 으앙~! 여, 열심히, 만드러는데~! 으아앙~!"

"자 자, 울지 마. 언니잖아. 뮤르가 깔본다."

"가, 갈바도 대애~! 여, 열심히, 만드러는데~!"

공작 시간에 만든 목제 기차는 질척질척한 침으로 코팅되어 처참했다.

울고는 위로받고, 울고는 혼나고, 울고는 달래지고.

어머니의 무릎 위에서 겨우 울음을 그친 나는 코를 훌쩍이면서 질척해진 얼굴을 어머니의 가슴에 문질렀다.

"그쳤어? 어머, 목에 멍이 있네. 어디서 이런 곳을 부딪힌 거야.

늘 어리광쟁이라서 곤란하네. 친구들 중에는 이렇게 어리광 부리는 아이는 없어."

어머니는 내 머리를 쓰다듬고 사랑스럽다는 듯이 가마에 키스했다.

"있잖아, 크리스. 이 기차, 뮤르한테 선물하는 건 어때?"

"……싫어."

난 항상 다정한 언니의 손을 뿌리치고 어머니의 품속으로 도망쳤다.

"보, 보여주기만 한 거거든…… 뮤, 뮤르 싫어…… 어, 어머니를 독차지하고…… 항상 울어서 시끄럽고…… 그래서 싫어……."

"하지만 뮤르를 위해 만들었지?"

미소 짓는 언니한테서 고개를 돌린 뒤, 어머니의 옷을 쥐고 잡아당긴 나는 입을 다물었다.

"뮤르의 눈길이 닿는 곳에 장식해주면 좋아할 것 같은데. 아깝잖아. 모처럼 만든 역작인데 크리스가 독차지해서 아무도 봐주지 않는 건."

"…………."

"크리스는 착한 아이인걸."

착하다며 내 머리를 쓰다듬은 언니는 미소 지었다.

"언니 노릇, 할 수 있지?"

눈이 새빨개진 난 딱 붙어있던 어머니한테서 떨어졌다.

내 옷자락으로 기차에 묻은 침을 닦고(어머니는 비명을 질렀다), 방금까지 울고 있었던 주제에 지금은 태연하게 있는 동생에게 건넸다.

"…………줄게."

"응! 크리스, 장하——"

앉아 있던 뮤르는 나한테서 기차를 홱 빼앗아 입에 넣었다.

""""앗.""""

우물우물 씹는 모습에, 부들부들 떤 나는 우는 소리를 낼 준비를 하고——

""으아앙~!""

"어, 어머님까지 크리스랑 같이 울지 마세요……."

뮤르가 좋아하는 장난감이 된 그 기차는 그녀의 눈이 닿고 입은 닿지 않는 곳에 안치되게 되었다.

한 발의 물 탄환이 한 사람의 안면에 명중했다.

털썩 엉덩방아를 찧은 그녀는 순식간에 울상을 짓고 언성을 높였다.

"하, 항상 언니한테 보호받고 부끄럽지도 않냐!"

내 뒤에서 진흙투성이가 된 뮤르는 움찔했고—— 콰앙 하고 정글짐이 흔들렸다.

"……닥쳐."

자기 머리 옆.

내 발차기에 휜 철봉을 보고 억지를 부리던 그녀는 새파랗게 질렸다.

"항상 동급생을 괴롭히고 부끄럽지도 않냐, 쓰레기가. 다음에 또 그 추레한 낯짝을 내 동생한테 보여 봐라. 연필깎이로 코끝부터 깎아내서 성형해줄 테니까."

와악 하고 우는 소리를 내며 괴롭히던 아이들은 구부정한 자세로 도망쳤다.

"후우…… 괜찮아? 뮤르."

미소 지은 내가 손을 내밀자 머리카락이 갈색이 된 뮤르는 그 손을 잡으려다가—— 뺐다.

"왜 그래, 언니 공포증에 걸린 것도 아니고."

"어, 언니의 손이 더러워져요. 저, 전 병균투성이라서 마법을 못 쓰는 병에 걸린다고 다들…… 그, 그래서…… 앗."

나는 동생의 손을 쥐고 휙 일으켜 세웠다.

뮤르의 머리를 톡톡 두드리고 휜 철봉을 쥐어서 똑바로 폈다.

"마법 없이 철봉을 구부렸는데…… 난 고릴라나 뭐 그런 건가?"

그제야 뮤르는 웃으며 고개를 저었다.

날씨가 이상하다 싶더니 하늘에서 빗방울이 뚝뚝 떨어졌고, 순식간에 억수같이 쏟아졌다.

우린 반구체 형태의 놀이기구 속으로 도망쳐서 어둑어둑한 곳에서 어깨를 맞댔다. 손수건으로 젖은 동생의 머리를 닦아 흙을 떼어주면서 난 속삭였다.

"……친구는 생겼어?"

"네…… 그, 아까 전의 그것도 놀이의 일환인데…… 상의해서 표적을 정하고 진흙공을 생성해서 맞히는 거예요…… 그, 그러니까……."

"재밌었어?"

질문을 받고 뮤르의 웃는 얼굴이 굳었다.

"재밌었어? 그 녀석들의 표적이 되어서 놀아서."

"……하지만, 다들, 웃어요."

고개를 숙인 뮤르는 손가락 놀이를 하면서 대답했다.

"저에게 진흙을 맞힐 때마다 즐거워 보이고…… 웃고…… 이런 저라도 다 같이 놀 수 있어요…… 이런 저라도 누군가에게 도움이 될 수 있어요…… 그래서 전 반장으로 뽑혀서…… 열심히…… 열심히 해야 해요……."

"넌 충분히 열심히 하고 있어. 너무 착하다고, 넌. 놈들은 네 착한 마음을 이용하는 하이에나야. 그러니 더 이상 열심히 하지 않아도 괜찮아."

"어, 언니의 걸림돌이 되고 싶지 않아요……."

바깥의 추위로부터 도망치듯이 무릎을 끌어안은 뮤르는 고개를 숙였다.

"제가 학교를 다니게 된 후부터 언니는 바뀌었어요…… 사고방식도 말투도 행동도…… 언니를 난폭하고 마음이 없는 지독한 인간이라고 하는 사람도 있어요…… 사, 사실 언니는 정말 착한데…… 저 때문이에요…… 그, 그러니까 부족한 저는 노력해야만 해요…… 더…… 더 더 더 더…… 노력해야 해요."

"뮤——"

"전 언니처럼 되고 싶어요."

뮤르는 반짝반짝 빛나는 얼굴로 부끄러워하면서 말했다.

"언니처럼 강하고 다정하고 멋진 사람이 되고 싶어요."

그 희망과 동경에 찬 표정을 보고 난 아무 말도 못하고 입을 다물었다.

빗소리가 울리는 반구형 지붕 아래에서 란도셀을 끌어당긴 뮤르는 '역겨워'나 '병자'라고 적힌 종잇조각 속에서 연습장을 꺼냈다.

"저, 저, 만화를 그리고 있어요!"

"……만화?"

연습장을 건네받아 난 팔랑팔랑 동생의 만화를 넘겨봤다.

어릴 때부터 친구가 없어서 계속 혼자 그림을 그린 영향일 것이다. 초등학생치고는 잘 그린 그림으로 보라색 망토를 두르고 지팡이를 휘둘러 악을 물리치는 영웅의 권선징악 이야기가 귀여운 터치로 그려져 있었다.

그 얼굴이 낯익어서 나도 모르게 두 눈을 크게 떴다.

"이, 이건 나인가……?"

"언니는 제 주인공이에요."

활짝 웃는 얼굴로 근심 하나 없이 마치 자랑스럽다는 듯이 동생은 가슴을 폈다.

어질어질한 부끄러움 때문에 한 손으로 입을 막은 난 얼굴을 붉혔다.

"화, 확실히 내 매직 디바이스는 지팡이인데. 하지만 망토 같은 건 안 입고 있어. 아무리 그래도 보라색 망토는 아니지. 보라색 망토는."

"언니한테는 보라색이 제일 잘 어울려요! 그리고 망토는 영웅이라는 증표에요! 그러니 '안 어울릴' 리가 없어요! 릴리도 칭찬해줬어요!"

네가 좋아서 어쩔 줄 모르는 그 종자는 당연히 칭찬하겠지…… 그렇게 생각하면서도 크리스는 미소 지었다.

"대단하네. 정말 잘 그렸어. 네 노력의 증표야. 못났을 리가 없지. 장래는 화가가 될지 만화가가 될지 더더욱 뮤르의 장래가 기대되기 시작했어."

"아뇨, 아주 서툴러요. 학급신문의 네 컷 만화는 제가 담당했을 때만 다들 북북 찢어서 버려요. 항상 쓰레기통이 가득 차서 곤란하다고 선생님께 혼났어요. 그러니 전혀 대단하지 않아요."

"…………."

시험 삼아 한 명 죽여 보면 사태가 바뀔까. 아니, 아마 이 사회에 오랜 시간에 걸쳐 찌든 얼룩은 그렇게 간단히는 사라지지 않는다. 정말로 해결하고 싶다면 뮤르 이외의 사람을 모두 죽이는 수밖에 없다. 한 명을 죽여도 두 명 늘어나는, 그런 세상이다.

현실감 없는 방법을 모색하던 크리스는 훗 하고 콧김을 뿜고 웃었다.

"근데, 내가 너의 주인공인가. 이거 섣부른 짓은 못 하게 됐네."

"주인공은 몇 번이고 일어서요."

손톱 사이에 흙이 달라붙어도 태연하고 즐거워 보이는 뮤르는 이상적인 영웅을 땅에 그렸다.

"약자를 구하고 강자를 꺾는다! 이게 언니의 방침이에요! 언니는 잘못된 일은 하지 않아요! 몇 번을 꺾여도 마지막에는 일어선다! 그 점이 정말 멋진 점이에요!"

"야야, 이상과 현실이 뒤섞였잖아."

"여기서 빰~! 파트너인 기차가 쿵~!"

본 적 있는 목제 기차가 크리스를 구하러 오고, 일어선 그녀는 기차와 함께 결전의 땅으로 향한다.

"이건 또 그리운 걸 가져왔네. 아직 그런 걸 가지고 있었나. 아주 오래전에 버린 줄 알았어."

"버, 버릴 리가 없어요! 처음으로 언니에게 받은 선물이고 세상에서 제일 소중한 보물이에요! 관 속에도 같이 넣어서 함께 화장해서 저승에도 가져갈 거예요!"

"아하하, 저승에까지 끌려가면 그 기차도 민폐겠군. 좋아, 줘봐. 그 기차의 원래 주인인 내 테크닉을 보여주지."

"선로! 선로 그릴게요!"

다채로운 색을 가진 매직을 꺼낸 뮤르는 놀이기구 안에 선로를 그렸고, 크리스는 그 위를 따라 기차를 달리게 했다.

"하하하, 어때 뮤르? 빠르지? 이 기차는 어디까지나 달린다고."

"하지만 여기서 보스가 둥~! 가늘고 단단한 강철 실이 가는 길을 막습니다!"

"그런 건 콰콰콰콰! 예리한 바퀴로 잘라버린다!"

비는 그치고 빛이 드리웠다. 밤이 다가오는 황혼 속에서 즐거운 웃음소리가 울려 퍼졌다.

"와~! 영웅님 도와줘요~!"

"괜찮아? 뮤르! 내가 왔다! 네 영웅이 지금 여기 왔어!"

언제까지나 언제까지나 나와 뮤르는 노는 데 열중했고── 끝낼 시간이 다가왔다.

"……언니."

귀로. 별이 깔린 하늘 아래에 우리의 작은 그림자가 겹쳐졌다.

"또 놀아줄 건가요. 오늘처럼, 다시, 둘이서."

아이즈벨트가에서 파견된 교육 담당의 방침 때문에 만날 수 있는 시간이 줄어들 것을 알면서도 난 고개를 끄덕였다.

"그래, 또 놀자. 둘이서."

"약속이에요!"

잡은 손과 손, 내 새끼손가락에 뮤르의 새끼손가락이 걸렸다.

"약속!"

난 미소 짓고 맹세했다.

"어, 언니……."

집무용 책상 위에 늘어놓은 자료를 확인하던 나는 가장 보고 싶지 않았던 모습을 보고 혀를 찼다.

"이봐, 왜 입구에서 돌려보내지 않았지? 네놈, 길바닥에 나앉고 싶나."

비서를 규탄하는 날 보고 어리석은 동생은 움찔했다.

왜소하고 나약하고 재능 없는 동생이 보내는 알랑거리는 시선. 짜증이 치밀어 손으로 메모용지를 구겨버렸다.

"돌아가라. 너 같은 무능한 놈과 나눌 말은 없다."

"바, 바쁘신 건 알고 있어요. 하, 하지만, 이, 이번만큼은. 이 번만큼은 기뻐해주실 거라 생각해요. 하, 한 번만 더 기회를 주세요."

"기회? 너 지금 기회라고 했나?"

비웃으니 뮤르는 항상 하는 손가락 놀이를 시작하고 두리번두리번 주위를 둘러봤다.

"대체 내가 몇 번 너에게 기회를 줬는지 기억나지 않는 거냐. 그 모자란 머리는 기억하는 법조차 모르는 것 같구나. 돌봐준 날 배신하고 좋아하는 종자랑 노는 데 정신을 판 너 같은 쓰레기에게 무엇을 기대하면 된다는 거냐."

"부, 부탁할게요, 언니. 부디. 부디. 부탁할게요."

울상으로 무릎을 꿇고 이마를 바닥에 붙인 흉한 모습을 보고, 기가 막힌 나머지 천장을 우러렀다.

"다른 사람 앞에서 추레한 모습을 보이지 말라고 몇 번을 말해야 알아듣는 거냐, 시궁쥐. 빨리 마음껏 폐를 끼치고 꺼져라."

지긋지긋해하는 내 앞에서 얼굴에 희열의 빛을 띤 동생은 원고용지를 꺼냈다.

비서를 통해 용지를 받은 나는 보라색 망토와 지팡이를 든 영웅이 세상을 구하는 뻔한 이야기를 바라봤다.

"제, 제 만화가! 어, 언니를 주인공으로 삼은 만화가 전단지에 게재되게 되었어요! 지, 지방 상점가이긴 하지만, 인터넷에 올리던 제 만화를 눈여겨보고 권유해왔어요! 그런 작은 상점가 따위가 당치도 않은 일을 한다고 생각했지만! 드디어 제 재능을 발견한 사람이 나왔——"

난 원고용지를 한가운데로 찢었다.

친절하고 정중하게 잘게 찢은 후에 바닥에 흩뿌리고, 멍하니 있는 동생 앞에서 비서를 불렀다.

"이 녀석의 SNS 계정을 삭제해라. 당장."

"아, 아, 아……! 어, 어, 언니! 그, 그러, 그러지 마세요! 기, 기대하는! 다, 다음 이야기를 기대해주는 사람이 있——"

"완료했습니다. 이전부터 특정되어 있긴 했는데, 크리스 님의 생일을 비밀번호로 설정한 것 같군요."

"쓸데없는 소리는 안 해도 된다. 날 모델로 삼은 쓰레기 같은 이야기를 쓰고 왜 내가 좋아할 거라 생각하는 거냐, 이 구더기는. 정말 폐를 끼치는 일에 관해서는 천재적이네."

업무로 복귀한 내 앞에서 얼굴 앞에 머리카락을 늘어뜨린 뮤르는 집무실에서 나가려다가…… 쭈뼛쭈뼛 이쪽을 돌아봤다.

"언니……."

지면에서 고개를 들어 힐끗 본 나는 동생의 손 위에 얹힌 기차 장난감을 확인했다.

"언니…… 놀지 않을래요……?"

"어이. 결국 망가진 듯하니 저 녀석을 처분해라. 방해된다."

"어, 얼마 전에, 과로로 쓰러졌다고 들었어요…… 하, 항상, 일만 하면 지치고 말아요…… 가, 가끔은, 가끔은 숨을 돌리는 것도 중요한데…… 야, 약속…… 약속했으니까…… 어, 언니는…… 언니는……."

뮤르는 떨리는 목소리로 중얼거렸다.

"제…… 제 주인공이에요……."

"부숴라."

뮤르는 엄청난 기세로 고개를 홱 들었고, 이미 손에서 기차를 빼앗은 비서는— 힘껏 바닥에 내팽개쳤다.

굴뚝 부분이 부러졌지만 대부분은 무사히 형태를 유지하고 있었다.

혀를 찬 비서는 트리거를 당기고 뒤꿈치로 기차를 부수려고 했고—— 그걸 감싼 뮤르의 양 손가락이 꺾였다.

"힉……!"

얼굴이 파래진 비서가 뒷걸음질 치고 돌아봤고, 분노를 드러낸 난 무심코 일어섰다.

"이 자식……!"

"죄, 죄송합니다 죄송합니다!"

난 도망치듯이 방에서 나간 비서에게 '해고다!'라고 호통치고 퍼렇게 변색되어 비틀린 손가락으로 기차를 감싸고 있는 동생을 내려다봤다.

"이 기차는 달릴 거야……."

대량의 눈물과 진땀을 흘리면서 초점이 맞지 않는 눈으로 뮤르는 소곤거렸다.

"어디까지나…… 어디까지나…… 내, 내 주인공을 태우고…… 어디까지나 달릴 거야…… 또, 놀자고…… 또, 놀자고 약속했어…… 야, 약속…… 했으니까…… 부, 부서지면…… 부서지면 안 돼⋯⋯."

──미안해, 뮤르. 오늘은 힘들어.

아이즈벨트가의 평가가 낮아지면 뮤르도 휘말린다는 핑계를
대고.

──이젠 그럴 나이도 아니잖아.

그날 이후로 난 뮤르를 멀리하고 같이 논 적이 없었다.

──그런 걸 하고 있을 시간이 있으면 노력해.

이 녀석은 계속 기다리고 있었던 걸까.

계속 계속 계속 기대하면서 그날의 추억을 품고 살아온 걸까.

다시 이 기차가 달릴 날을 바라며 괴롭힘당하면서 내 도움을
기다리고 있던 걸까.

──와~! 영웅님 도와줘요~!

난 언제부터.

"의사는 불러주지. 그 전까지 그 쓰레기는 치워둬라."

이 녀석의 주인공이 아니게 되어버린 걸까.

"언니⋯⋯."

몽롱해진 뮤르는 땀투성이가 되어 떨면서 미소 지었다.

"고마워⋯⋯ 그, 그날, 날 구해줘서⋯⋯ 나, 나랑 놀아줘
서⋯⋯ 어, 엄청, 즐겁고⋯⋯ 기, 기뻐서⋯⋯ 그, 그날부터, 쭉,
언니는⋯⋯."

놀라서 눈을 크게 뜬 내 앞에서 그녀는 기쁜 듯이 웃었다.

"나의⋯⋯ 나만의 주인공이에요⋯⋯."

떨리는 입술을 열고─ 아무 말도 하지 않고 의사를 부른 난 업

무에 복귀했다.

놀이기구 안에서 나와 뮤르는 함께 웃으면서 하나의 이야기를 공유했다.

"알겠어요? 언니. 제가 그린 주인공에겐 지켜야만 하는 맹세가 있어요."

"알고 있어. '영웅은 몇 번이고 일어선다', 맞지?"

"아뇨, 그뿐만이 아니에요. 그 외에도 많이 있어요. 그런 맹세를 지키면서 싸우니까 멋진 거예요!"

"하지만 말이야, 나도 결국엔 그냥 인간이야. 모든 맹세를 지킨다는 보장은 없어. 방황하거나 옆길로 새거나, 네 영웅과는 거리가 먼 인간이 돼버릴지도 몰라. 그렇게 돼버리면 어떡하면 돼?"

"괜찮아요! 전 언니를 믿어요!"

"야야, 그게 뭐야."

"아무리 힘든 일을 겪었다 하더라도, 아무리 실수했다고 하더라도, 아무리 방황했다 하더라도! 반드시! 바안~드시! 언니는 제 영웅이 되어서 돌아와요! 그리고 영웅의 맹세 중 하나엔 이런 게 있어요."

언니를 완전히 믿고 있는 동생은 순진하게 웃는 얼굴로 말했다.

"영웅이라는 존재는——."

＊

"영웅이라는 존재는——."

마인은 한 팔을 흔들었고—— 난 웃었다.

＊

""뒤늦게 나타난다.""

＊

나와 페어 레이디 사이에 지팡이가 박혔다.

땅에 균열이 가고 와이어가 끊어져 날아간 여파로 마인의 양 팔이 올라갔다.

허를 찔려 페어 레이디의 얼굴이 일그러졌다.

보름달이 뜬 밤.

사람의 그림자가 사뿐히 내려왔다.

보라색 망토가 흔들리고 달빛을 받은 백금발이 반짝였다.

'지고'의 지위를 얻은 마법사, 연금술사, 약관 19세에 마법 결 사 '퀼리아하이츠'에 소속된 천재.

그 직함을 전부 버리고 한 명의 인간 크리스 에세 아이즈벨트 로서…… 그녀는 자신의 의지로 무대에 내려섰다.

"미안하군."

오늘 밤의 주역은 어두운 밤에 착지해 살짝 속삭였다.

"모처럼 하는 데이트인데 늦었다."

난 쓴웃음을 짓고 대답했다.

"진짜 늦잖아…… 주역이 늦어서 어쩌자는 거야."

"무슨 소릴 하는 거냐? 주역은 처음부터 너잖아."

머리칼을 쓸어올리고 아름다운 웃음을 지은 그녀는── 나에게 손을 내밀었다.

"괜찮겠나, 남자 친구?"

난 그녀의 손을 쥐고 웃었다.

"그쪽이야말로 괜찮겠지, 여자 친구?"

"누구한테 말하는 거냐."

그녀는 활짝 웃으며 대답했다.

"난 크리스 에세 아이즈벨트라고."

"역시 마이 허니(내가 사랑한 여자)."

몽환의 연인은 서로 웃고 손을 잡고 나란히 섰다.

"그럼 슬슬 이 몽환째로 저 썩을 마인을 때려눕혀 주자고!"

"그래!"

접속── 마력선을 늘려 크리스의 마력선과 연결한다.

변환── 입출력되는 마력을 조정한다.

동기── 나와 크리스의 마력이 공유화된다.

모든 공정을 몇 초 만에 완료했다. 내 안에서 크리스의 마력이 소용돌이치기 시작했고, 나는 그녀의 온몸을 도는 근원을 심장으로 느꼈다.

지난 한 달.

가까이에서 느껴온 크리스 에세 아이즈벨트가 머리끝에서 발끝까지 퍼지고, 그녀의 온기가 심장의 고동과 함께 순환했다.

"각오는…… 하고 왔어."

크리스는 살며시 속삭였다.

"그래도 난 무서워. 무섭다고 생각해. 그 어둠이 몇 번이고 머리를 스쳐 지나가서 여기에 올 때까지 몇 번이나 꺾일 뻔했어. 다다르지 못할 줄 알았어. 어두운 곳에 갇힌 어린 시절부터 난 아무것도 변하지 않았어. 아니, 변하려고 하지 않았어."

그녀는 내 손을 강하게 쥐고── 미소 지었다.

"하지만 네가 있어준다면 변할 수 있을 거라 생각해. 동생이 밝혀준 별이 보이면, 영웅으로서의 나라면 잘 나아갈 수 있을 거라 생각해. 그러니."

크리스 에세 아이즈벨트는 속삭였다.

"여기에 왔어."

"그래, 그래서."

난 쓴웃음을 짓고 대답했다.

"넌 크리스 에세 아이즈벨트야."

"어리석은 자의 장례 행렬!"

비탄하는 수녀는 놀이기구 무리에서 나오는 하얀 빛을 받으면서 눈물을 흘리며 양손을 맞잡았다.

"아아, 이렇게 이야기는 돌아가기 시작한다! 어리석은 자는 죽음의 길에 이끌리는 법인가! 구제를 짊어진 성자의 가슴에는 고통! 비극의 고리는 계속해서 돌아간다! 나의 구원의 손길은! 어디로 뻗치는가! 아아, 부디, 한탄하지 마렴! 내가."

279

황홀해하는 페어 레이디는 유리 조각에 비친 자신을 바라보고 넋을 잃고 눈물을 흘렸다.

"구원해 보이겠어……."

"크리스."

크리스는 천천히 마안을 떴다.

나선이 회전하고──.

"이 꿈을 끝내자."

"그래."

생성.

왼팔을 통해 내 마력을 남김없이 흡수하고 소용돌이치듯이 진행된 고속 생성. 일곱 빛깔 빛을 띤 파편을 튀기면서 수정검이 생성되었다.

마인 또한 회전했다.

와이어에 당겨진 마인은 밤하늘에 날아올라 보름달을 배경으로 여윈 몸을 띄웠다.

아름다운 미소 아래로── 참격이 쏟아졌다.

나와 크리스가 서로가 서로를 밀쳐 회피함과 동시에 지면이 날아가 버렸다.

아찔해지는 머리. 난 격통에 시달리면서도 완전히 약해진 심신에 마력을 흘려 넣어 새빨갛게 물든 세상을 달렸다.

"크리스!"

훅! 부른 순간에 뛰어든 곳의 지면이 밀려 올라와 내 온몸이 힘차게 전방으로 날아갔다.

도약. 도신이 반짝이고, 자신의 팔로 자신의 얼굴을 가린 나는 아래로 향한 칼날을 휘둘렀다.

반응.

마인은 팔을 움직인다──.

"느려."

팔을 잘라내고 다리를 날려버렸다.

등에 감촉이 느껴졌다.

내 등을 받치는 크리스의 손바닥. 순식간에 동기가 완료됐고, 나는 빛으로 본뜬 칼의 출력을 올리면서 마인을 난도질했다. 그리고 몸을 돌리면서 크리스의 팔에 살짝 접촉하자, 교대한 크리스의 손바닥이 마인의 턱에 들어갔다.

""날아가라!""

생성!

크리스의 다섯 손가락에서 만들어진 크리스탈 꽃이 마인의 머리를 날려버려 새빨간 꽃이 피었다.

마인은 술에 취한 사람처럼 뒤로 휘청거렸다.

"크리스!"

"히이로!"

팡! 손과 손을 맞대고 빙글 회전. 내가 마인의 배에 돌려차기를 날렸다.

마인의 자세가 무너졌고, 나와 크리스는 맹렬하게 다음 공격으로 연결했다.

별빛에 의지해 서로 뒤얽힌 남녀는 무도를 즐겼다.

서로 손뼉을 치고, 어깨와 어깨로 맞닿고, 서로 등과 등을 맡겼다.

숨도 못 쉬게 하는 노도와 같은 연격이 고함 소리와 함께 가해졌다. 타격과 발차기가 마인의 온몸을 깎아냈고, 서로가 서로의 몸을 신경 쓰면서 공격을 계속했다.

마인의 몸이 재생되었지만—생성—재생한 곳에 빨간 꽃이 펴 서서히 마인의 몸은 꽃으로 변해갔다.

재생, 생성, 재생, 생성, 재생, 생성, 재생, 생성, 재생, 생성!

무한한 나선, 신념이 깃든 그 소용돌이는 멈추지 않는다.

내가 죽이고, 크리스가 만들어냈다.

시선과 시선이, 마안과 마안이 겹쳐졌다. 심홍색이 소용돌이치며 죽이고는 계속 생성해 마인은 마인으로서의 본연의 모습을 잃어갔다.

수정꽃으로 변해가는 페어 레이디는 처음으로 괴로워하는 소리를 냈다.

"크…… 윽……!"

할 수 있다.

크리스가 오는 동안 깔린 와이어와 함정 대부분은 내가 받아내서 처리해뒀다. 한결같이 계속 공격한 보람도 있어서 마인의 재생 속도는 파악하고 있고, 승리의 이미지도 성립되어 있다.

이길 수 있다.

난 승리를 확신했고 마인은 실실 웃었다.

그 웃음에 공포를 느껴 크리스의 생성이 멈췄다. 정지한 그녀의 시선 끝에서 어린 뮤르가 기차 장난감을 내밀고 있었다.

새빨간 화염에 휩싸인 동생의 환상은 까맣게 타가면서 눈물을 흘렸다.

"너 같은 건, 내 영웅이 아니야."

숨을 멈춘 크리스는 두 눈을 크게 뜨고 그 몽환을 바라봤고──.

"크리스, 보지 마!"

그녀의 두 눈에 빨간 선이 그어졌다.

가냘픈 비명을 지른 여윈 몸은 뒷걸음질 쳤고, 난 그녀를 안고 힘껏 뒤로 뛰었다.

"크리스…… 크리스!"

"아, 안 보여…… 아, 아무것도…… 아무것도 안 보여……."

빨간 눈물을 흘린 크리스는 내 팔에 안겨 아이처럼 몸을 웅크렸다.

"무, 무서워…… 히이로…… 무서워…… 어, 어머님, 죄송해요…… 죄송해요, 꺼내주세요…… 뮤, 뮤르, 미안…… 미안해…… 지독한 짓만 해서…… 나, 나는…… 여, 영웅 같은 게…… 영웅 같은 게 아니야……."

난 그녀의 머리를 끌어안고── 마인을 노려봤다.

"이 자식……!"

"아아, 가여워라! 어린아이가 겁먹었어!"

머리 대신 핀 크리스탈 꽃을 내던지자 페어 레이디의 얼굴이 깔끔하게 재생되었다.

그녀는 꽃이 피는 것처럼 웃었다.

"훌륭한 연계였어요, 불쌍한 아이들이여. 흩날린 내 마력을 회수해서 그 마력을 토대로 생성으로 연결해 수정 꽃으로 바꾸어 가는 전법도 멋졌어요. 대(對)마인전을 상정한 이 전술은 한 달 동안 연습한 보람도 있어서인지 살짝 섬뜩했어요. 이 계획을 고안한 건 산쵸 히이로, 당신이죠?"

페어 레이디는 입꼬리를 씨익 올렸다.

"경의를 표하죠. 당신은 조연이긴 해도 중요한 역할을 맡을 가치가 있어요."

횡. 마인이 열 손가락을 휘둘러 난 크리스를 감쌌고—— 왼쪽 어깨가 날아갔다.

피가 뚝뚝 떨어졌지만, 다시 크리스를 감쌌다.

무한하다고 느껴지는 고통이 쏟아지고 온갖 곳이 파열되어 새빨간 선으로 온몸을 잘게 베였다.

검붉은 핏덩이가 된 채.

"…………."

그 어둠 속에서 난 마인을 엿봤다.

"무시무시한 집념…… 당신의 정신력은 인간이 아닌 자에 가까워…… 제 정신세계에서의 전투는 이미지에 편중되죠…… 현실세계라면, 제가 이렇게까지 몰리는 일도 없었겠죠……."

와이어가 온몸을 쓰다듬었다. 난 그저 그 고통을 견디면서 크리스를 계속 지켰다. 불효서사로 치명상을 피하면서 그녀에게 살짝 속삭였다.

"크리스."

"무서워…… 무서워."

"크리스…… 날 믿어."

크리스는 목소리를 따라 날 올려다봤다.

안 보이는 걸 알고 있어도 난 웃음을 짓고 그녀를 내려다봤다.

"날 믿어."

"하지만…… 아무것도…… 아무것도 안 보여…… 무서워…… 나, 나는…… 바보 같은 짓을 했어…… 뮤르를…… 동생을 믿어 주지 못했어…… 안 보였어, 그 별빛이……. 계속…… 계속 계속 계속, 그 아이는 기다렸는데……."

흐느껴 울면서 어린아이처럼 웅크린 그녀는 고백했다.

"나, 나는…… 자신을 위해서…… 그 아이를 버렸어…… 그 아이를 학대한 최악의 녀석들과 똑같이……."

목멘 소리를 내면서 나에게 매달린 크리스는 후회를 내뱉었다.

"그 아이를…… 내가 살기 위한 양식으로 삼았어……!"

"하지만 넌 여기에 왔잖아."

난 얼굴을 든 크리스에게 미소 지었다.

"네 발로 여기에 왔잖아. 영웅이 되기 위해서. 단 한 명의 영웅으로서 일어서기 위해서. 소중한 맹세를 지키기 위해 왔잖아. 약속을 지키기 위해 노력했잖아. 그러니 넌 설 수 있는 거야. 스스로의 다리로 설 수 있는 거야. 스스로의 다리로 일어서서 그 너머에까지 갈 수 있는 거야."

나는 피투성이가 된 양손으로 그녀의 오른손을 쥐었다.

그 손에는 뮤르와 똑같은 지팡이가 있었고, 그녀는 떨리는 손으로 그걸 쓰다듬었다.

"네 다리로 나아가, 영웅."

천천히 크리스의 눈에 빛이 돌아왔다.

난 그녀의 내면을 바라봤고—— 시야에서 크리스의 모습이 사라졌다.

급격한 기세로 마인에게 잡아끌린 나는 땅에 내던져져 피를 토했다. 몇 번이고 몇 번이고 땅에 내던져져 피웅덩이에 잠겼다가, 경련하면서 일어섰다.

"왜, 일어서는 거지?"

당황한 마인에게 비틀거리면서 미소를 보냈다.

"알고 있기 때문이지…… 다들…… 다들, 알고 있어…… 너만 모르는 꿈 이야기를…… 사랑과 희망이 넘치는 옛날이야기를…… 누군가 비웃어도…… 괴로운 현실을 깨닫는다 해도…… 그런 건 없다고 스스로 믿게 하려고 해도……!"

나는 웃으면서 자신의 옆머리를 주먹으로 내려쳤다.

"여긴! 여긴 기억하고 있다고! 영웅은! 영웅은 몇 번이고 일어선다! 일어서서 끈질기게 자신이 믿는 길을 나아간다! 그렇게 맹세했으니까! 그게 약속이고 지켜야 하는 것이니까! 지키고 싶은 것이 있는 한, 인간은 사랑의 이름으로 몇 번이고 일어선다!"

피웅덩이 속에서 난 새빨간 고함을 질렀다.

"이봐, 그렇지? 크리스 에세 아이즈벨트?!"

"나, 나는…… 나는……!"

크리스가 빨간 눈물을 흘리면서 꽉 쥔 주먹으로 땅을 후려치고 떨리는 다리로 일어섰고── 마인이 조종한 와이어가 그녀를 잡아 내던졌다.

철퍽 소리를 내며 그녀의 전신이 땅에 내팽개쳐졌다.

그래도 그녀는 자신의 한몸에 의지를 투영했다.

더는 무리라며 경련하는 몸에 무리하기를 강요해 넘쳐흐르는 눈물과 공포를 닦고 목으로 포효를 쥐어짜고 양다리에 힘을 넣었다.

"되는 거야…… 되고 싶다고 소망했어…… 작은 손이…… 그 아이의 손이, 이 심장을 붙잡은 그때부터…… 조잡한 기차 장난감을 선물한 그때부터…… 홀로 모든 것으로부터 괴롭힘당했는데도 희망을 버리지 않았던 그 아이가…… 연습장에 그 모습을 그린 그 순간부터…… 나는…… 나는…… 크리스…… 에세…… 아이즈벨트는……!"

꺾인 다리로 스스로를 지탱해 새빨갛게 물든 온몸을 밀어 올려 눈부신 별빛을 받으면서 일어서서─ 크리스 에세 아이즈벨트는 자신의 의지를 증명해 보였다.

"그 아이의…… 그 아이만의…… 주인공이다!"

나아간다.

나아간다. 나아간다. 나아간다.

흐느껴 울면서, 비틀거리면서, 모두가 '천재'라고 극찬한 소녀에게는 어울리지 않는 볼품없는 모습을 보여주면서.

단 한 명을 위해 크리스 에세 아이즈벨트는 영웅이 된다.

"너 같은 건 내 언니가 아니야."

"지독한 짓만 했어. 언니는 날 실패작이라 했어."

"영웅 같은 게 아니야. 너 같은 건 죽어야 해."

무리 지어 온 동생의 환영의 말에는 귀를 기울이지 않고, 시력을 잃은 크리스는 어둠 속을 달렸다.

이 어둠을 비추는 별빛을 찾기 위해.

부러진 다리를 질질 끌면서, 괴로워하는 소리를 내면서, 홀로 계속 찾았다.

지키기 위해.

맹세를 이행하기 위해.

단 하나의 약속을 이루기 위해.

"뮤르……!"

그녀는 계속해서 찾았다.

"뮤르…… 알았어…… 이제야, 알았어…… 네가 그린 주인공이…… 단 한 명의 영웅이, 몇 번이고 일어서는 의미를…… 네가…… 네가 믿어준 영웅은…….."

새빨간 눈물을 흩뿌리면서, 오열하며 계속 달리는 그녀는 목소리를 쥐어짰다.

"여기…… 여기 있어…… 뮤르……!"

찾고, 찾고, 또 찾아서…… 가까스로 그녀는 찾아냈다.

"아…….."

가짜 집단에서 떨어져 오도카니 홀로 땅에 뭔가를 그리고 있는 여자아이.

천천히 다가간 크리스는 그 옆에 쪼그려 앉았다.

"······뭘 그리고 있어?"

"모르겠어."

그림은 되지 못한 뒤죽박죽한 선.

그 선을 내려다보고 미소 지은 크리스는 손에 든 나뭇가지로 추억을 덧붙여갔다.

보일 리가 없는데 마치 보이는 것처럼 그녀는 그렸다.

선과 선은 이어져 그림이 되고, 그 그림은 색칠되어 꿈이 되었다.

마법의 지팡이, 보라색 망토, 동반자인 기차를 데리고.

예쁘고 용감한 영웅이 완성되고, 지켜보던 여자아이는 기쁜 듯이 웃음을 지었다.

"멋지다!"

그 웃음을 보고 얼굴을 찡그린 크리스는 시선을 떨궜다.

뚝뚝 눈물을 흘리면서 양손으로 흙을 꼭 쥐었다.

"머, 멋지지······ 세, 세상에서······ 세상에서 제일, 멋져······ 네, 네가 말한 대로, 보, 보라색 망토가 어울리는······ 세계 최고의 영웅이야······ 그, 그야 당연하지······ 당연······ 당연했어······ 그, 그야, 난······."

크리스는 울면서 여자아이의 머리를 쓰다듬었다.

"너의······ 언니니까······."

몇 번이고 몇 번이고 몇 번이고 크리스는 동생의 머리를 쓰다듬었다.

"이번에야말로······ 이번에야말로 지켜줄게······ 더는, 잘못하지 않아…… 며, 몇 번이든…… 몇 번이든 일어설 거야…… 계속…… 계속 계속 계속, 널 지켜 보이겠어…… 그, 그러니…… 그러니까, 그날…… 그날처럼…….”

웃으면서 눈물을 흘린 크리스는 떨리는 손으로 기차 장난감을 건넸다.

“놀자…… 뮤르…….”

언니는 흐느껴 울면서 동생에게 감정을 표출했다.

“같이…… 놀자…….”

전하지 못한 마음을 몇 번이고 몇 번이고 배어들게 하듯이.

“쭉…… 네 영웅으로 있을게…….”

소중한 동생에게 맹세했다.

활짝 웃은 여자아이는 그 기차를 받고―― 덥썩 입에 물었다.

크리스가 이루고 싶었던 바람이 순진한 웃음을 띠고 사라졌다.

“으아아…….”

겨우 약속을 지킨 영웅은 하늘을 우러러보고 울음을 터뜨렸다.

“으아아…… 아, 아아…… 아아아…… 아아아아……!”

내가 막고 있던 가짜 뮤르는 바슬바슬 무너져 모래가 되어 사라졌다.

쿠키 마사무네를 지팡이 삼아 짚은 나는 비틀거리면서 그녀의 곁으로 가 감싸듯이 안았다.

“돌아가자, 크리스. 계속 영웅을 믿은 동생이 기다리는 집으로. 지켜야 하는 사람이 있는 곳으로. 소중한 약속을 지키기 위해 나랑 같이 돌아가자. 괜찮아. 너라면 괜찮아. 나아갈 수 있어.

왜냐하면 넌."

난 웃었다.

"보라색 망토가 어울리는── 세상에서 제일 멋진 영웅이잖아."

빨간 눈물 속에 투명한 색이 섞였다.

오열하면서 웃고 있는 그녀는 날 올려다봤다.

"믿어주는 거야……?"

"그래."

"난…… 약해서…… 또 잘못할지도 몰라…… 그래도…… 믿어
줄 거야……?"

"그래."

난 크리스와 함께 지팡이를 쥐었다.

"내가 널 태우고 달려줄게."

날아온 와이어를── 오른손으로 움켜쥐었다.

페어 레이디는 경악해서 두 눈을 크게 떴고, 난 가늘게 떨리는
손으로 그 와이어를 쥐고── 크리스와 함께 일어섰다.

"네가 실수하더라도 그 우는 소리를 듣고."

일어선 크리스 옆에서 난 웃음을 지었다.

"열린 문 너머로 같이 가줄게."

"응……."

크리스는 눈물을 닦고 지팡이를 쥐었다.

"나는…… 나는……."

그저 똑바로 나아가야 할 길을── 앞을 봤다.

"너를…… 자신을…… 믿어……."

"마음대로 제 세계를 왜곡하다니…… 크리스 에세 아이즈벨트의 마음이…… 영혼이…… 사랑이…… 제 줄거리를 뛰어넘었다는 건가요……. 공유된 둘의 정신이…… 치졸하고 시시한 꿈 이야기가…… 내, 내 정신을 집어삼켰다……?"

이를 빠득빠득 간 마인은 핏발 선 눈으로 나를 봤다.

"산죠!"

마인은 내가 놓은 와이어를 회수하고 외치면서 열 손가락을 휘둘렀다.

"히이로오오오오오오오오오오오오오오오오오오오오오오오오오오오오오오오오오!"

"가자."

난 웃으며 오른손을 내밀었다.

"피날레다."

그에 응한 그녀는 내 손을 쥐었고── 거대한 디멘션 게이트(차원문)를 생성했다. 밀려난 와이어가 튀어 날아갔고, 충격을 받은 마인의 양다리가 떠올랐다. 산산이 분쇄된 놀이기구의 단편이 밤하늘을 갈랐다.

눈을 감은 나는 칼집에 넣은 칼을 쥐었다.

천천히 자세를 낮추고 뚫어야 할 길을 뇌리에 그렸다.

여럿 겹쳐 무한하게도 보이는 차원문들.

리인포스(마력선 보강)──푸르고 하얀 마력선이 몇 겹이나 얽혀 까맣게 타 파열된 내 양다리를 보강했다.

개안── 크게 뜨인 두 눈이 빛과 어둠의 틈새를 비춘 여명을 포착했다.

심홍색으로 형상화된 인과를, 도달해야 하는 미래를 응시했다.

크리스는 살짝 내 등을 만졌다.

"있잖아, 히이로. 너와 그랬던 행복은 가짜 따위가 아니었어……. 이제 두 번 다시 떠올릴 수 없을지도 몰라…… 너와 보낸 그 시간은 마인이 만들어낸 꿈으로서 사라질지도 몰라……. 겨우 30일간의 비현실적인 이야기고, 아무것도 모르던 여자애의 착각에 불과할지도 몰라…… 그래도…… 그래도 말이야, 나, 행복했어…… 네가 나에게 이 감정을 줬어. 그러니까 난 기억하할게…… 모든 것을 이 가슴에 안고 살게…… 그러니…… 그러니 히이로……."

울면서 웃은 크리스는―― 살짝 내 등을 밀었다.

"전부, 부숴줘……."

그저 오로지 앞으로 발을 내딛자―― 시야가 터졌다.

폭음과 함께 생긴 섬광에 휩싸인 땅이 튀고, 공기를 통해 전해진 여파로 놀이기구가 삐걱이며 기울었다. 모든 것을 제치는 인체의 탄환이 맹렬한 번개로 변했다.

디멘션 게이트(차원문)를 통과한다.

그때마다 이계에 찬 마력을 회수한 나는 속도를 높였고, 주파함과 동시에 그 문은 산산이 부서졌다. 엄청난 기세로 파편이 튀었고 하늘에 가득 찬 어스름을 찢어 반짝반짝한 빛을 밝혔다.

뚫는다, 뚫는다, 빠져 나간다!

방대한 마력이 온몸에 비축되어 칼집 안에 쌓인 마력이 푸르스름한 번개를 띠고 내 오른손이 희푸른 빛에 빨갛게 달궈졌다.

찬연한 마력의 번개.

폭발적인 빛을 받으면서 난 질주했고, 인간과 마인의 시선이 부딪쳤다.

"웃기지 마……."

와이어에 살이 도려내졌다. 내가 통과한 문이 날아갔다. 마인의 얼굴이 일그러져 갔다.

"웃기지 마아아아아아아아아아아아아아아아아아아아아아아아아아아아아아아아아아아아!"

질주한다, 질주한다, 질주한다!

내딛을 때마다 속도를 올려 지나간 세계가 파랗게 물든 뒤 하얗게 사라졌다.

온몸에 쏟아진 광채, 튄 피보라가 눌어붙어 토한 피를 삼킨 목이—— 포효한다.

"오, 오, 오, 오오오!"

받은 마력, 짙어진 신념.

등으로 받은 손길을 되새기며 일심불란하게 마인에게 달렸다.

길동무를 선택한 페어 레이디의 와이어가 날뛰면서 전면에 깔려 시야를 채웠다. 세계 자체를 죽이는 참격의 폭풍, 사방에 금이 가고 균열이 생긴 하늘과 땅이 어긋나 부서지고 떨어져 어둠에 묻혔다.

길이 사라져 마인은 회심의 미소를 지었지만── 난 어둠으로 발을 내딛었다.

발을 내딛은 곳에 생겨나는 선로. 난 다시 그다음 어둠으로 나아갔다.

매직 펜으로 그려진 선명한 선로가 마음을 싣기 위해 고속 생성되어 갔다. 나는 그 길을 달려가는 한 줄기 광선, 어스름을 가르는 한 줄기 별똥별이 되어 미래로 이어지는 길을 질주했다.

자칫 잘못하면 허공으로 사라진다.

크리스의 생성이 늦으면, 내가 한 발짝이라도 잘못된 길로 발을 들이면 끝이다.

하지만 난 믿는다.

크리스 에세 아이즈벨트를── 영웅을 믿는다.

그러니──.

"웃기지 마라, 인간 따위가아아아아아아아아아아아아아아아아아아아아아아아아!"

난 그녀의 바람을 싣고 달렸다.

"가라……."

이 마음에 그녀의 목소리가 닿았다.

"가라…… 가라……."

단 한 명의 동생을 지키고 싶다고 바란 소녀의 목소리가.

떠안은 나약함을 두려워해 어둠 속에 숨어있던 소녀의 목소리가.

자신의 다리로 나아가려고 강인함을 바라던 소녀의 목소리가.

다른 누구도 아닌 자기 자신에게 맹세했다──. 그리고 마음을, 영혼을, 사랑을── 외쳤다.

"가라, 히이로오오오오오오오오오오오오오오오오오오오오오오오오오오오오오오오오오오!"

사라진 몽환 끝에서 난 마인을 따라잡았고── 칼집에서 섬광이 솟구쳤다.

몇 겹이나 깔린 와이어가 내가 날린 일격을 받았다. 맹렬한 기세로 솟아오른 번개가 공간을 물들였다.

내 눈앞에서 마인의 얼굴이 초조함으로 일그러져 갔다.

"무엇이 당신을 그렇게까지 하도록 만드는 겁니까, 인간! 마음, 영혼, 사라앙?! 그런 하찮은 연출로 내 각본을 뛰어넘을 순 없어! 내가! 이 몸이! 이 몸이 세상에 질 순 없어! 완전무결한 내가 패배를 인정하지 않아! 이 실이! 끊어지는 일이 있어선 안 돼!"

시야가 창백한 빛으로 물들었다.

별과 별이 부딪친 듯 푸른 빛의 본류가 하얀 빛의 지류와 어우러지면서 터지고 그 중심에서 섞인 인간과 마인을 물들였다.

정을 맞부딪친 둘은 대치했고, 충돌한 의지와 의지가 불꽃을 튀겼다.

"벨 수 있어! 벨 수 있다고! 못 벨 리가 없지! 바람을 담은 마음이 있어! 약속을 지키기 위해 맹세한 영혼이 있어! 그 작은 몸에 헌신한 사랑을 이 한 몸에 싣고 달리고 있다고! 그러니 나는! 난 말이다!"

마력이라는 마력은 다 흘려 넣고, 피부라는 피부는 다 거품이

일면서 터지고, 피라는 피에 온통 물든 난 웃으면서 혼신의 바람을 담았다.

"네놈이 짜낸 와이어(운명의 실) 따위는 잘라버려야만 한다고오오오!"

"자, 자를 수 있을 리가 없어……."

툭툭 소리를 내면서.

"자를 수 있을 리가…… 내, 내가 짜낸…… 시, 실이……."

한 가닥 한 가닥, 운명의 실이 분해되어 갔고──

"자를 수 있을 리가……."

"몽환 속으로 꺼져라아아아아아아아아아아아아아아아아아아아아아아아아아아아아아아!"

뚝 끊어졌다.

"없는데…… 아아…… 정말……."

낙예의 페어 레이디는 스스로에게 바친 연민으로 얼굴을 일그러뜨렸고── 난 등에 진 마음과 함께 끝까지 휘둘렀다.

흩어져 있던 푸르스름한 빛이 칼끝으로 집약되어 마인의 체표와 체내를 전부 태워버리고, 상상한 대로 모든 것이 사라졌다.

푸른 빛과 하얀 빛에 휩싸인 온몸, 체념한 마인은 미소 지었다.

"바보 같아…… 자신이 아니라 다른 사람을 위해 모든 것을 바치다니. 다른 사람을 위해 스스로를 해치고, 마음이니 영혼이니 사랑이니 하는 허식으로 속이고, 도덕과 윤리에 자신의 생애를 바치다니…… 그것이야말로 몽환이 아닌가요……."

"꿈이라도 환상이라도 좋아. 실존하지 않아도 좋다고. 의미 같은 건 필요 없어. 자신의 그릇은 단 하나밖에 없어. 그렇기에 헌신할 길이 필요한 거라고."

피투성이인 나는 웃으며 대답했다.

"어때, 마인, 사랑이 만들어낸 합체 기술이라고?"

"바보 같아…… 사랑, 그딴 더러운 교미하기 전의 준비 따위……. 어차피 인간 따위는 짐승과 동류. 하지만…… 아아, 하지만…… 난 졌어…… 저의 진실은 진 것인가요……. 인간과 섞인 내 정신이 당신들이 옳다고 인정했어……. 자기애는 진정한 사랑이 아니었던 건가요…… 아니, 크리스 에세 아이즈벨트는 자신을 사랑했기에 일어섰어…… 아아, 그런가…… 꿈도 환상도 아니야…… 만들어낼 수 없고, 실처럼 자아내는 것조차도 허용되지 않는 것. 확실히…… 확실히, 있었어…… 내가…… 내가 사랑하고 싶었던 건…… 구원하고 싶었던 건…… 헌신 너머에 있는……."

찬란한 빛 속에서 유쾌한 음악에 감싸인 마인은 길동무가 된 놀이기구에 둘러싸여 춤추면서 사라져 갔다.

"매일을 살아가는 인간들의 눈동자에 비치는…… 눈부신…… 흔해 빠진 사랑 그 자체……."

빛 속에 선 그녀는 밤하늘을 향해 손을 뻗었다.

"If love be blind, it best agrees with night."

날 찾아 기어 다니는 크리스를 바라보며 천천히 녹아내리는 페어 레이디는 운명의 실의 인도를 받아 사라진다.

"아아…… 그렇구나, 이것이 사랑…… 사랑…… 사랑은……
정말…….''

마인은 미소를 짓고 빛 속으로 녹아내렸다.

"얄미워…….''

낙예의 페어 레이디는 사라지고, 난 그 자리에 무릎을 꿇었다.

"히이로!''

기어 다니며 내 마력을 더듬어 온 크리스가 날 안은 순간, 페
어 레이디가 품어온 정신세계가 붕괴하기 시작했다.

공간에 금이 가고 균열이 생겨 이 세계의 탈출구가 드러났다.

크리스에게 안긴 채, 난 거의 보이지 않는 두 눈으로 그 모습
을 바라봤다.

"또 현실에서 보자.''

"응.''

크리스는 날 안은 채로 잠긴 목소리로 대답했다.

"히이로…… 만약, 내가 잊는다 해도…… 분명…… 다시, 틀
림없이…….''

크리스는 울면서 내 머리카락을 매만졌다.

"나는 널 좋아하게 될 거야.''

"…………(아무리 그래도 이런 상황에는 '그러지 마'라고 말하
지 못하는 남자).''

"그야, 이거 봐.''

내 머리카락을 정돈하고 그녀는 웃었다.

"혼자서는 머리카락 정리도 못 하니까.''

이 세계에서 의식이 멀어져 간다.

마지막 순간, 입술에 부드러운 감촉이 전해졌고…… 마인이 만든 이야기는 산산이 부서졌다.

"이거야 원, 손이 많이 가는군."

가득 찬 어둠 속에서 익숙한 마인의 목소리가 들렸다.

"페어 레이디의 정신세계가 붕괴되면 그 토대에 서 있는 너희의 정신도 붕괴된다고 자기 입으로 말했으면서. 탈출하기 전에 힘이 다해서 끝나는 놈처럼 여자랑 꽁냥거릴 때냐. 뭐, 꽤나 재밌었으니까."

천천히 목소리가 부서져 갔다.

"이렇게 도와주는 것도 파트너의 역할인 걸로…… 용서해주지."

그리고 모든 것이 사라졌다.

눈을 떴을 때, 무엇이 바뀌었고 무엇이 바뀌지 않았는가.

그건 모르겠지만, 슬슬── 눈을 뜨자.

작가 후기

안녕하세요. 하자쿠라 료입니다.

여러분의 응원 덕분에 이 작품도 드디어 4권째를 맞이했습니다.

3권 후기에서 '지금까지 집필 해오면서 가장 고생했다'고 썼는데, 이번 권은 아주 간단하게 그 고생을 초월했습니다. 두 배 정도는 더 고생했습니다.

마감 직전 타이밍에 크리스의 회상 부분을 고쳐 쓴 횟수가 세 번째에 이르렀을 때는 '아무래도 여기까지인 것 같군……'이라며 마음속의 하드보일드가 속삭였지만, 근성으로 밀어붙여 어떻게든 됐습니다.

만약 다음 권을 낼 수 있을 것 같으면 좀 더 계획적으로 쓰고자 합니다.

이번 권에서는 전권에서 언급한 크리스의 '자기애'에 대한 답과 마인 페어 레이디의 '자기애'에 대한 답을 묘사했습니다.

그녀들이 추구하던 '자기'는 어디에 있는가, '사랑'이란 자기만으로 완결될 수 있는 것인가, 자기애와 타인에 대한 사랑의 구분은 존재하는가…… 이런 걸 주제로 삼았는데, '자기애'의 대척점에 있는 셀프 파괴 머신 산죠 히이로 때문에 피투성이로 히죽거리는 얼굴만 인상에 남아 울었습니다.

이번 권은 마인전인 것도 있어서 2권과 구성이 비슷해 굳이 말하자면 시리어스에 비중을 둔 이야기가 되었는데 어떠셨나요?

글자 수 제한이 없는 무궤도한 WEB판을 바탕으로 삼은 시점부터 구성이고 뭐고 없습니다만, 한 권의 책으로 만들었을 때 어느 정도로 조절하는 게 좋은지 독자 여러분이 재미있게 읽을 수 있는 형태를 모색해 나갈 수 있으면 좋겠다고 생각합니다.

이후는 감사 인사입니다.

일러스트를 그린 hai씨. 매 권 매 권 멋진 일러스트 감사합니다. 페어 레이디도 프리도 디자인이 훌륭해서 상상력이 풍성해졌습니다.

담당편집 M씨. 전권에 이어서 원고 제출이 늦어져서 죄송합니다. 셀 수 없을 정도의 도움, 항상 감사합니다.

독자 여러분. 그럭저럭 집필을 계속할 수 있는 건 여러분이 이 작품을 재밌게 읽어주시고 있기 때문입니다. 매 권 매 권 정말 감사합니다.

이 작품 간행에 관계되신 분들 모두에게 진심으로 감사드립니다.

그럼 여러분, 또 어딘가에서.

하자쿠라 료

DANSHIKINSEIGAMESEKAI DE ORE GA YARUBEKI YUIITSU NO KOTO Vol.4
©Ryo Hazakura 2024
First published in Japan in 2024 by KADOKAWA CORPORATION, Tokyo.
Korean translation rights arranged with KADOKAWA CORPORATION, Tokyo.

남자 금지 게임 세계에서 내가 해야 할 유일한 일 4

2025년 2월 15일 1판 1쇄 발행

저 자	하자쿠라 료
일 러 스 트	hai
옮 긴 이	박정철
발 행 인	유재옥
담 당 편 집	박치우
이 사	조병권
출판본부장	박광운
편 집 1 팀	박광운
편 집 2 팀	정영길 박치우 조찬희
편 집 3 팀	오준영 권진영 이소의 정지원
디자인랩팀	김보라 이민서
디지털사업팀	김경태 김지연 윤희진
콘텐츠기획팀	박상섭 강선화
라이츠사업팀	김정미 이윤서
영업마케팅팀	최원석 이다은 윤아람
물 류 팀	허석용 백철기
경영지원팀	최정연
인쇄제작처	㈜코리아피엔피
발 행 처	㈜소미미디어
등 록	제2015-000008호
주 소	서울시 마포구 토정로222, 502호 (신수동, 한국출판콘텐츠센터)
판매 및 마케팅	(070) 8822-2301

ISBN 979-11-384-8553-1
ISBN 979-11-384-8295-0 (세트)